L'ALPHA INTERDIT

RENEE ROSE

VALENTIN TRANSLATION

Traduction par
JULIE NICEY

 Réalisé avec Vellum

Abonnez-vous à la newsletter de Renee

Abonnez-vous à la newsletter de Renee pour recevoir livre gratuit, des scènes bonus gratuites et pour être averti·e de ses nouvelles parutions !

https://BookHip.com/QQAPBW

CHAPITRE UN

Lotta

LA PROXIMITÉ de la pleine lune me fait toujours tourner la tête.

Personne ne parvient à rester assis tranquillement, aujourd'hui. Aucun élève du lycée de Wolf Ridge ne veut écouter un professeur l'après-midi précédant une course à la pleine lune.

Surtout dans ma matière. L'art n'est pas franchement apprécié par la communauté métamorphe. C'est considéré comme un truc humain – insignifiant. Prétentieux. Raison pour laquelle je me suis sauvée d'ici dès que j'ai pu.

Chaque cours a été un véritable cauchemar aujourd'hui, mais cette dernière heure – la classe avec l'imposant alpha insupportable de l'école, Asher Martin – c'est la pire. Lui et ses camarades de football sont assis au fond et m'en font voir de toutes les couleurs.

Cet après-midi, l'odeur des phéromones des ados sature ma salle de classe. Et je suis aussi agitée et excitée que mes élèves. Ma peau me picote de chaleur. Je sens une palpitation lente entre mes jambes, que je n'ai pas éprouvée depuis des années. Je n'ai pas autant pensé au sexe depuis que j'étais une ado arpentant les couloirs de Wolf Ridge. Ce qui est plutôt récent, je dois l'admettre.

Je me racle la gorge et j'insuffle autant d'Autorité Alpha que je peux dans mon intonation.

— J'attends d'avoir votre attention.

Évidemment, la dernière à se taire, c'est la voix grave et arrogante de mon pire ennemi. Il me jette un regard sinistre. Je suis prise au dépourvu par le contraste qu'offrent ses yeux vert noisette sur sa peau hâlée. Par ces cils longs et épais. Par la façon dont ils ressortent sous la masse de cheveux décolorés par le soleil qui tombe sur son front. Il a besoin d'une bonne coupe, même si je parie que les pointes qui bouclent sur sa nuque et autour de ses oreilles sont un choix conscient de sa part. Ça fait partie de son personnage de rebelle.

Mais le dédain d'Asher est bien réel.

Je ressens viscéralement la haine du défenseur de l'équipe de foot du lycée. Elle me brûle la peau. Elle me coupe le souffle quand il la dirige de plein fouet contre moi.

Je fais attention à ne pas montrer de réactions. Je suis peut-être plus petite que beaucoup des élèves de cette classe, mais je suis leur professeure – en tout cas jusqu'à la fin de l'année scolaire. Je dois conserver le statut d'alpha dans ma classe, ou je n'y survivrai pas.

Je me force à arrêter de me balancer d'un côté à l'autre dans mes sandales à talons, j'écarte les pieds, et je plaque mes mains sur mes hanches.

Le regard d'Asher se pose sur mes jambes, mais la vue semble le rendre encore plus furieux. Ses yeux remontent et lancent des éclairs au niveau de mes seins.

Je prends soin de ne pas accorder d'attention à sa table quand je reprends la parole.

— Hier, je vous ai demandé de réfléchir sous quelle forme vous souhaitez exécuter votre autoportrait. Aujourd'hui, je veux que vous rédigiez un paragraphe pour expliquer ce que vous avez choisi, et comment vous prévoyez d'exécuter votre vision. Si vous ne savez pas, ou si vous avez du mal à vous décider, inscrivez-vous sur le tableau pour un entretien de cinq minutes avec moi.

Je montre les créneaux numérotés sur le tableau.

— Autre chose. Tout le monde devrait avoir rendu son dessin au fusain ; or il m'en manque trois. Si je ne les ai pas à la fin de la journée, vous aurez zéro pour ce devoir, ce qui affectera votre moyenne.

Je me prépare avant de me concentrer sur la table du fond.

— Ceux qui ont besoin d'un C au minimum pour jouer le match ce week-end devraient y penser.

Je ne devrais même pas les prévenir. Je devrais juste torpiller leur moyenne et les laisser gérer les conséquences. Mais quelque chose en moi ne veut pas qu'Asher échoue.

Je jette un rapide coup d'œil vers lui, mais la colère dans son regard est trop dure à supporter, alors je détourne aussitôt la tête.

Il était déjà perturbant quand il était un adolescent de treize ans rebelle et toujours en colère. Aujourd'hui qu'il fait deux fois ma taille et qu'il porte en lui la domination d'un loup alpha, cette rage est encore plus intimidante –, elle est carrément effrayante.

Il croise les bras sur sa poitrine et retrousse sa lèvre supérieure dans un grognement.

— J'ai déjà rendu le mien.

Je le dévisage quelques instants puis plisse les yeux. C'est un mensonge. Asher n'a pas levé un seul crayon dans ce cours depuis que je remplace Margarita Adams, la professeure d'art humaine qui a pris un congé maladie il y a deux semaines.

Il me défie de le contredire.

Je fronce les sourcils et désigne la pile branlante de dessins sur mon bureau.

— Trouve-le et montre-le-moi.

Il se lève lentement de sa chaise, mettant en valeur sa taille. Je ressens de plein fouet ses trente centimètres et les cinquante de kilos qu'il a de plus que moi sous la forme de muscles sculptés qui enveloppent ses longs os solides.

C'est un incroyable spécimen de virilité – et je ne le dis pas uniquement à cause de la pleine lune. Le destin l'a peut-être affublé d'un connard de père abusif, mais il a été bon avec lui sur le plan de l'apparence et de la taille.

Il avance d'un pas traînant jusqu'à moi, et je fais semblant de ne pas remarquer la menace, même si tous ceux qui ont du sang métamorphe dans la pièce ressentent la pulsation de son agressivité.

Je conserve une certaine distance entre nous en rejoignant la fenêtre pour baisser le store sur le soleil de fin d'après-midi. Il y a un côté prédateur dans ses mouvements. Malgré sa taille, il possède la grâce et l'agilité d'un grand félin plutôt que d'un loup.

Il commence à fouiller dans les dessins au fusain sur mon bureau.

Je reste près de la fenêtre, tournée vers lui comme un animal acculé, prêt à lui montrer mes crocs si nécessaire.

Après les avoir tous feuilletés, il se tourne vers moi et arque un sourcil.

— Vous avez dû le perdre, mademoiselle James. Je l'ai rendu hier.

Qu'il aille se faire voir. Je ne vais pas laisser ce gosse me malmener. Il a peut-être une réelle raison de me détester, mais ça ne veut pas dire que je vais le laisser faire ce qu'il veut de moi dans ma propre classe.

Je redresse les épaules.

— Je ne perds pas les travaux de mes élèves. Ce sera un zéro pour toi, Asher. Je suis sûre que le coach Jamison sera déçu que tu ne puisses pas jouer le match ce week-end.

— Eh bien, il peut toujours le refaire aujourd'hui, n'est-ce pas ? intervient Remi, une des pom-pom girl qui boit chacune de ses paroles.

Je pince les lèvres.

— S'il a fini avant la fin du cours, je le noterai.

Je jette un coup d'œil aux deux copains d'Asher à la table du fond – Sebastian et Markley.

— Ça vaut aussi pour vous deux. Sur mon bureau d'ici la fin du cours, ou vous n'aurez pas la moyenne suffisante pour le match de ce week-end.

Asher retourne tranquillement à la place où il trône, et s'affale dans sa chaise. Son corps imposant remplit tout l'espace, débordant de partout. Il me regarde avec un sourire en coin, comme s'il venait de remporter la confrontation. Les fossettes qui creusent chacune de ses joues me provoquent, et déclenchent des frissons le long de ma colonne vertébrale.

Parce que peu importe à quel point il est superbe quand il sourit, je sais sans l'ombre d'un doute qu'il est dangereux. Il est né dans une famille violente. Il y a de la violence dans ses yeux. Dans sa démarche. Dans la manière féroce dont il me scrute à présent.

À une époque, je pensais l'avoir libéré de ce cycle de violence, mais apparemment tout ce que j'ai réussi à faire, c'est cimenter un sentiment de trahison. Une haine tellement profonde que je crains qu'elle le consume.

Si je ne suis pas prudente, il pourrait se venger de moi tout comme son père l'a fait.

* * *

ASHER

DÉSIR HAINEUX.

C'est la seule description appropriée pour ce que je ressens pour la nouvelle prof d'art du lycée de Wolf Ridge.

Je fais exprès de bâcler le dessin qu'elle a demandé pour la fin du cours, traînant le morceau de fusain pour faire des gribouillis sur la feuille. Que va-t-elle faire ? On dira que c'est ma définition de l'art. Markley et Seb suivent mon exemple et font la même chose.

Ils savent pourquoi je déteste Carlotta James, l'enseignante la plus canon et la plus talentueuse que ce lycée a jamais connue. La princesse de la meute. Tous les loups mâles de l'école – élèves comme personnel – se battent pour lui ouvrir la porte et porter ses fournitures artistiques.

Je ne suis pas immunisé contre sa perfection d'héroïne de conte de fées, avec ses cheveux noirs, sa peau blanche et ses grands yeux bleus que j'ai cru autrefois remplis de bonté. Mais c'est à cause d'elle que ma mère et moi ne jouissons d'aucun statut dans la meute, malgré le fait que je sois un énorme loup alpha. Elle a détruit ma famille et je ne lui pardonnerai jamais.

Je m'approche tranquillement de son bureau après la sonnerie et dépose avec de grands gestes exagérés mon dessin en plein milieu, face à elle. Je remplis son espace.

J'aimerais prétendre que c'est juste pour l'intimider – et je sais que ça marche – mais il y a plus que ça. Il y a le fait que je suis désespéré de sentir son odeur monter à mes narines, même en sachant que ça va faire exploser une bombe dans mon ventre.

La pleine lune qui approche me rend très sensible, et le

coup que j'ai pris en rejoignant son bureau tout à l'heure n'a pas suffi.

Parce que je n'ai jamais rien senti d'aussi envoûtant de toute ma vie. Miel et jasmin, et cette signature unique qui n'appartient qu'à elle. Je l'ai remarquée à la seconde où elle est entrée dans le studio d'art il y a deux semaines, pour remplacer notre prof à long terme.

Elle est entrée à travers mes pores, a affecté ma physiologie et m'a fait comprendre l'horrible vérité.

La pire situation possible.

Le destin a décidé de se foutre de ma gueule en m'appariant avec la seule femelle que je ne supporte pas.

— Écris ton nom dessus, Asher.

Elle repousse le dessin vers moi sans me regarder. Elle ne sait pas. Les louves ne reconnaissent pas l'odeur de leur compagnon aussi facilement que les mâles.

Je tapote le dessin avec mon majeur.

— Vous vous souviendrez à qui il appartient, répliqué-je.

C'est un avertissement. Je la défie de me mettre une mauvaise note.

Elle ne le fera pas.

Parce qu'au milieu des notes de peur que je sens dans son odeur, je remarque autre chose – de la culpabilité.

Bien.

Lotta devrait être désolée pour ce qu'elle m'a fait.

Et j'ai bien l'intention de la faire souffrir chaque jour pour ça.

CHAPITRE DEUX

Lotta

LES PETITS CHEVEUX sur ma nuque sont hérissés. Mes doigts tremblent autour du manche de mon pinceau, rendant mes lignes irrégulières et brouillonnes.

Les yeux vert jade du loup sur la toile d'un mètre quatre-vingts de long me fixent d'un air accusateur.

Tout le lycée de Wolf Ridge est plongé dans l'obscurité à l'exception de ma salle d'arts – le seul endroit dont je dispose avec assez d'espace pour peindre sur une toile aussi grande. Je préfère travailler à la lumière du jour, mais avec mon nouveau poste d'enseignante, c'est impossible. *Poste temporaire*, me rappelé-je continuellement pour ne pas perdre la boule.

Je tente encore quelques traits, mais les tremblements n'arrêtent pas de gâcher mes lignes.

Et puis merde. Le génie de la création ne viendra pas à moi ce soir. Je laisse tomber mon pinceau dans le bocal de diluant.

Les cris et les hurlements de la meute pendant leur course à la pleine lune descendent le flanc de la montagne et rentrent par la fenêtre entrouverte. J'en ai les bras qui se couvrent de chair de poule.

Pourquoi ?

Est-ce que je suis censée les rejoindre ? Mon estomac se serre.

Je n'ai pas participé à une course à la pleine lune depuis plus de quatre ans. Je ne sais pas si mes crampes d'estomac viennent de ma louve en colère que je ne le laisse pas sortir, ou si ce sont mes tripes qui m'exhortent à ne pas le faire. Parce que si je m'abandonne à ma véritable nature, je perdrai tous mes rêves.

Wolf Ridge deviendra ma réalité permanente. Les quatre années colorées passées à étudier l'art à Chicago déteindront jusqu'à disparaître, comme la peinture de mon pinceau. Je le fais tourner dans le pot, et je regarde le tourbillon de bleu qui se mélange peu à peu au contenu grisâtre.

C'est à ça que ma vie commence à ressembler depuis que je suis revenue. Mes plans se sont embourbés et ternis. Salis par les douleurs du passé.

Les hurlements se rapprochent. La meute ne devrait pas descendre de la montagne, mais on dirait qu'ils viennent par là. Sûrement des élèves du lycée, pressés de marquer leur territoire sur le campus.

Mes jambes commencent à trembler. Je me tourne vers la fenêtre.

Ne fais pas ça, gronde l'artiste en moi.

Elle est féroce. Encore plus que ma louve.

Il m'a fallu neuf mois pour parvenir à garder ma louve enfermée tout en vivant parmi les humains dans une grande ville, mais j'ai réussi. Mes cheveux sont devenus ternes, et mon teint maladif. J'ai perdu cinq kilos, alors que je n'en avais déjà pas de trop au départ. Mes parents m'ont suppliée de rentrer à la maison, mais j'ai refusé. Même pas en été. Parce qu'une fois que j'avais confiné ma louve, je ne pouvais pas risquer qu'elle goûte à la liberté. Je devrais repasser par un sevrage en automne. Ça n'en valait pas la peine.

Mais à présent, j'ai chaud et je me sens fiévreuse. Le besoin de sortir et de rejoindre ma meute me force à traîner des pieds jusqu'à la porte.

J'ai l'impression d'avoir envie de pleurer et de vomir en même temps.

— Je ne peux pas, gémis-je tout fort en me rattrapant à l'encadrement pour m'empêcher de sortir du studio.

Ça ne sert à rien. Je sens que la métamorphose se profile. Si je ne retire pas mes vêtements, je vais les déchirer. J'ai l'impression d'être revenue à l'adolescence.

Je me déshabille dans le couloir sombre, couche par couche, pendant que je cours vers les portes arrière.

Je les franchis juste à temps pour me transformer. Mes deux pattes de devant se posent sur la poignée, et la porte s'ouvre. Je sors dans l'air frais automnal. Le besoin de courir ne m'a jamais frappée si fort. Je fonce vers le terrain de football, restant dans les ombres au cas où un humain passerait en voiture. La terre se soulève sous mes pattes quand je prends le virage qui me fera sortir de la propriété de l'école.

Je grimpe la colline en me tenant aux ruelles et à la pénombre jusqu'à rejoindre le territoire de la meute. Ma louve me conduit droit à elle. Sans pensée consciente, je prends position à l'arrière. Je ne reconnais aucun loup, mais ça fait longtemps. Même quand j'étais adolescente, je ne laissais pas souvent sortir ma louve.

On court en haut et autour de la montagne, de plus en plus haut. Mon cerveau garde le silence un moment avant qu'une pensée isolée n'apparaisse dans ma tête.

Le plaisir.

Un plaisir très, très profond. C'est incroyable de courir comme ça. De sentir les pierres sous mes pattes. La force bionique dans mes cuisses. La brise autour de mon nez.

Et ça me donne envie de pleurer. Comme si j'avais trahi mon côté artiste.

Mais j'oublie tout ça rapidement, parce qu'un mâle vient me donner un coup d'épaule pour me pousser sur le côté.

Je me tourne pour lui gronder dessus. C'est un énorme spécimen noir avec une tache blanche sur la fourrure de son poitrail et autour de sa tête. Ses yeux verts sont fascinants. Son odeur m'est inconnue, mais elle titille mon nez et m'intrigue.

Il me cogne à nouveau, m'obligeant à me décaler, à l'écart de la meute. Je lui montre mes crocs. Il me mordille l'arrière-train pour montrer sa dominance.

Mon corps réagit instantanément ; pas de soumission, mais avec une vague de chaleur.

Partout. Ça me picote et se concentre dans mon ventre. Inonde l'intérieur de mes cuisses.

Il me mordille à nouveau et mon entrejambe se contracte. Je me rends compte brusquement que je ne pourrais pas résister s'il essayait de me maîtriser.

Quand il essaiera. Mon ventre exécute un soubresaut quand je comprends ce que c'est.

Il me fait la cour.

À la manière d'un loup.

L'excitation, la chaleur que je ressens dans mon corps, c'est la réaction qu'il fait naître dans mon corps. Ma louve en a envie. Elle veut être maîtrisée par lui. Pas se soumettre facilement, mais qu'il travaille pour obtenir sa soumission. Elle est *ravie* par cette idée.

Ça doit être pour ça que les femelles humaines aiment le

BDSM. La pointe de danger intensifie l'excitation sexuelle. Je ne connais pas ce mâle. Il est énorme. Puissant. Et il m'a choisie. Il pourrait faire tout ce qu'il veut de moi, avec ou sans ma permission.

Il me mord encore une fois, me poussant à m'éloigner de la meute, et me coinçant contre un effleurement de rochers.

Je commence à me retourner pour lui montrer mes dents, mais il frappe à la vitesse de l'éclair, et me tacle au sol.

Je ne me rappelle pas que mon cerveau ait ordonné à mon corps de se transformer, mais brusquement, j'ai repris ma forme humaine, mon ventre pressé contre la terre meuble, avec un homme massif sur mon dos. Est-ce que c'est lui qui a forcé la métamorphose ?

Je me retourne pour le voir – il faut que je sache avec qui je suis sur le point de coucher – mais il m'attrape par les cheveux et maintient ma tête en place.

— Non, non. Face contre terre, petite louve.

Sa voix est dure. Aussi cruelle que sa prise sur mes cheveux.

De l'humidité coule entre mes jambes.

Je n'ai jamais été aussi excitée de toute ma vie. Je ne sais pas trop quoi en penser. Est-ce que c'est ma louve qui fait ça ? Mais non, je suis sous forme humaine, toujours excitée.

Désespérément excitée.

Je ferais tout ce que cet homme me dit de faire à cet instant, pour obtenir la satisfaction de son toucher. Je sens son sexe durci se loger entre mes cuisses, et j'écarte les jambes pour lui.

— Tu en as envie, petite louve ?

J'entends une note de satisfaction dans son grondement profond. Il tient toujours fermement mes cheveux, tirant sur mon cuir chevelu.

— Oui, pantelé-je.

— *Oui ?*

Est-ce qu'il a l'air surpris ?

— Oui, tu veux que je te baise ? clarifie-t-il.

Je suis amoureuse de sa voix grave.

Il est en train de demander mon consentement. Il m'a peut-être pourchassée et taclée au sol ; il me maintient peut-être en place sans me laisser voir qui il est, mais j'ai mon mot à dire.

Il ne prendra rien sans ma permission.

Est-ce que c'est vraiment ce que je veux ? Je dois être folle. C'est exactement le scénario que j'ai juré d'éviter quand j'ai accepté de revenir à Wolf Ridge pour le reste du semestre.

Mais seule une petite partie de moi a envie de dire non. Cette voix qui me prévient que c'est comme ça que je vais me retrouver piégée à Wolf Ridge. Je fais exactement ce que mes parents voulaient que je fasse, et une fois que je me serai installée dans une meute, je ne voudrais plus jamais partir.

Mais à cet instant, je m'en fiche.

Tout ce qui m'importe, c'est de savoir ce que ça fait d'être pénétrée par le mâle viril derrière moi. Vivre l'expérience totale de la luxure. Du sexe torride sous la pleine lune. De tout ce que cet homme veut faire avec moi.

— *Oui.*

* * *

*A*SHER

JE N'ARRIVE PAS à en croire mes oreilles. *Carlotta James veut s'envoyer en l'air avec moi.*

Je me retiens tout juste de ne pas m'enfoncer immédiatement en elle et de la chevaucher sauvagement jusqu'à ce que j'explose. Des années de désir accumulé se concentrent dans ce moment, séparément des années de colère et de ressentiment à cause de sa trahison. Si on ajoute à ça le fait qu'à la seconde où j'ai senti son odeur au lycée, j'ai compris l'indéniable vérité, qu'elle est à moi, et on obtient la recette d'une combustion totale.

Oui. Le destin s'est encore bien foutu de moi.

Il m'a apparié avec la seule femelle que je ne voulais plus jamais revoir.

De ce fait, mon envie aveuglante de me perdre dans le corps délectable sous moi provient autant de la rage que du désir. Ça va être du sexe-haine.

Mais ça ne signifie pas que je ne ferai pas en sorte que ce soit bon. Je maintiens ma prise sur ses cheveux et place mes genoux entre ses jambes.

Je sais déjà qu'elle est prête pour moi. Même si elle ne venait pas d'écarter ses cuisses douces et de lever son arrière-train, l'odeur de son nectar me l'aurait dit.

— À quatre pattes, ordonné-je.

Je suis aussi choqué quand elle obtempère que quand elle a dit *oui*. En même temps, son corps doit reconnaître son maître. Elle reconnaît l'odeur de son homme destiné.

Je dois juste l'empêcher de voir mon visage.

Carlotta s'appuie sur ses mains et ses genoux, creusant les reins pour me présenter ses fesses magnifiques. Je les frappe fort. Sous la lumière argentée de la lune, je vois l'empreinte de ma main fleurir sur sa peau pâle.

— Ah.

Son cri ressemble à un mélange de protestation et de désir. Ses boucles brunes s'étalent dans son dos.

Je caresse ses fesses pour soulager la brûlure. Puis je lui donne une autre fessée, plus forte. La position de pouvoir dans laquelle je me trouve en ce moment rend mon sexe dur comme de la pierre. Jamais en un million d'années je n'aurais rêvé que ce moment arriverait. Moi, derrière l'ancienne fille de mes rêves. Complètement soumise à moi, tremblante de désir.

Je n'ai même pas besoin de guider mon érection. C'est comme si elle connaissait le chemin de la maison.

Carlotta est serrée, mais elle est aussi trempée, les replis de son intimité s'ouvrant pour me recevoir. Une poussée et je m'introduis en elle. Une autre, et je suis enfoncé jusqu'à la garde. Elle pousse un cri avec le second coup de reins, ma longueur étirant son intimité étroite.

Carlotta a toujours été petite, et elle a l'air encore plus mince depuis qu'elle est revenue. Je pèse deux fois plus qu'elle, au moins, et mon membre est… eh bien, disons qu'il est *plus qu'enthousiaste* d'être en elle.

Je reste pressé contre elle, mes bourses plaquées contre son postérieur tendre, et j'effectue des petits mouvements pour qu'elle s'habitue à ma taille.

— Oui ? grondé-je en appuyant sur sa tête au lieu de la tirer en arrière, pour soulager un peu les muscles de son cou.

Mais je tiens toujours ses cheveux pour qu'elle ne puisse pas se retourner et voir mon visage.

— C'est de ça que tu avais besoin, petite louve ?

Elle se contente de geindre en réponse, me disant que c'est toujours trop.

Je ralentis encore, mon bassin collé contre elle, me contentant de le balancer pour glisser sur quelques centimètres. Avec ma main libre, je la contourne pour trouver son clitoris.

Je l'effleure à peine, et ses genoux se soulèvent du sol, ses hanches se pressant contre les miennes pour me prendre plus profondément. Les parois étroites de son intimité se contractent autour de mon sexe, me tirant un grognement.

— Est-ce que tu viens de jouir ?

Ma voix a l'air plus rauque que je ne le voudrais. Le plaisir surprenant de lui avoir donné satisfaction aussi facilement parcourt toujours mon corps. Je reprends le contrôle.

— Je n'ai pas dit que tu pouvais jouir. Qui a dit que tu avais le droit de prendre ton pied avant moi ?

Je me retire et commence à lui claquer les fesses, vite et fort.

— Tu ne jouis pas avant moi. Pas sans ma permission. Compris ?

Elle ne répond pas – il faut dire que je ne lui en donne pas l'occasion non plus. Je n'arrête pas de la fesser.

— Si tu veux prendre du plaisir, tu attends que je te le donne.

J'arrête de la frapper et agrippe rudement sa chair avant de la secouer.

— Ce cul m'appartient. Je fais ce que je veux avec. Et si je veux le claquer jusqu'à ce qu'il devienne rouge et sensible avant que je te baise, c'est ce que je vais faire.

Mes paroles sont davantage des mots de domination que des mots salaces. C'est le résultat de presque cinq ans de colère à cause de ce que Carlotta m'a fait. De ma frustration, du fait que mon monde ait été mis en pièces et ma vie ruinée par elle, juste pour découvrir que c'est elle, la femelle que le destin a choisie pour moi.

— OK.

Elle a l'air hors d'haleine. Son excitation goutte sur la terre meuble entre ses genoux.

— Mmm.

Je frotte l'humidité entre ses jambes.

— Est-ce que ça t'a excitée que je te mette la fessée ?

Elle ne répond pas.

— La prochaine fois, je te laisserai te toucher pendant que je te mets la fessée, et si tu es une bonne fille, je te laisserai jouir.

Je ne sais pas pourquoi je lui promets une prochaine fois.

Je ne sais pas combien de temps je peux lui cacher qui je suis. Dès qu'elle s'en rendra compte, ce sera terminé. Il n'y a absolument aucune chance pour nous.

Je n'en veux pas de toute façon.

Je m'enfonce à nouveau en elle. Cette fois, c'est encore plus facile. Son corps est plus accueillant. Trempé. J'ai déjà tracé la voie, et elle a autant besoin de moi que j'ai besoin d'elle.

La fesser m'a calmé. Cela a relâché un peu de l'agressivité qui, comme je le craignais, nous a amenés à une relation sexuelle. Désormais, je peux fermer les yeux et savourer la sensation d'être en elle.

Je peux bouger plus lentement d'avant en arrière, jaugeant sa capacité à en supporter davantage.

J'imprime un rythme, augmentant la cadence, m'enfonçant plus loin. J'accentue les frottements internes. J'appuie mes coups de reins. Tout en la maintenant en place en serrant ses cheveux dans mon poing.

— Oh oui, halète-t-elle.

Je ralentis.

— *Oh oui*, quoi ? *Oh oui, j'ai besoin de jouir ?* Ou tu veux que j'arrête ?

— J'ai besoin de jouir !

Merde.

Pour une raison ou pour une autre, le savoir cause ma perte. Mes narines se gonflent. Je pilonne son magnifique postérieur, perdant tout contrôle. Je sais que j'y vais trop fort. Que c'est trop. Ses genoux décollent du sol, et elle se laisse aller de tout son poids sur mes bras pour encaisser.

Je m'en fiche. Je prends ce qui est à moi.

La déesse lune semble faire des cercles au-dessus de nous, comme si elle célébrait le fait de nous avoir réunis après nous avoir séparés.

Je suis perdu dans l'ouragan de plaisir et de profonde

satisfaction. Dans cette sensation que c'est là qu'est ma place, que tout dans ma vie s'est concentré pour arriver à ce moment précis. Comme si c'était le point culminant de toute mon existence.

Je veux que ça dure toujours. Je sais que ce n'est pas possible. Que cette euphorie de passage sera la mesure inatteignable que j'essaierai de toutes mes forces de retrouver tous les jours pour le reste de ma vie.

Mes bourses se contractent et commencent à palpiter. Je me rappelle de justesse de me retirer.

— Non !

Carlotta a presque l'air offensée. Comme si elle aussi était à deux doigts de l'extase. Je prends mon sexe dans mon poing et le caresse rudement deux fois avant de me déverser sur ses fesses.

— Non, sanglote-t-elle.

— Je sais.

Ma voix est rauque et gutturale.

— Tu n'as pas eu le temps de jouir.

Je la contourne avec ma main et trouve son clitoris. Il est gonflé et sort de son capuchon. Même si je suis toujours en train de reprendre mon souffle, je force mon doigt tremblant à être délicat. Je trace un cercle paresseux autour de son bourgeon.

Elle exhale un autre sanglot.

Encore un cercle.

Elle commence à agiter le bassin.

À la moitié du troisième tour, elle jouit. J'enfonce deux doigts en elle, pour qu'elle ait quelque chose autour de quoi se contracter. Son orgasme se prolonge, ses muscles serrant, ses hanches ondulant avec des mouvements brusques. C'est magnifique.

Elle s'écroule à plat ventre quand c'est terminé.

C'est à ce moment-là que je commence à paniquer. Parce

que mon instinct me dicte de couvrir son corps avec le mien. D'enrouler mes bras autour d'elle et d'embrasser son cou à l'odeur si douce.

Mais je ne peux pas. Je ne le ferai pas.

Je la relâche d'un seul coup, reculant en même temps que je me transforme, priant pour qu'elle ne m'aperçoive pas sous ma forme humaine.

Mon cerveau me dit de la laisser. De courir vite et de rattraper la meute. Ou encore mieux, de disparaître pour éviter le moment gênant où elle reviendra dans la meute et essaiera de trouver qui je suis.

Mon loup refuse de me laisser faire. Ce ne serait pas galant de baiser ma compagne et de la laisser alors qu'elle est toujours à genoux. Je la pousse avec mon nez pour qu'elle se lève et qu'elle bouge. Ça n'a rien d'affectueux de ma part. C'est la dernière chose que je veux avec elle, mais je finis par lui lécher l'oreille.

Puis je me reprends. Je la pousse encore une fois, et quand elle ne remue toujours pas, je la mordille.

Ça la fait réagir. Elle se transforme en une louve mince et blanche, avec des yeux vert jade. Je ne peux m'empêcher de remarquer que nos loups se complètent. Moi gros et noir, elle petite et blanche. Tous les deux avec des yeux verts. Sa louve est menue, mais élégante. Elle reste debout quelques instants, sa tête tournée dans la direction dans laquelle la meute est partie, puis revient.

À mon grand soulagement, elle fait volte-face pour retourner là d'où elle est venue.

Je la regarde s'éloigner en trottinant. Elle avance lentement au début, comme si ses pattes ne se rappelaient pas comment fonctionner. Puis elle adopte un bon rythme, et peu de temps après, elle descend de la montagne en bondissant aussi vite qu'elle courait quand elle est arrivée.

Bien. Elle se fiche de savoir qui je suis.

Dans ce cas, il y aura peut-être une prochaine fois.

L'idée de la courser dans la nuit, de la prendre violemment par-derrière, et de ne jamais la laisser voir mon visage n'est pas uniquement profondément satisfaisante.

C'est peut-être la seule solution pour que je survive au reste de l'année.

CHAPITRE TROIS

Lotta

JE COURS en direction de l'arrière de l'école, mon corps toujours en feu après ce qui s'est passé sur la montagne.

Je n'arrive pas à y croire. Je n'ai jamais couché avec quelqu'un pendant une course à la pleine lune. Je n'en ai jamais éprouvé le désir. Ce soir, j'étais incapable de repousser ce mâle, à la seconde où j'ai senti son odeur. J'ai eu envie de sexe comme jamais auparavant.

Pff. Voilà pourquoi je ne voulais pas me transformer.

Je ne voulais pas me laisser aller à ma nature de louve et me retrouver empêtrée ici, à Wolf Ridge. Malgré tout, je ne peux nier que ça a été très satisfaisant de laisser mon côté animal sortir. Et je ne parle pas de courir, même si ça a été génial aussi.

Je parle du sexe brutal et sauvage.

Je suis toujours fiévreuse et excitée. Tremblante de désir pour ce mâle. À la fois satisfaite et en manque.

Qui était-il ?

D'une certaine façon, j'aime qu'il ne m'ait pas laissé le voir. Il ne veut pas que je connaisse son identité, ce qui veut dire qu'il ne cherche pas à me coincer ici.

Et il s'est montré prudent. Il s'est retiré, même si j'avais désespérément envie qu'il jouisse en moi. Il a eu plus de contrôle que moi.

Peut-être qu'il est plus vieux que moi. En tout cas, il est bien plus dominant.

Pourquoi ai-je eu une telle réaction face à lui ? Qu'est-ce que ça signifie ? Il n'est pas… il ne peut pas être mon compagnon.

Si ?

Bordel.

Si on était compagnons, il l'aurait su en premier. Les mâles repèrent plus facilement l'odeur de leur partenaire que les louves.

Il l'aurait su au moment où il avait commencé à me donner la chasse.

Pourtant, il n'a pas voulu que je sache qui il est.

Est-ce que ça veut dire qu'il est déjà en couple ?

Oh, Bon sang.

L'idée à elle seule me retourne l'estomac. Est-ce que je viens de coucher avec le petit ami ou le mari d'une autre femme ? C'est dégoûtant.

Mais en même temps, si je suis sa compagne destinée, il n'aurait pas été capable de s'en empêcher. Pas sous la pleine lune et dans sa peau de loup. Peu importe l'engagement qu'il aurait pris envers une autre femme, les courses à la pleine lune révèlent notre nature la plus authentique. On ne peut pas étouffer notre besoin de chasser. De s'accoupler. Et si la nature nous montre notre véritable compagnon prédestiné, notre besoin de le revendiquer.

C'est de là que viennent les mythes humains qui parlent des loups-garous. L'idée qu'on se transforme en monstres qui ne peuvent pas s'empêcher de tuer est en partie vraie. C'est juste qu'on ne tue pas d'humains. On chasse comme un jeu. On traque le sexe opposé.

C'est exactement pour cette raison que j'ai essayé d'enfermer mon côté loup. Je ne peux pas perdre le contrôle à ce point.

Néanmoins, j'imagine que je devrais m'estimer heureuse. Si ce mâle est réellement mon compagnon destiné, et qu'il est déjà lié à une autre femme, ça me donnerait une excuse irréfutable pour quitter vite fait d'Arizona dès que ce contrat de remplacement arrive à son terme.

Et ça voudrait dire qu'il ne m'arrêterait pas et ne me suivrait pas non plus quand je me sauverais.

Je reprends ma forme humaine en arrivant devant la porte arrière du lycée. L'effluve riche et profond de ce mâle me colle toujours à la peau. Il sentait le cuir et les épices.

Me retrouver debout ici, nue, dans mon corps de femme, rend tout ce qui s'est passé encore plus réel. Mes tétons pointent. De l'humidité s'accumule dans mon entrejambe. Me métamorphoser en louve a activé mes capacités de guérison rapide, mais mes fesses me picotent et mon intimité est toujours un peu sensible. J'entends encore l'écho de ses grondements dans mes oreilles.

Bordel ! ce mâle.

Qui était-ce ?

Non, je ne veux pas savoir.

Mon périnée se contracte en se souvenant comment il m'a utilisée.

Est-ce qu'il avait l'air fâché contre moi ? En tout cas, il n'était pas ravi.

Peut-être parce que découvrir que je suis sa compagne destinée risque de le gêner dans sa vie.

Son agacement ne l'a pas empêché de se montrer attentionné, néanmoins. Il y est allé doucement en attendant que je me sois adapté à la taille de son sexe impressionnant.

J'ai aimé qu'il se montre brutal. Cette dominance alpha que je n'aurais jamais cru apprécier m'a fait atteindre des sommets que je n'avais pas expérimentés avant – avec ou sans partenaire.

Et pour être honnête, avant ce soir, le meilleur sexe de ma vie, c'était *sans* partenaire. Juste moi et mon petit ami à piles. Bon, je n'ai fait l'amour qu'avec des humains, alors ceci explique peut-être cela.

Ce soir, j'ai appris ce que pouvait être le sexe. Une autre dimension. Une alchimie. Un endroit pour s'entraîner, pour prendre feu et devenir quelque chose de différent. De complètement nouveau.

Je tends la main vers la poignée et tire.

Oh, merde.

— Non !

Je cogne ma paume contre la porte verrouillée du lycée. Même si je sais que c'est fermé à clé, je tire en mettant toute ma force.

Est-ce que j'ai vraiment enfermé mes clés dans ma salle de classe ? Et mes vêtements… Oh, bon sang.

Ça ne pourrait pas être pire. Je les ai semés dans le couloir, *dans le lycée où j'enseigne*. Un lycée rempli de métamorphes qui sauront grâce à l'odeur à qui les habits appartiennent ! C'est… une calamité.

Je vais perdre mon travail une semaine après avoir commencé. Je ne sais pas ce qui m'a pris. Je n'ai jamais été aussi submergée par une pleine lune auparavant. J'ai perdu toute raison.

Je tourne en rond, en examinant mes options.

En gros, je n'en ai aucune. Je peux rester ici toute nue et risquer d'être vue par un humain – ou pire, par un de mes connards d'alphas d'élèves – ou je peux me transformer et rentrer chez moi.

Seigneur, si l'un de ces pervers de footballeurs assis au fond de ma classe qui m'ignorent pendant tout le cours me voyait en ce moment, je deviendrais le sujet de toutes les blagues cochonnes du lycée. Je sais déjà qu'ils se font des tas de fantasmes pornos sur moi. Être une jeune enseignante en face d'un groupe de loups ados engendre certaines difficultés.

Je prends une profonde inspiration et la relâche lentement.

Ça va aller. Je peux gérer. Il faudra juste que j'arrive au lycée la première demain matin. Tant que j'arrive en même temps que le concierge, tout ira bien. Sauf si le concierge est obsédé aussi.

Merde. Je parie que c'est le cas.

* * *

Lotta

Je me tourne et me retourne toute la nuit, fiévreuse à cause d'hormones que je n'ai pas ressenties depuis ma transition. Je me réveille dans les affres d'un orgasme, mes doigts entre mes jambes, le sexe trempé. Je me cambre au-dessus des draps, mes cuisses tremblant alors qu'elles se serrent autour de mon poignet. Je ne me souviens pas de mon rêve. Je sais seulement que j'entends encore les échos des grondements de ce mâle dans mes oreilles.

Je sens toujours les vibrations dans chacune de mes cellules en réaction à sa voix.

Je meurs d'envie de sentir son odeur à nouveau – cet

effluve viril de cuir et d'épices qui m'est monté à la tête comme une drogue.

Je m'affaisse contre les oreillers en essayant de reprendre mon souffle. Puis je vérifie mon réveil sur la table de nuit.

Putain !

Je sors du lit en quatrième vitesse et fonce vers mon placard. Pas le temps de prendre une douche –, heureusement que j'en ai pris une hier soir. Je suis en retard. *Vraiment* en retard.

Est-ce que j'ai éteint l'alarme pendant que je dormais ?

Quelle idiote !

Comment je peux être en retard le matin où j'étais censée arriver en avance ?

Sérieusement, qu'est-ce qui m'arrive ? Je n'ai jamais de panne de réveil.

Bien sûr, je ne fais jamais de rêve non plus à propos de loups qui me donnent un orgasme en pleine nature.

J'enfile un tee-shirt et une jupe sans vérifier qu'ils vont ensemble. Je glisse mes pieds dans une paire de tongs. Qu'est-ce que ça peut faire qu'elles sont contre le code vestimentaire strict ? Pas de tongs, c'est une règle idiote de toute façon, toute comme la règle sexiste qui interdit aux filles de montrer les bretelles de leur soutien-gorge.

En une minute chrono, je suis dehors et je démarre ma Mini avec le double des clés que j'ai récupéré hier soir en me faufilant par la fenêtre ouverte de la *casita* où je vis.

J'écrase l'accélérateur, faisant hurler les pneus en partant. Peu importe. Même si j'arrive avant la première sonnerie, il est impossible que j'arrive la première ou la deuxième au lycée. Pour ça, il aurait fallu que je me lève il y a une heure, pendant que j'étais en plein orgasme.

Je roule à tombeau ouvert dans les rues et me gare sur le parking réservé au personnel.

Déesse Lune, aidez-moi à survivre à cette journée. Je

cours jusqu'à la porte. J'ai l'impression que tout le monde me regarde, mais avec un peu de chance, je suis juste parano.

Je vérifie rapidement, mais mes vêtements ne sont pas dans le couloir. Je ne sais pas trop si c'est une bonne ou une mauvaise chose, pour être honnête. J'entre dans la classe, les élèves déjà rassemblés devant la porte pour la première heure de cours. Ce sont des premières années, une des classes les plus faciles. Plus ils sont jeunes, plus j'arrive à les contrôler. Ma pire classe, c'est les dernières années de la sixième heure – la classe d'Asher Martin, la star de l'équipe de football, et leader des connards alphas.

Le fils des voisins qui a doublé de taille depuis la dernière fois que je l'ai vu et qui me déteste au plus haut point.

Je tends la main vers la poignée de ma salle, avant de me souvenir que je n'ai pas les clés.

Mince. Je vais devoir aller demander au concierge ou au principal.

Non, minute. Non, non, non. Je résiste à l'envie de détaler comme un rat coupable.

Je suis une enseignante. Je dois rester digne.

Je me redresse de tout mon mètre cinquante-cinq, gonfle la poitrine, et tourne la tête d'un air royal vers l'élève le plus proche de moi.

— Andrew, va chercher le concierge pour qu'il ouvre la porte.

Je ne suis peut-être pas le loup le plus grand ou le plus fort du lycée, mais je sais comment faire preuve d'autorité.

— Oui, mademoiselle James.

Dès qu'il disparaît, je regrette de ne pas y être allée moi-même. Parce que les secondes s'étirent comme des heures alors que la cloche retentit, et que je suis toujours dans le couloir avec mes élèves.

Je réfléchis à toute vitesse.

— Être un artiste signifie travailler avec ce qu'on a sous la main, quel que soit l'endroit où on se trouve, déclaré-je à la classe. La cloche a sonné. Le cours commence immédiatement. Observez ce couloir. Si vous deviez le décrire d'une façon qui a du sens, comment feriez-vous ?

Personne ne m'écoute.

Je laisse filtrer autant d'Autorité Alpha que possible dans ma voix.

— Dos contre les casiers.

À contrecœur, mes élèves forment une ligne.

— À présent, regardez le mur.

Je désigne la cloison en face d'eux.

— Que voyez-vous, et comment feriez-vous pour exprimer ce qu'il est ?

— Comment ça, exprimer ce qu'il est ? C'est un mur, quoi, lance une des filles de la classe en examinant ses ongles.

— En effet. Combien d'émotions différentes peut inspirer un simple mur ?

Ils me dévisagent avec des regards vides.

— Que vous font-ils ressentir ?

Toujours aucune réaction.

J'offre un peu de vulnérabilité.

— Parfois, les murs me donnent l'impression d'être enfermée. Emprisonnée.

J'obtiens quelques hochements de tête quand ils commencent à voir où je veux en venir.

— Donc je pourrais peindre ce mur qui penche vers l'intérieur de façon oppressante comme s'il se refermait sur moi. Comment pourrais-je convoyer ce sentiment à part ça ?

— Vous pourriez peindre des barreaux, lance quelqu'un.

— Exactement. Je pourrais peindre de vrais barreaux de prison.

— Ou vous pourriez transformer les casiers en barreaux… je sais !

Enfin, un de mes élèves montre de l'enthousiasme.

— Vous pourriez peindre les casiers comme si c'étaient des barreaux de prison et les tordre au milieu pour faire un trou vers l'extérieur.

— Oui, et si tout était noir et blanc à l'intérieur, et tout en couleurs dehors ? suggère une autre étudiante.

Je la récompense avec un sourire encourageant.

— Là, ça ressemble à une œuvre d'art à venir.

Le concierge – Zory, je crois – arrive avec les clés. Sans m'accorder un regard, il déverrouille la porte et l'ouvre pour moi.

— Merci, Zory, murmuré-je.

Il se contente de grogner et s'en va sans rien ajouter.

Quelqu'un est entré dans cette classe récemment. Je capte une odeur, mais je n'arrive pas à l'identifier. Mes vêtements d'hier sont pliés et bien rangés derrière mon bureau, sous mon sac à main.

OK. Je laisse échapper le souffle que je retenais jusqu'ici.

Quelqu'un a couvert mes arrières.

Peut-être que tout n'est pas merdique ici.

Je continue le cours, en leur expliquant qu'on va faire une pause dans leur projet sur le pointillisme pour essayer de faire quelques croquis rapides du couloir.

Une pom-pom girl lève la main.

— Oui, Remi ?

— Est-ce que je peux sortir dans le couloir pour dessiner ?

J'hésite. J'adorerais sortir le cours de la salle de classe pour pouvoir observer le monde extérieur à travers les yeux d'un artiste, mais je ne me sens pas assez courageuse pour braver le système après mon comportement d'hier soir.

Ma résolution ne fait que se renforcer quand le principal ouvre la porte et passe la tête dans l'embrasure.

— Je voudrais vous voir après les cours.

Merde.

Je vais sûrement me faire virer. Super. Mon premier poste aura duré trois semaines. J'ignore si l'artiste en moi s'est auto-sabotée pour que je ne trahisse pas mes principes en restant à Wolf Ridge, ou si c'est ma punition naturelle pour avoir laissé sortir ma louve.

Je ne sais pas. Je suis trop perturbée ce matin pour comprendre mes échecs et mes motivations depuis que je suis arrivée ici.

Je déglutis.

— Oui, monsieur. Je serai là.

Je suis foutue.

CHAPITRE QUATRE

Asher

Je serre les poings en marchant à grands pas dans le couloir. Mes articulations craquent. Eric Damonella va mourir.

Au déjeuner, j'ai entendu une rumeur – et pour ça, je vais le tuer.

Apparemment, il serait en possession d'une petite culotte appartenant à Carlotta. Il prétend qu'il est venu ici et qu'il s'est envoyé en l'air pendant la course à la pleine lune hier soir.

Il va sans dire que je sais que c'est faux.

Je le sais parce que je me rappelle encore la sensation de son corps mince sous le mien. Ce que ça fait de m'enfoncer en elle et de la faire hurler de plaisir.

Il a sûrement ramené une culotte de sa sœur au lycée. Tout ce qui m'intéresse, c'est qu'il répand des mensonges à propos de Carlotta, qui la dégradent et font d'elle un objet.

Je suis peut-être le connard qui s'assoit au fond et qui lui manque de respect devant toute la classe, mais ça ne veut pas dire que je vais rester là sans rien faire pendant qu'Eric Damonella l'humilie. J'ai mes raisons de la détester.

Des raisons qu'elle comprend. Des raisons que personne n'a besoin de connaître.

Mais je défoncerai tous ceux qui font plus que suivre mon exemple en cours.

J'ouvre la porte de la salle d'art à la volée. C'est un modèle équipé d'un système qui fait qu'elle se referme toute seule, mais je l'ai poussée tellement fort que le truc se détache et tombe par terre.

Rien à foutre.

Eric est assis à la dernière rangée, là où mes potes et moi on s'installe, et il est en train de montrer aux mecs quelque chose dans la poche de son sac à dos.

Je laisse tomber le mien et pousse les tables qui me barrent le chemin, envoyant voler les œuvres des élèves partout. Croyez-le ou non, ça n'a même pas attiré l'attention d'Eric. Il est trop occupé à raconter je ne sais quelle connerie à Seb et Markley, que je vais buter tous les deux pour avoir regardé la culotte qu'il leur montre.

— Non, mec. J'invente rien du tout. Sens, tu verras.

Il roule le tissu en boule et le passe à Seb.

Je suis à deux doigts de perdre le contrôle de mon loup. Je saute par-dessus les tables juste à temps pour attraper le poignet d'Eric avant qu'il n'ait pu la lui passer.

Clac.

Je casse son articulation en la tordant d'un geste sec.

Une fille humaine pousse un hurlement.

Mais mon loup n'est pas satisfait.

— Asher Martin ! s'exclame Lotta en se précipitant vers nous.

Son odeur entre dans mes narines – fraîche et terreuse en même temps. Jasmin et miel.

Elle porte un crop top turquoise qui laisse voir son

nombril et une jupe noire toute simple qui lui arrive au-dessus des genoux, mais qui malheureusement moule ses fesses d'une façon qui me met l'eau à la bouche.

Je jette un regard noir à cette perfection en forme de cœur. Je déteste tout chez elle.

Et je ne veux pas qu'elle s'approche de moi, là. Son odeur perturbe mon loup, et il est déjà hors de contrôle.

— *Recule.*

Mon loup reconnaît la voix de notre compagne, mais ça ne fait que l'énerver encore plus. Comme s'il croyait que c'était elle qui courait un danger à cause de ce connard, et pas uniquement sa réputation.

Je plaque ma paume à l'arrière du crâne d'Eric et lui écrase la figure contre la table, face à Carlotta.

— Répète à mademoiselle James ce que tu racontes.

Eric se met à balbutier.

— Allez. Dis-lui.

Je continue à presser son visage contre le contreplaqué.

— Lâche-moi, mec.

Il se tortille pour essayer de me balayer avec un croche-patte.

Je lève ma jambe et appuie mon pied sur le côté de son genou.

— Tu veux que je te pète la rotule aussi ?

Eric est un métamorphe. Il guérira en deux jours. Malgré tout, les combats ne sont pas autorisés dans l'enceinte du lycée. Il y a des membres du personnel et des élèves humains qui seraient horrifiés par le niveau de violence déployé par les métamorphes pendant un combat. Sans compter le problème de trouver une explication au fait qu'on guérisse aussi rapidement. Eric va devoir porter un plâtre, même s'il n'en a pas besoin.

— Mec, c'est quoi ton problème ? Je croyais que tu détestais mademoiselle James ?

Je relève sa tête et l'abats à nouveau sur la table. L'humaine à l'avant de la classe pousse un autre cri. Je suis définitivement en train de briser toutes les règles de la meute et du lycée, là. Je vais devoir en payer le prix, mais je suis habitué à être le paria de la meute. Mon père et Lotta s'en sont assuré.

— *Asher !* aboie Carlotta. Ça *suffit* ! Lâche-le. *Tout de suite !*

— Excuse-toi auprès de mademoiselle James.

Je me suis un peu calmé maintenant qu'il est immobilisé, et je sens l'odeur de sa douleur.

— Désolé, mademoiselle James, halète-t-il.

— Dis-lui pourquoi tu es désolé.

Ma voix est plus dure que la pierre.

Je jette un coup d'œil vers le sol, à l'endroit où la culotte a atterri quand il a perdu l'usage de ses doigts. Je la désigne de l'index.

— Donne, ordonnai-je à Seb.

Il obtempère, et ramasse la culotte pour me la tendre en scrutant mon visage. Je suis sûr que mon comportement donne l'impression que j'ai fait un virage à cent quatre-vingts degrés. En général, mon but dans ce cours c'est de provoquer notre prof remplaçante, pas la défendre.

Je lève le tissu en l'air. Tout en moi est tendu et en colère.

— Que racontes-tu à tout le monde à propos de ça ?

Ce qui me déstabilise, c'est quand je vois le visage de Carlotta se vider de ses couleurs quand elle examine la culotte.

Est-ce que c'est vraiment la sienne ? Eric a quand même dit à Seb de la sentir.

Je la range dans mon sac à dos, et essaie de contrôler la rage de mon loup.

Il ne l'a pas touchée. Impossible.

Mon cerveau est en train de devenir dingue. Et s'il l'avait eue après moi ? Non. Je n'y crois pas. En plus, si c'était le cas, elle n'aurait pas porté une culotte à ce moment-là.

Alors qu'est-ce qui se passe, putain ?

Je reporte mon attention sur Eric, que j'ai bien peur de vraiment finir par massacrer.

Je cogne sa tête encore une fois et lui donne un coup de poing dans les reins.

— Dis à mademoiselle James ce que tu racontes sur elle.

— Je suis désolé ! couine Eric. J'ai dit qu'on avait couché ensemble ! Je suis un connard, OK ?

Je vois le visage de Carlotte passé du choc à l'indignation. Mais est-ce que ça veut dire qu'elle n'a pas couché avec lui ? Ou si ?

Merde, je suis tellement à l'ouest, là. Je ne sais pas si je peux me fier à ce que je pense de cette femelle.

— Tous les deux, dans le bureau du principal. Sans délai, grogne-t-elle.

Je croise son regard et le soutiens. Elle a repris des couleurs grâce à deux points brûlants sur ses pommettes. Son regard doré étincelle de colère.

— J'ai dit tout de suite, Asher.

Je dois bien reconnaître qu'elle sait comme infuser l'Autorité Alpha dans sa voix, pour une si petite métamorphe. Ça ne m'affecte pas physiquement, mais elle donne carrément l'impression de cacher une force létale derrière.

Je n'ai pas envie de lâcher Eric, mais que puis-je faire d'autre ? Il s'est confessé et excusé. Sauf si j'ai vraiment l'intention de le tuer, la bagarre est terminée. À contrecœur, je relâche ma prise de fer sur sa tête puis l'agrippe sous les aisselles pour le forcer à se lever.

Je sors de la classe en prenant mon sac à dos au passage. Une fois dans le couloir, je me retourne pour jeter un dernier regard à Carlotta.

Elle m'observe avec… un air de doute ? De regret ?

Oui, j'espère bien qu'elle est désolée.

Et qu'elle a passé autant de nuits affreuses que ma mère et moi à cause de ce qu'elle nous a fait.

* * *

LOTTA

JE FRAPPE à la porte du principal Olsen même si sa secrétaire m'a assuré qu'il m'attendait.

Je suis enseignante maintenant. Une adulte, tenté-je de me rappeler parce que j'ai vraiment l'impression d'être une vilaine élève. Bon, c'est vrai que j'ai merdé. Le truc, quand on est adultes, c'est qu'il faut assumer.

Sauf s'il ignore ce qui s'est passé. Dans ce cas, je devrais garder la bouche fermée. Argh… je ne sais vraiment pas comment la jouer.

— Carlotta.

Son regard est désapprobateur, c'est le moins qu'on puisse dire.

— Asseyez-vous.

Je prends place dans la chaise en face de lui et croise les jambes.

— Quand je suis arrivé ce matin, j'ai trouvé vos vêtements qui traînaient partout dans le couloir. Vous voulez bien m'expliquer ?

Je sens mon visage devenir brûlant. Bon sang, j'espère qu'il croit que c'est parce que je me suis transformée, et pas parce que je me suis sauvagement envoyée en l'air avec quelqu'un à l'intérieur de l'école.

— Je suis désolée. J'ai eu un… incident hier soir.

— De quel genre ?

— C'est très embarrassant, mais la vérité, c'est que je ne

me suis pas métamorphosée depuis que je suis partie pour l'université.

Je me force à arrêter de me triturer les mains sur mes genoux en les serrant l'une contre l'autre.

— Après les premiers mois, je me suis rendu compte que les pleines lunes affaiblissaient mon énergie et ma force vitale. Mais hier soir, pendant que j'étais en train de peindre ici, j'ai entendu la meute hurler, et ma louve s'est réveillée. C'était comme si j'étais redevenue une ado prépubère ; je n'avais aucun contrôle sur la transformation. J'ai couru pour sortir du lycée. Quand je suis revenue, j'ai découvert que je m'étais enfermée dehors. J'avais prévu de venir tôt ce matin pour ramasser mes vêtements dans le couloir, mais pour une raison ou pour une autre, sûrement parce que je n'avais pas pris ma forme de louve depuis cinq ans, j'ai eu une énorme panne de réveil.

Je laisse de côté le fait d'avoir découvert que mon compagnon destiné était ici, à Wolf Ridge. Un membre de cette meute. Quelles étaient les chances que ça arrive ? Sur les dizaines de milliers de loups éparpillés sur toute la planète, il a fallu que mon compagnon destiné se trouve dans ma ville natale. Justement l'endroit que je veux fuir à tout prix.

Le principal Olsen fronce les sourcils, avec ce pouvoir et cette inflexibilité alpha qui émanent de lui et qui en font un bon principal pour une école remplie de loups métamorphes.

— Vous auriez dû me contacter hier soir quand vous vous êtes rendue compte que vous étiez enfermée dehors.

— Oui, monsieur.

J'ai envie de me défendre en disant que mon portable était coincé à l'intérieur aussi, mais j'aurais pu aller chez mes parents et leur emprunter le leur. Mais je ne voulais pas devoir expliquer à ma mère ce qui s'était passé.

— Vous avez raison. La vérité, c'est que j'ai perdu le contrôle et ensuite j'ai eu honte, et le fait que je n'aie pas assumé mes actions ensuite rend le tout encore pire. Je suis désolée.

— J'imagine qu'Eric Damonella a trouvé votre culotte quelque part sur le campus ?

Mon visage s'empourpre encore plus. Est-ce que ça existe de mourir d'humiliation ? Non, hein ? Parce que là, j'ai vraiment l'impression que je vais mourir ici et maintenant.

Je me racle la gorge.

— Euh, oui. J'imagine que oui.

— J'ai cru comprendre qu'il se vantait auprès des autres élèves qu'il avait eu une relation sexuelle avec vous.

Dégoûtant. Comme si j'allais coucher avec un élève.

Qu'un gamin raconte à tout le monde qu'il m'avait baisée, c'est exactement le genre de conneries perverses auquel je m'attendais. Ce qui m'avait choquée, en revanche, c'était qu'Asher Martin prenne ma défense.

Qu'est-ce qui lui a pris ?

Ce mec me déteste littéralement. Il s'assoit au fond de ma classe et marmonne des choses insolentes pendant toute l'heure de cours. Je lui ai déjà donné deux retenues pour son comportement, et je n'enseigne à Wolf Ridge que depuis deux semaines.

Asher ne fait jamais aucun des devoirs que je donne. Je parie qu'il se retrouvera très bientôt sur le banc pendant le match parce qu'il n'aura pas eu la moyenne dans ma matière. Ce qui risque de poser un problème, parce que d'après ce que je sais, c'est l'une des stars de l'équipe de football.

Ça ne me réjouit pas de devoir le faire, néanmoins. Ça lui donnera une raison supplémentaire de penser que j'ai gâché sa vie.

— Je suis sûre que vous êtes conscient que c'est faux. Ce serait complètement immoral.

— Oui. Je l'ai interrogé. Il a menti à propos de ces rumeurs sur vous, mais il a dit la vérité quand je lui ai demandé sans détour s'il avait eu des relations sexuelles de quelque nature que ce soit avec vous.

Je hoche la tête.

— Je ne veux pas que des rumeurs soient colportées selon lesquelles mes professeurs coucheraient avec des élèves dans ce lycée. Je ne veux pas que les élèves se transmettent des sous-vêtements d'enseignants. Si vous ne pouvez pas contrôler votre louve à la pleine lune, rester loin de l'école après les cours. Je vous ai donné les clés et la permission d'utiliser le studio d'art quand vous le souhaitiez comme une faveur. Ne me le faites pas regretter. Compris ?

— Oui, monsieur. Parfaitement.

J'hésite. Avant qu'il ne me congédie, il faut que je lui demande pour Asher.

— Étant donné que c'est à cause de moi qu'une bagarre a éclaté dans ma salle de classe, j'espère que vous n'avez pas été trop dur avec Asher. Il s'est juste… comporté en gentleman, pour être honnête.

Je ne sais pas pourquoi cette idée me tord le ventre.

Parce que cela montre qu'il se soucie de moi ? Non, clairement pas. Cela indique juste que c'est un garçon décent sous ces airs de connard.

— Je l'ai renvoyé pour le reste de la semaine, mais je l'ai autorisé à jouer ce week-end. Il y aura des chasseurs de têtes de l'université, et c'est un de nos meilleurs joueurs.

Une vague de soulagement me submerge.

— Tant mieux. C'est important.

— Je vais devoir en informer l'alpha Green et le conseil, en revanche. Il a brisé les lois de la meute en montrant sa nature devant les humains de votre cours. Et la violence était excessive.

Merde.

Ma mère fait partie du conseil. Elle ne sera pas tendre avec Asher à cause de son parti pris contre son père.

Mon estomac se tord. Il est peut-être une épine dans mon pied pour l'instant, mais je sais ce qu'il a traversé. S'il se retrouve banni de la meute, ça va me rendre malade.

— Vous êtes sûr que c'est nécessaire ?

Je ressens toujours ce besoin de le protéger. Il n'a plus treize ans, mais dix-huit. C'est un adulte. Et mes précédentes tentatives de le protéger n'ont fait que compliquer encore plus sa vie. Mais pour une raison que j'ignore, je n'arrive pas à m'en empêcher.

— Est-ce que vous remettez en question mon jugement ?

— Non, monsieur. Désolée, dis-je en me levant. Merci de votre compréhension. Ça n'arrivera plus, je vous l'assure.

— J'espère bien.

Je sors de son bureau en essayant de ne pas penser au sort d'Asher. C'est son problème, pas le mien.

Dire que tout ça, c'est à cause de ma petite culotte.

Rah !

CHAPITRE CINQ

Asher

J'ENROULE les bras autour de ma mère et la serre fort. Son corps mince tremble contre le mien, m'apprenant que ses peurs d'être bannie de cette meute comme mon père sont fondées.

— Ça va aller, murmuré-je, même si je ne suis pas sûr que ce soit vrai.

On se trouve devant la porte du bureau de l'Alpha Green, où j'ai été convoqué par un appel téléphonique pendant le dîner.

J'ai déjà répondu au principal Olsen, qui m'a suspendu de l'école pour le reste de la semaine.

— Si j'étais mis dehors, il y aurait probablement une réunion du conseil, ajouté-je.

En tout cas, je crois que c'est ce qui s'est passé quand mon père a été banni.

Une vague de honte m'envahit, comme chaque fois que je pense à mon père. C'est ma langue bien pendue qui l'a fait expulser. J'ai stupidement fait confiance à Lotta James. Je me suis confié à elle, et elle m'a trahi.

Quel coup du sort horrible ce serait si je me faisais bannir parce que j'ai défendu sa réputation.

Je lâche ma mère et frappe doucement à la porte.

— Entrez.

J'entre, et l'Alpha Green jette un coup d'œil à ma mère.

— Attends dehors, Lisa.

Elle incline la tête.

— Oui, Alpha.

L'Alpha Green reste assis, mais ne m'invite pas à m'installer en face de lui, alors je reste debout.

— Tu as cassé le poignet d'un élève de l'école.

— Oui, Alpha.

— À l'*école*. Devant des *humains*.

— Pardonnez-moi, Monsieur.

Il scrute mon visage.

Je m'efforce de rester immobile. Parfaitement stoïque. Je ne m'autorise pas à déglutir ou à transpirer. Je ne veux pas que l'alpha de notre meute sente la peur sur moi. Ça confirmerait l'idée que j'ai fait quelque chose de mal.

— Le principal Olsen était enclin à pardonner ton comportement pour une question de chevalerie, étant donné que tu défendais une enseignante.

— Il m'a suspendu jusqu'au match de dimanche, monsieur.

Je le souligne dans l'espoir qu'il décidera que j'ai déjà été assez puni.

— Eric devra porter un plâtre pendant au moins quatre semaines pour éviter tout soupçon. C'est beaucoup plus que trois jours, n'est-ce pas ?

Cet enfoiré le mérite en ce qui me concerne. Je garde une expression dépourvue d'irritation, néanmoins.

— Oui, monsieur.

L'Alpha Green doit sentir mon désaccord parce qu'il se lève, et projette une décharge de pouvoir dans ma direction. Je fais tout mon possible pour ne pas reculer et montrer à quel point ça m'a affecté.

— La violence est dans tes gènes, Asher.

Il pointe un doigt sur moi.

— Ton père était violent. Cette meute a toléré incident après incident, déclarant que c'était sa nature de loup, mais avec le recul, il est clair qu'il ne savait pas différencier le bien du mal.

Je ne sais pas à quoi il fait allusion. D'accord, mon père a participé à des bagarres au pub. Il nous frappait ma mère et moi quand il était de mauvaise humeur. Mais son dernier crime n'était pas violent.

Un mélange familier de honte et de colère fait rougir ma nuque. Je garde la bouche fermée, inspirant par le nez.

— Et toi, Asher ?

Je cligne des yeux, incertain de ce qu'il me demande. Mon cerveau était occupé à passer en revue cette rétrospective de mon père.

— Tu sais faire la différence entre le bien et le mal ? rugit-il.

Merde. Je l'ai mis en colère.

— Oui, Alpha.

Il hausse les sourcils.

— Vraiment ?

— Oui, monsieur.

Il me fusille du regard pendant quelques secondes.

— Fils, laisse-moi t'expliquer ça de façon très claire. Je refuse de continuer à excuser la violence. Tu es à un cheveu d'être banni comme ton père. À la moindre infraction, tu dégages. Compris ?

Mon cœur tambourine dans ma poitrine.

— Oui, monsieur.

— Tu peux partir.

Je déteste cette ville. Je déteste cette fichue meute tout entière.

Et je déteste surtout Lotta James, parce que tout ça – tout ce foutu bordel – repose fermement sur ses frêles épaules.

* * *

LOTTA

J'ENTRE DANS ma *casita* et me laisse tomber à plat ventre sur le lit qui occupe la moitié de l'appartement. Le soleil brille à travers les fenêtres et fait étinceler les tuiles saltillo comme un coucher de soleil.

J'ai quitté l'école après mon rendez-vous avec le principal. En général, je reste pour peindre jusque tard le soir, mais je suis incapable de faire quoi que ce soit de créatif pour le moment.

C'est un miracle que je n'aie pas été virée. Je ne sais pas trop comment j'ai réussi. Sûrement grâce au statut de ma mère dans la meute, et le fait que mes parents font tous les deux partie du haut conseil de l'Alpha Green.

Mon téléphone vibre à l'arrivée d'un texto.

Quoi de neuf, Arizona ?

Ça vient d'Andy – un des trois colocataires humains que j'ai laissés derrière moi à Chicago quand je me suis rendu compte que je ne pourrais plus payer le loyer. Nous ne sommes pas amis, mais j'ai brouillé les cartes en couchant avec lui pendant quelque temps.

Que puis-je dire ? J'étais seule. Il était canon pour un humain et disponible. Trop centré sur lui-même et intéressé uniquement par le sexe pour renifler mon secret.

Je ne sais pas pourquoi il me contacte. On ne s'envoyait

des textos que pour des raisons pratiques. Même si ça incluait parfois des propositions de parties de jambes en l'air.

Je lui réponds par trois points d'interrogation.

Je viens à Scottsdale pour rencontrer un nouveau propriétaire de galerie que ma mère connaît. Je pourrais peut-être t'obtenir un rendez-vous aussi.

Oh. Je ne m'attendais pas à ça. Andy est un riche sculpteur grâce à un fonds de placement. Il n'a jamais eu à travailler un seul jour dans sa vie. Il se croit un peu trop doué avec son art, et se fout de celui des autres. Il n'est pas du genre à donner un coup de main à qui que ce soit.

Mon pouls s'accélère.

Ce serait génial. J'apprécierais. Scottsdale est à un jet de pierres de Wolf Ridge.

Cool. Je te tiens au courant.

Je me sens tout étourdie. Mon estomac grogne et me pousse à me lever du lit. Le fait de me transformer hier soir m'a affamée aujourd'hui. J'ai l'impression d'être en pleine transition à nouveau. Super. J'ai droit à une deuxième puberté. Comme si la première n'avait pas été assez horrible. Revenir ici était une énorme erreur. Mais je n'avais pas eu d'autre choix.

À Chicago, je n'ai pas réussi à trouver de travail qui paie assez pour couvrir mes prêts étudiants et le loyer. J'étais professeure remplaçante pour vingt dollars de l'heure. Quand le professeur d'arts humain du lycée de Wolf Ridge s'est retrouvé en arrêt maladie pour le reste de l'année scolaire, ma mère a appelé et m'a convaincue de rentrer à la maison pour prendre le poste. Le contrat de remplaçant à long terme paie plus que ce que je me faisais à Chicago. C'est un engagement de sept mois, pour enseigner un sujet que j'adore. J'ai décidé que ma mère avait raison – c'est l'occasion de régler mes factures en retard et de trouver ce que je vais faire ensuite.

Évidemment, elle voulait juste que je revienne pour qu'elle puisse me surveiller. Mon père et elle auraient pu m'aider financièrement pendant mes études – ils sont blindés – mais ils ont refusé. En gros, ils m'ont affamée.

Ce qui me rappelle que je commence à trembler de faim. J'ai besoin de protéines et je ne parle pas des deux tranches de jambon que j'ai dans mon mini frigo. Je vais devoir m'inviter chez mes parents.

Ils vont être ravis. Moi, un peu moins. Je traverse la terrasse de la piscine pour entrer par la porte-fenêtre coulissante qui est déjà ouverte.

— Salut, tout le monde !

La maison est rafraîchie à vingt degrés, et l'air conditionné fait du bien à ma peau rougie. Je ne m'étais pas rendu compte que je faisais des bouffées de chaleur.

— Bonjour, ma chérie !

Ma mère a un verre de vin blanc dans la main, et elle s'active dans la cuisine, préparant le repas et buvant en même temps. Elle porte toujours sa tenue de travail, sans les talons, sa chemise sans manche ouverte au col et sortie de sa jupe crayon.

— Salut, cacahuète.

Mon père est debout sur un escabeau en train d'installer de nouveaux rideaux.

Ma mère scrute mes vêtements d'un œil critique.

— Dis-moi que tu n'es pas allée au lycée habillée comme ça aujourd'hui.

J'essaie de repousser la réaction instantanée de mon système nerveux à son jugement. La rougeur sur mon visage. Le pic de colère. Le serrement de mes poings.

Sept mois, c'est tout.

Ensuite, je m'en irai pour continuer mon art.

— Je me suis réveillée en retard, avoué-je.

De toute façon si eux ne m'ont pas vue partir dans la

précipitation, quelqu'un dans cette petite ville va leur en parler.

— Lotta, je me suis portée garante pour que tu obtiennes ce poste. Ne m'embarrasse pas en prouvant que tu n'es pas assez responsable…

— C'est bon, Denise, l'interrompt mon père.

— Maman, je sais. Je ne prends pas ce job à la légère. C'est la pleine lune qui m'a perturbée.

Mes deux parents arrêtent aussitôt ce qu'ils sont en train de faire pour m'examiner. Ma mère plaque une main sur sa hanche.

— Tu t'es métamorphosée ?

Argh. Je n'ai vraiment pas envie d'avoir cette conversation avec eux. Ils savent que je ne me suis pas transformée tout le temps que j'étais à l'université. Que je trouvais que c'était plus simple pour m'intégrer et vivre avec les humains de cette façon. Bien sûr, c'est pour ça qu'ils voulaient que je revienne à la maison.

— Oui.

Ils échangent un regard satisfait.

— C'est génial, chérie, dit mon père. Je parie que ça t'a fait du bien.

Je me force à sourire.

— Oui. Mais ça a complètement détraqué mon métabolisme. J'ai dormi comme une souche et à présent, je suis morte de faim.

— Eh bien ! s'exclame ma mère, radieuse. On va te remplir un peu l'estomac. Mets la table, chérie. J'ai presque fini avec ce sauté de bœuf.

Je déteste qu'ils soient heureux pour ça. Je ne veux pas admettre que mon père avait raison – ça m'a vraiment fait du bien. Toute cette situation pue le « Je te l'avais bien dit ». Pendant la majorité de mon enfance, ils m'ont répété que l'art était pour les humains. Que les villes étaient pour les humains.

Quand j'ai choisi d'aller en école d'art dans une grande ville contre leur souhait, ils m'ont prévenu que ce serait très mauvais pour moi de ne pas me transformer, que j'allais me rendre malade, que ma louve pourrait rester plongée dans un sommeil profond, ou que je pourrais souffrir d'une maladie qui frappe les humains, comme le cancer.

Ils ont refusé de m'aider à payer mes frais de scolarité ou mes dépenses journalières dans l'espoir que je rentrerais à la maison la queue entre les jambes.

Pendant plus de quatre ans, j'ai essayé de leur prouver qu'ils avaient tort. Alors je déteste leur donner raison à propos de quoi que ce soit. Surtout si ça les pousse à échanger un sourire victorieux à mes dépens.

J'imagine que c'est le prix à payer pour avoir un repas chaud fait maison qui satisfera ma louve affamée. Je mets le couvert et me sers un verre de vin, avant d'en descendre la moitié en deux gorgées pour essayer de me détendre.

Même si l'effet euphorique de l'alcool ne dure pas très longtemps chez des métamorphes loups. On le métabolise trop vite. Avec un peu de chance, ça durera le temps que je survive au dîner.

Ma mère termine de cuisiner et remplit trois assiettes que je pose sur la table.

Je me glisse sur une chaise et étale ma serviette sur mes genoux. Mon estomac lâche un énorme grondement.

— J'arrive ! lance mon père avant que ma mère ne l'appelle.

Il se lave les mains et s'assoit à table, examinant mon visage avec un air joyeux.

— Je ne t'ai pas vue pendant la course hier soir.

Je prends ma fourchette et j'attaque. C'est un plat tout simple –, pois gourmands, tomates et bœuf, avec des noix de cajou et un genre de sauce aux prunes. C'est délicieux. J'avale ma bouchée avant de répondre.

— Non. Je n'avais pas prévu d'y aller. C'est pour ça que je ne me suis pas rendue au point de rendez-vous. Mais j'ai entendu les jappements et les hurlements depuis le lycée, et… j'imagine que je n'ai pas pu résister.

— Est-ce que tu as retrouvé certains de tes anciens amis ?

Je continue à engloutir mon assiette.

— Euh… honnêtement, je ne sais pas avec qui j'ai couru.

Je sens la chaleur envahir ma nuque. Brusquement, je suis à nouveau fiévreuse en repensant au mâle.

Aux choses qu'il m'a faites.

C'est de ça que tu avais besoin, petite louve ?

Je n'ai pas arrêté de penser à lui de toute la journée. À quel point je meurs d'envie de son côté dominant à nouveau.

À quel point j'en ai besoin.

Et que j'ai peur de découvrir qui il est. Je donnerais n'importe quoi pour qu'il reste au statut de fantasme. Un homme sans visage avec une voix incroyablement rauque que je retrouve une fois par mois pendant la course à la pleine lune.

Sauf que j'ai déjà hâte de le revoir. Je ne sais pas comment je vais faire pour attendre encore vingt-sept jours.

J'ai même appelé le cabinet du docteur Oakley à midi et j'ai pris rendez-vous pour une contraception. J'ai carrément prévu de coucher à nouveau avec ce mec, et je ne peux pas prendre le risque d'une grossesse non désirée. Vu que je n'ai eu aucun contrôle sur moi-même hier sous ma forme de louve, je dois prendre mes précautions.

— Mais tu t'es amusée ? insiste mon père.

Ce cul m'appartient. Je fais ce que je veux avec.

Oh, mince. Je suis en train de m'exciter toute seule à la table du dîner avec mes parents. Je prends une autre bouchée énorme et je mâche en hochant la tête.

— Hmm mm.

Je ne me rends pas compte que depuis quelques secondes, ma mère s'est arrêtée de manger pour me dévisager.

Je me force à ralentir et je pose délibérément ma fourchette.

— Tu avais vraiment faim, n'est-ce pas ?

Je reprends mon verre de vin et le termine.

— Je ne m'y attendais pas du tout. Désolée de débarquer sans prévenir pour le dîner. Je ne pouvais pas attendre le temps de me préparer quelque chose.

— Non, on est ravis de te voir n'importe quand, chérie. Je me demande si tu vas te remplumer un peu depuis que tu te métamorphoses à nouveau.

Argh. Du body shaming[1] maintenant. Ma mère me rend chèvre, sérieusement. Je me dépêche de finir mon assiette.

— Tu avais peut-être un peu de retard par rapport aux autres, c'est pour ça que tu as pu réprimer ton loup pendant que tu étais à la fac. Je veux que tu ailles voir le docteur Oakley pour une visite de contrôle.

— J'ai déjà appelé pour prendre rendez-vous.

— C'est une adulte, Denise, la réprimande mon père. Ça fait des années qu'elle se débrouille toute seule.

— Je sais, je sais.

Ma mère lève la main dans sa direction, sans me quitter de son œil de lynx.

— Pourquoi as-tu pris rendez-vous ?

Je lui rends son regard.

— Pour une contraception.

— Oh !

La nouvelle la réduit au silence pendant quelques instants.

---

1. Le body shaming définit l'emploi d'un langage violent pour humilier et se moquer du corps d'une personne, qu'elle soit connue ou non. Traduit en français par la « honte du corps », ce phénomène touche en grande partie les réseaux sociaux.

— C'est génial. Est-ce que ça signifie que tu t'es *vraiment* amusée pour cette course à la pleine lune ?

Elle agite les sourcils. Évidemment, elle serait aux anges si je trouvais quelqu'un ici qui me pousse à rester dans le coin.

— Pfff.

Je me lève et emporte mon assiette vide avec moi.

— C'est bon, maman. Respecte mon intimité, s'il te plaît.

Je rince mon assiette et la mets dans le lave-vaisselle.

Ma mère a assez de grâce pour éclater de rire.

— Très bien, chérie. Je suis désolée. Je me soucie de toi, c'est tout.

Oh, je le sais. Elle se soucie surtout de moi à sa façon indiscrète et étouffante.

Je me penche pour l'embrasser sur la joue.

— Merci pour le dîner, maman.

Je fais un bisou sur la joue de mon père aussi.

— Je vous aime. Bye !

Je me dépêche de sortir avant qu'ils me cuisinent à nouveau.

Je suis carrément prête pour un deuxième service. Comme si ce dîner m'avait donné assez d'énergie pour monter dans ma voiture et rouler jusque chez In'n Out pour un supplément de protéines.

C'est ce que je vais faire. Prendre un deuxième repas et retourner peindre au lycée.

Avec un peu de chance, je ne vais pas me retransformer et perdre ma culotte au profit d'un autre élève stupide.

CHAPITRE SIX

Asher

— Trois jours d'exclusion de l'école, mais je peux quand même jouer le match de samedi, annoncé-je à Abe quand il passe à la boulangerie après l'entraînement.

Je suis presque sûr que le fait que je joue va à l'encontre des règles du district, mais le football est roi à Wolf Ridge. Le fait que je sois la star de notre défense est sans doute la seule raison pour laquelle je n'ai pas écopé d'une sanction plus sévère.

— Bien. C'est tout ?

Nous sommes dans l'entrepôt à l'arrière, où ma mère m'a envoyé pour nettoyer et organiser la réserve de madame Angelson. C'est ma punition pour avoir été exclu de l'école.

Même si aider madame Angelson n'est jamais une punition. La vieille louve est comme une grand-mère pour moi. C'est la patronne de ma mère depuis que je suis tout petit, donc Wolf Ridge Sweet Treat est comme une deuxième maison. Je travaille ici le week-end depuis que j'ai quinze ans.

Avant ma puberté et mon intégration dans l'équipe de foot, je venais ici tous les jours après l'école jusqu'à l'heure de la fermeture. Madame Angelson me préparait toujours un cookie chaud au beurre de cacahuète et aux pépites de chocolat et un verre de lait sur la table dans le coin, où je faisais mes devoirs.

La même table sur laquelle Carlotta m'aidait en maths me rendant fou avec son parfum de miel et de jasmin. La façon dont elle triturait son pendentif en or en forme de lune pendant qu'elle me regardait résoudre un problème.

— Non. L'Alpha Green a dit que la prochaine fois, je serais banni.

C'est la partie à laquelle j'essaie de ne pas penser.

Je pourrais être viré de la meute avant de terminer le lycée. Tout espoir que j'avais – même s'il était mince – d'obtenir une bourse pour l'université serait détruit.

— Merde.

Abe commence à ramasser des sacs de farine de vingt kilos sur le sol pour me les lancer, afin que je puisse les empiler dans de grands bacs en plastique transparents avec des couvercles. L'entrepôt se trouve derrière la boulangerie vieillotte de la rue principale. Au début du vingtième siècle, c'était un petit moulin à farine, jusqu'à ce que la concurrence du grand moulin Hayden Mill à Tempe ferme. À présent, c'est un grand bâtiment en briques vide que madame Angelson utilise pour stocker ses matières premières.

— Alors qu'est-ce qui s'est passé ? Seb et Markley ont dit que tu avais pété les plombs.

Je hausse les épaules.

— Damonella m'a énervé.

— J'ai entendu dire qu'il avait la culotte de Carlotta James ?

Ma lèvre supérieure se retrousse, mais je parviens à étouffer mon grognement.

— Donc tu lui as donné une leçon sur les bonnes manières ?

Je balance le sac de farine tellement fort qu'il se déchire en percutant le mur, faisant voler un nuage géant de farine complète. Merde. C'est à cause d'un sac de farine déchiré que madame Angelson m'a envoyé ici pour nettoyer au départ. Elle veut que tout soit impeccable pour que les rongeurs ne puissent pas faire de dégâts.

— Eh merde, marmonné-je.

Maintenant, je vais devoir lui rembourser la farine.

— Donc tu as défendu l'honneur d'une professeure. C'est une bonne ligne de défense. Je ne vois pas où est le problème.

Je grogne en réponse.

— Le problème, c'est que tout le monde dans cette ville pense que je suis destiné à causer des ennuis, comme mon père.

— Que se passe-t-il entre toi et madame James ?

Abe me lance un autre sac.

Je l'attrape avant de le lui renvoyer.

— Attends. Il faut que j'enlève tous ceux-là pour passer le balai.

Je pousse les bacs vers lui pour vider la pile contre le mur.

— Tu évites la question ?

Abe s'appuie contre le mur, les bras croisés sur la poitrine.

J'envisage de lui dire la vérité. Après tout, Abe vient de marquer une humaine. Et il a géré un genre de crises qu'il nous a cachées pendant qui sait combien de temps. Ce n'est pas comme si le fils parfait du docteur Oakley l'était réellement.

— Tu avais le béguin pour elle quand on était en primaire. Comme nous tous. Elle est super mignonne. Mais je sais que c'est à cause de sa mère que ton père s'est fait virer de la meute.

Je secoue la tête.

— C'était elle. Lotta…

Je m'interromps, le goût amer de la trahison formant une boule dans ma gorge. Je déteste tellement cette histoire ; je ne l'ai jamais racontée à personne – pas même à ma mère, et ce n'est pas aujourd'hui que je vais commencer.

Abe m'observe avec curiosité.

Et puis merde. Je vais lui dire.

— Tu peux garder un secret ?

Il se rapproche de moi, laissant tomber son rictus habituel.

— Tu sais bien que oui, mec.

— Elle était *directement* responsable.

— Ah bon ?

Je hoche la tête.

— Oui. Je lui ai dit, je ne sais pas pourquoi, putain, que mon père volait à la brasserie. Je lui ai fait une confidence. Elle a juré qu'elle ne le dirait pas.

— Mais elle l'a fait ?

— Un peu, qu'elle l'a fait. C'est sa mère qui l'a fait expulser.

— Merde.

Abe se passe une main dans les cheveux.

— Ce n'est pas ta faute, mec.

J'en ai le souffle coupé. Le fait qu'Abe comprenne le niveau de culpabilité que je ressens à cause de ma responsabilité ouvre une blessure que je n'avais pas examinée moi-même. J'ai tout enfermé sous clé à l'époque. Trop honteux pour avouer à ma mère ce que j'avais fait. Pour admettre que c'était ma faute si elle est devenue mère célibataire il y a cinq ans.

— Ce n'est pas tout.

Comme j'ai commencé, autant tout lui dire.

— Quoi ?

— Le destin s'est bien foutu de ma gueule.

Je hausse les sourcils et laisse mon commentaire flotter entre nous, attendant qu'Abe comprenne ;

Il met un moment, puis ses yeux s'écarquillent.

— Tu veux dire…

Je hoche la tête.

— C'est ta compagne ? Putain. C'est dur. Ça craint, mec. Je suis désolé. Est-ce qu'elle… je veux dire, est-ce que vous avez…

— Elle ne le sait pas.

Je laisse de côté le fait qu'on s'est envoyé en l'air la nuit dernière. Je ne suis pas du genre à coucher avec une fille et à tout déballer après. En plus, mon loup est maladivement protecteur avec Lotta, même si je la déteste.

Je vois de l'empathie dans le regard d'Abe, et ça m'énerve. C'est la même chose que j'ai reçue de mes amis quand l'Alpha Green a banni mon père de la meute et que le reste de la ville nous a ostracisés, ma mère et moi.

Je ramasse le dernier sac de farine à terre, ma lèvre supérieure retroussée dans un grognement, mais avant que je n'aie le temps de me redresser, Abe me surprend.

— Tu peux garder un secret pour moi ?

Je hausse les sourcils.

— Bien sûr.

Je ramasse la farine répandue par terre avec la pelle, avant de la jeter à la poubelle.

— Lauren n'est pas entièrement humaine.

Je me fige pour le dévisager.

— Quoi ?

Il me jette le balai.

— Elle est à moitié ours. On pense que son grand-père pourrait bien être ce vieil ours qui traînait sur le territoire de la meute le mois dernier.

Je lâche un sifflement.

— Sans déc. Alors c'est pour ça que le destin t'a mis avec elle.

Je commence à balayer le reste de la farine.

Abe hoche la tête.

— Donc peut-être qu'il y a une raison, tu vois.

Il hausse les épaules.

— J'ai essayé de lui résister, mais ça a juste rendu mon loup dingue.

Je vais ramasser la farine dans le coin avec mon balai pour être sûr de ne pas en laisser.

— Tu crois qu'il y a une raison pour que le destin ait choisi Carlotta pour moi ? demandé-je en secouant la tête. Jamais de la vie. D'accord, elle est canon, donc en théorie, on ferait de beaux petits louveteaux, mais ça n'arrivera pas.

— C'est ce que je pensais aussi.

— Non.

Je ne laisserai pas ça arriver.

— Je préfère encore être frappé par la folie de la lune si je dois en arriver là plutôt que de marquer cette femelle.

Abe s'appuie contre le mur du fond et croise les bras sur sa poitrine.

— Ça pourrait être ta ligne de défense. Devant le conseil, je veux dire. Le fait qu'elle soit ta compagne. Personne ne peut te tenir rigueur d'avoir voulu défendre la réputation de ta compagne destinée.

Je m'assois sur la pile de sacs de farine.

— Je sais. Mais je ne vais pas le raconter à toute cette putain de ville avant…

Je m'arrête. Avant que je ne le dise à Lotta ?

C'est ce que je prévois de faire ?

Je n'ai même pas encore réfléchi à ce que j'allais faire en dehors de la pourchasser à nouveau pendant la prochaine course à la pleine lune.

Sauf que d'une façon ou d'une autre, je doute de pouvoir tenir jusque-là.

Le besoin de poser mes mains sur elle grandit de minute en minute.

— Avant que tu ne la marques ?

— Je ne vais pas faire ça, grondé-je.

Mais je sais que c'est un mensonge.

Je vais plonger mes dents dans sa chair délectable et laisser mon odeur, pour qu'aucun autre mâle ne la touche jamais.

Ça ne veut pas dire que je vais la garder.

Ce sera comme attraper un poisson avant de le remettre à l'eau.

Sauf que je sais que c'est un mensonge aussi ;

Je vais marquer Lotta, et après je vais l'attacher à mon lot et la punir de toutes les façons les plus délicieuses qui soit pour le malheur qu'elle m'a causé.

Il faut juste que j'obtienne mon diplôme avant, pour ne pas créer de scandale encore plus gros que celui qui a banni mon père de la ville.

* * *

LOTTA

— TU ES une pouffiasse de ne pas être revenue, ne serait-ce que pour me rendre visite, déclare Olive, ma copine de lycée, en plissant ses yeux avec ses longs faux cils.

— Carrément, acquiesce Brianna.

On est au New Moon Diner, où elles m'ont donné rendez-vous pour qu'on puisse rattraper le temps perdu.

— Je sais, je suis désolée. C'est juste… c'était difficile de vivre avec les humains, alors je me suis en quelque sorte coupée de mon ancienne vie pour pouvoir m'adapter.

Il n'y a que deux chemins pour les membres de la meute de Wolf Ridge après le lycée –, la mort ou la renaissance. C'est ainsi que je le vois, en tout cas. La mort, c'est rester. Vous travaillez à la brasserie, ou dans une autre entreprise locale, vous tombez enceinte d'un autre membre de la meute, et vous finissez votre vie ici, comme tous ceux de votre lignée avant vous. Ou, si vous avez de la chance et que vous bossez assez dur, vous pouvez partir. Mais ça veut dire vivre loin de la meute, au milieu des humains, ce qui comporte aussi des inconvénients. Pour survivre, vous devez renaître en tant qu'humain.

— C'est bon de vous revoir. Je ne m'étais pas rendu compte à quel point vos tronches m'avaient manqué.

J'ai de la chance qu'elles ne soient plus énervées contre moi, vu que je n'ai pas essayé de contacter qui que ce soit même depuis mon arrivée, il y a deux semaines. Je suis tombée sur Olivia au supermarché la semaine dernière, et je lui ai demandé d'un air coupable qui d'autre de notre cercle était toujours dans le coin. Elle a appelé Brianna, et voilà comment on se retrouvait là.

Elles étaient toutes les deux pom-pom girls au lycée – d'incroyables gymnastes qui formaient des pyramides géantes et se balançaient les unes les autres à cinq ou six mètres de hauteur. Désormais, elles sont coincées à Wolf Ridge. Brianna travaille au salon de manucure. Olive a un poste dans une boutique de vêtements de luxe en bas de la montagne, au milieu de la communauté humaine aisée, Cave Hills.

— Oui. J'ai entendu dire que Wilde Woodward a du mal à jouer au foot à Duke. Il a fait exprès de s'attirer des ennuis pour se faire virer de l'équipe, mais il y est retourné pour finir au moins la saison.

— Duke, waouh. Impressionnant.

Je suis complètement à la rue concernant la meute. Bien sûr, ma mère m'appelait pendant que j'étais à la fac et elle me rebattait les oreilles à propos des dernières nouvelles, mais je crois que j'ai raté la partie où quelqu'un s'est barré d'ici pour aller à *Duke*.

Je me demande brièvement si Asher est assez doué pour obtenir une bourse dans une université. Mais il déteste l'école, alors je doute qu'il veuille poursuivre ses études. De mon point de vue, tout le travail que j'ai fait pour améliorer ses maths et ses dissertations quand je lui donnais des cours est parti à la poubelle quand son père a été banni.

Mon estomac se serre comme à l'accoutumée quand j'y repense. On pourrait penser qu'après quatre ans et demi, je me serais pardonnée à moi-même, bien qu'il n'y ait aucune chance qu'Asher le fasse un jour.

— À votre avis, que faut-il faire pour s'envoyer le coach Jamison ? murmure Olive en remuant son milk-shake avec sa paille tout en reluquant le coach canon trentenaire de l'équipe de football américain du lycée.

Il est assis à quelques box de nous, mais grâce à l'ouïe des métamorphes, il l'a sûrement entendue, s'il a pris la peine de tendre l'oreille.

Je me force à ralentir le rythme en buvant mon milk-shake au café. J'ai failli le boire cul sec dès que Sandra, notre serveuse – encore une fille qui n'a jamais quitté Wolf Ridge – l'a posé devant moi. Bon sang, mon appétit est hors de contrôle depuis la pleine lune. Ce repas va me coûter beaucoup plus que ce que j'avais prévu de dépenser.

— Avec qui il couche pendant les courses à la pleine lune ? se demande tout haut Brianna.

Mes cuisses se serrent à la mention de la pleine lune. Je pense encore beaucoup trop à l'identité de mon mystérieux amant et aux choses qu'il m'a faites.

— Personne. Ou s'il le fait, il est discret.

— C'est normal qu'il fasse attention. Il est censé être un modèle pour ses joueurs. C'est lui qui leur fait la leçon sur le sexe et les louves, déclaré-je.

Et si… et si c'était lui, mon partenaire de la pleine lune ? Une vague de chaleur remonte sur ma poitrine. Peut-être qu'il ne s'est pas montré parce qu'il occupe un rôle important dans la meute et qu'il doit prendre ses précautions à cause des rumeurs. Je me retrouve à mater en direction de son box, moi aussi.

— Le mois prochain, je vais le suivre, annonce Olive.

— Tu sais à quoi ressemble son loup ?

J'essaie de poser la question sur un ton nonchalant.

— Comme tout le monde, non ? C'est un énorme mâle gris.

Gris. Pas noir. Ce n'est pas mon compagnon.

Brianna tourne ses yeux noirs vers moi.

— Alors ? Est-ce que tu avais un joujou humain à Chicago ?

Je rougis et mets la paille dans ma bouche pour gagner du temps.

— J'avais un colocataire et plus si affinités, mais j'ai arrêté quand j'en ai eu assez.

— Oooh, est-ce que c'était bizarre ?

Je secoue la tête.

— Non. L'ego de ce type était tellement gros que je crois qu'il n'a même pas capté qu'il s'était fait larguer. Il essayait toutes les nuits de me rejoindre dans mon lit quand il était la maison, jusqu'à ce que je déménage.

Brianna fronce le nez.

— Beurk. Tu lui as mis un coup de pied là où je pense ?

— Nan. C'était pénible, mais pas dangereux. J'avais d'autres soucis en tête. Du genre trouver un boulot pour payer le loyer.

Olive me lance un regard empreint de compassion.

— C'était dur là-bas ? Je crois que je ne pourrai jamais vivre dans une grande ville.

Elle tend le bras au-dessus de la table et serre ma main.

— On est tellement contentes que tu sois revenue.

— Oui… merci.

Ma voix sonne creux, et Brianna le remarque.

— Tu n'avais pas envie de revenir, c'est ça ?

Je grimace.

— Pas vraiment. La scène artistique est quasiment inexistante, ici.

— Et Scottsdale ? demande Olive. C'est juste au pied de la montagne. Ils ont des tonnes de galeries d'art. Tu devrais leur apporter tes trucs et voir s'ils veulent bien les exposer.

— Oui, mais il faut connaître du monde pour que cela fonctionne. Tu sais, faire partie du réseau. Mon ancien coloc a peut-être un tuyau pour moi, mais j'attends de ses nouvelles.

Je vois bien que je cherche des prétextes. Pourquoi ai-je peur comme ça ? Pourquoi je ne recontacte pas Andy ? J'essaie de me débarrasser de mes réserves.

— Mais c'est une bonne idée. Je devrais essayer quand même. On ne sait jamais.

— Je viendrai avec toi au cas où tu aurais besoin d'un soutien moral, propose Olive.

J'en reste bouche bée.

— Tu ferais ça ? Sérieux ?

Je suis tellement habituée à penser que personne ne soutient mon art dans cette ville que son offre me choque. Surtout quand je pense que j'ai vraiment été une amie pourrie.

Elle hausse les épaules.

— Bien sûr. Je sais comment gérer les humains qui pètent

plus haut que leur derche. Je le fais toute la journée au boulot.

Ma vision devient floue quelques secondes et je retiens ma respiration jusqu'à ce que ça passe.

— Génial, dis-je en agitant la tête d'avant en arrière. Ce serait vraiment génial. Merci.

— Meuf, c'est à ça que servent les copines. La meute se serre les coudes.

La meute se serre les coudes.

Cette déclaration tombe dans ma tête comme une cheville carrée qui ne trouve pas son trou. Je ne compte pas rester avec cette meute. Je vais retourner dans le monde humain, où je pourrai faire carrière en tant qu'artiste. Et malgré tout, cet état d'esprit de camaraderie et de soutien m'a manqué, et j'ai l'impression de pouvoir enfin prendre une vraie inspiration pour la première fois depuis des années.

Je ne suis peut-être là que pour quelques mois, mais je ne suis plus obligée de fuir l'amitié pour survivre. Je me penche en avant et pique une des frites de Brianne.

— Alors, vous ne devinerez jamais ce qui m'est arrivé à la pleine lune !

CHAPITRE SEPT

Lotta

Je FRISSONNE à cause de la brise. Dans le désert, la température chute drastiquement la nuit, et je suis toujours en short et en débardeur crop top.

Je dessine à la lumière tamisée des guirlandes de Noël que j'ai accrochées sous le toit de mon patio derrière la maison. Le patio de devant du studio *casita* que mes parents me louent se trouve face à la piscine et à leur maison, raison pour laquelle je préfère ce côté. J'ai un peu d'intimité, ici. Je suis face à la nature qui m'inspire l'arrière-plan de mon dessin.

Au premier plan se trouve une louve géante. Ce n'est pas moi. Elle, c'est une alpha. Je la vois dans mes rêves. Elle est blanche comme neige. Gracieuse. Puissante.

Je pose mon fusain et mon bloc, et j'enroule mes bras autour de moi, les yeux perdus dans l'obscurité.

Ce soir, la nature m'appelle.

Transforme-toi. Change. Cours.

Trouve ton compagnon.

Peut-être que ce n'est pas la nature. C'est peut-être juste ma louve qui se languit d'être libre à nouveau.

Je ne suis plus la même depuis la course à la pleine lune. Je n'arrive plus à dormir. Je reste éveillée toute la nuit, fiévreuse et pleine d'énergie. Quand je finis par sombrer, mes rêves sont hantés par *lui*.

Ma louve veut son compagnon. Elle veut une autre rencontre avec lui. Elle exige que je découvre son identité. L'endroit où il habite. Comment attirer son attention.

Je me réveille tous les matins en sueur, excitée, et désespérée d'être soulagée.

Je tourne la tête en entendant ce qui ressemble à des pas étouffés.

Mais non. C'est dans ma tête. Tout ce que j'entends, c'est le bruit des klaxons qui retentissent, sûrement en l'honneur de l'équipe de foot de Wolf Ridge qui a dû gagner son match. Tout à l'heure, le vent a porté jusqu'à moi des acclamations qui provenaient du stade. L'équipe se donne toujours à fond pour les matchs à domicile.

Je n'y suis pas allée, même si ma louve était désespérée de sortir et d'aller renifler tous les mâles du coin. Il y a quelque chose de savoureux dans le fait de rester chez soi quand toute la vie est réunie quelque part. Sans doute parce que c'étaient les seules fois où je pouvais me concentrer sur mon art à l'époque où je vivais sous le toit de mes parents.

Je me demande si Asher a eu le droit de jouer. Il n'est pas venu en cours ces trois derniers jours, mais le football est très important, ici. Je ne serais pas surprise que le principal Olsen l'ait laissé fouler le terrain ce soir. Il a dû considérer que les actions d'Asher dans ma salle de classe étaient justifiées, du point de vue d'un loup. Un mâle qui défend l'honneur d'une femelle, ça fait partie de notre culture. C'est juste que ce genre de choses n'est pas autorisé devant les humains.

Je pousse un soupir et me lève de mon fauteuil de jardon. Je suis trop agitée pour profiter de cette belle nuit. Ma peau est chaude et me démange. Peut-être que je devrais me métamorphoser et courir pour me débarrasser de cette sensation. Si ça se trouve, je dormirais mieux. Ou alors ça ne ferait qu'aggraver le problème.

Je cours vers la porte avant de me figer. Mon hoquet est tellement rauque que j'en ai mal à la gorge.

Si on était dans un film d'horreur, ils auraient mis la musique qui fait sursauter tout le monde. Vous savez, le son discordant des violons ?

Parce que debout sous mon porche se trouve la silhouette musclée d'un de mes élèves.

Et pas n'importe lequel. Celui qui me déteste à cause d'une décision que j'ai prise il y a cinq ans. Celui que je viens de faire exclure pour s'être battu dans ma classe.

Asher Martin.

Les yeux plissés, il lève le nez pour renifler mon odeur.

— Tu as peur de moi.

Est-ce que c'est de l'arrogance dans sa voix ?

Ça ressemble plus à de la colère.

Mais peut-être que c'est sa façon d'être normal avec moi.

En fait, c'était sa façon d'être avant sa puberté, quand il est devenu un loup. Il a grandi dans un foyer violent. La violence engendre la violence, c'est bien connu.

Et là, j'ai un linebacker énervé de cent dix kilos sous mon porche, qui est sans aucun doute venu se venger. Ce que j'ignore, c'est s'il veut se venger du passé ou du fait d'avoir été exclu cette semaine.

Je jette un coup d'œil vers la maison de mes parents. Est-ce que je devrais appeler à l'aide ? Ils sont peut-être rentrés du match. Mais si je fais ça, il y aura encore des répercussions pour Asher. Ma mère le fera punir selon les lois de la meute pour m'avoir menacée. Je ne suis pas sûre que c'est ce que je souhaite en ce qui le concerne. Je n'ai jamais cru que sa réputation de voyou rebelle et violent était méritée.

Ses narines s'évasent quand il me voit examiner la maison.

— Tu envisages d'appeler à l'aide ?

Il fait quelques pas vers moi.

Je campe sur mes positions, la nuque raide et bien droite, mais mon cœur tambourine contre mes côtes. Mes paumes sont moites de transpirations. Je sais qu'Asher peut sentir ma peur.

— Tu ne comprends vraiment pas pourquoi je suis ici, hein, Lotta ?

Sa voix est douce et dangereuse. Il a laissé tomber le « mademoiselle James », ce qui est tout aussi bien. Il parvient toujours à y mettre assez de provocation pour que je sois sûre que le terme ne renferme aucun respect.

— Tu crois que je cherche à me venger. Ce serait logique après ce que tu nous as fait, à moi et à ma famille.

Il s'approche encore.

Je résiste à l'envie de reculer. Je suis toujours la prof d'Asher, bon sang.

— Ou alors tu crois que je veux quelque chose de toi.

Il penche la tête en me jaugeant du regard.

— Peut-être que je suis là pour voir si tu enlèves vraiment ta culotte pour tes élèves.

Un éclair de colère fait sortir ma louve, mais c'est trop tard.

Asher bouge avant que je n'aie fini de serrer les poings. Il me plaque contre le mur de la *casita* avec une main autour de mon cou, tandis qu'il me soulève un genou de l'autre.

Choquée par son accès de violence soudaine, je laisse échapper un cri. Mais je me rends compte qu'il ne m'étrangle pas. Je suis suspendue au-dessus du sol, le poids de mon corps retenu par mon genou et non par ma gorge.

Il veut juste me faire peur. Me montrer à quel point il est plus fort que moi. De quoi il est capable. Il lui suffit de serrer le poing pour me briser la nuque. Même mes capacités de guérison surnaturelles ne pourraient rien pour moi.

— Voyons si tu arrives à deviner pourquoi je suis venu, gronde-t-il.

J'essaie de lui mettre un coup de pied bien placé, mais il coince ma jambe libre en la collant contre le mur avec ses hanches. Tout son corps est pressé contre le mien. Je sens chaque courbe de ses muscles durs comme la pierre.

Je suis en sueur, et en même temps, j'ai froid.

— Ferme les yeux, Lotta.

Son grondement tient plus du ronronnement rauque, à présent.

Je le fixe, confuse. Quoi ?

— Ferme-les et prends une profonde inspiration. Ensuite, dis-moi pourquoi je suis là.

Je ne bouge pas. Je retiens toujours ma respiration en essayant de comprendre ce qu'il est en train de dire. Qu'est-ce qu'il veut de moi ?

— Respire.

Il met de l'Autorité d'Alpha dans sa voix, et mon corps réagit instantanément.

Je prends une grosse inspiration, scrutant son visage pour y trouver un indice.

— Ferme les yeux.

Autorité d'Alpha, encore une fois.

Mes paupières s'abaissent d'un seul coup. La chaleur de son souffle effleure mon visage. Son front touche le mien.

— Pourquoi je suis là, Carlotta ?

Son grondement est bas. Moqueur.

Maintenant que mes yeux sont fermés, tous mes autres sens s'aiguisent. J'entends les battements de mon propre cœur. Le sifflement de ma respiration. L'odeur de ma peur, mélangée à la sienne, avec des notes de…

Oh !

Je rouvre les yeux d'un coup.

Cuir et épices.

Oh, non.

Non, non, non.

Impossible.

Asher Martin ne peut pas être mon amant de la course à la pleine lune.

Oh. Putain.

Je croyais que c'était un homme plus vieux. Quelqu'un qui ne pourrait pas me revendiquer parce qu'il avait déjà une compagne. Pas un élève.

Mais je ne peux pas nier son odeur ni la réaction de mon corps.

Le Destin m'a envoyé un partenaire impossible. Le Destin se fout franchement de ma gueule.

Parce qu'Asher Martin – un de mes élèves, et un ennemi revanchard – ne peut pas être mon compagnon.

Dès que je comprends, Asher me lâche, et mes pieds se posent doucement au sol. Il me toise avec un air songeur.

— Donc.

Qu'il aille au diable. Comment a-t-il osé me faire ça ? Il ne m'a pas laissé voir son identité parce qu'il savait que c'était mal. Que je ne consentirais jamais à coucher avec lui. Il a mis mon travail en péril.

Je le gifle violemment au visage. Ce n'est pas évident parce qu'il est vraiment plus grand que moi. Je me fais mal à la main, alors que lui a l'air de n'avoir rien senti du tout. Je recommence, plus fort. Puis une troisième fois. Toujours aucune réaction. Je recule mon bras pour lui en asséner une quatrième, mais il m'attrape le poignet et me fait tournoyer, le collant contre ma taille, avec mon dos collé contre son torse.

— Gifle-moi encore une fois, et je te donnerai tellement de fessées que tes fesses seront toutes roses, gronde-t-il dans mon oreille.

Destin, prends pitié de moi. Une vague de chaleur prend naissance entre mes jambes et remonte jusqu'à mon cou et mon visage. Tout ce à quoi je peux penser, c'est à la fessée qu'il m'a donnée dans la forêt. À quel point c'était merveilleux d'être maîtrisée par son corps puissant et dominateur ! Et comme j'ai envie de recommencer.

Non. Non. C'est mal à tous les niveaux imaginables.

Asher me laisse partir, et je fonce aussitôt sur la poignée de la *casita*. J'ouvre la porte et me précipite à l'intérieur, mais il est juste derrière moi. Il me soulève et me jette au milieu du lit. Il s'amuse juste à me montrer qu'il me domine physiquement, là. Il s'assure que je me rappelle qu'il est grand et fort, et que je suis toute petite.

Je me redresse et me mets debout sur le lit pour le surplomber, pour changer. Un peu comme un petit chien qui se mettrait debout sur une chaise pour aboyer sur un plus gros.

Bien sûr, Asher n'est pas du tout intimidé.

— Bon.

Il avance jusqu'au bord du lit.

— Je vais te dire pourquoi je suis venu ici.

Il fouille dans sa poche et en sort ma culotte.

Bon sang. Évidemment que c'est lui qui l'a.

Pourquoi n'ai-je pas pensé à demander de la récupérer après la bagarre ?

Il lève le morceau de tissu rouge, accroché à son pouce. J'essaie de le lui reprendre, mais il lève le bras hors de ma portée.

— Je veux savoir pourquoi ce connard d'Eric Damonella avait la culotte de ma compagne.

— Je ne suis pas ta compagne ! balancé-je, même si c'est faux, de toute évidence.

Ce que je veux dire, c'est que je n'ai pas consenti à être sa compagne. Je ne vais pas le laisser me revendiquer. Ça n'arrivera pas. Même si on n'était pas des ennemis, il est mon élève et il a cinq ans de moins que moi. C'est impossible, c'est tout.

Il arque un sourcil. Ce que je trouve malheureusement incroyablement sexy.

Minute. Non.

Je ne peux pas être attirée par ce mec. *C'est un gosse.*

Sauf qu'il n'y a rien de « gamin » chez Asher Martin. Il mesure un mètre quatre-vingt-douze, avec cent vingt kilos de muscles, et il a dix-huit ans. Asher est un homme, point. Un loup alpha. Les traits qui le rendaient si beau quand il était encore un ado dégingandé de treize ans font à présent de lui une vraie bombe atomique.

— Tu sais très bien que si.

Il agite ma culotte en l'air.

— Dis-moi qu'il ne t'a pas touchée, pour que je sache que je n'ai pas besoin de commettre un meurtre ce soir.

CHAPITRE HUIT

Asher

LES MAINS POSÉES sur ses hanches, Lotta me fusille du regard.

— Ça ne te regarde pas.

Je gronde en lui montrant les dents.

— Dis ça à mon loup.

La tension mortelle dans ma voix hérisse les poils de ses bras.

Elle doit savoir que mon loup va réclamer du sang. Je n'ai pas pu l'empêcher d'attaquer Eric dans sa salle de classe la semaine dernière, juste parce qu'il lui a manqué de respect. Je la déteste peut-être, mais mon loup la défendra jusqu'à son dernier souffle. C'est juste de la biologie métamorphe.

Je remets la culotte dans ma poche et agrippe une des fines chevilles de Lotta. Je tire un coup sec ; déséquilibrée, elle tombe en arrière. Je tends la main pour réceptionner sa tête, amortissant sa chute sur le matelas.

Elle a le regard fou. Son parfum de jasmin et de miel

sature l'air autour de nous ; un mélange de peur, de colère et de désir.

Être avec elle apaise et excite mon loup en même temps. J'ai tellement envie d'elle que je dois me contrôler de toutes mes forces pour ne pas la prendre ici et maintenant.

Bien sûr, c'est hors de question. Même si elle ne me haïssait pas, je ne voudrais pas d'elle.

Je ne peux pas lui faire confiance. Sa famille méprise la mienne.

Le corps mince de Lotta est allongé au milieu de son lit king size, qui occupe la majeure partie de son studio. Un couvre-lit en crochet blanc immaculé est étalé sous elle, et un tas de coussins rebondis contre la tête de lit donne l'impression qu'elle est un mannequin sublime qui pose pour un magazine de décoration intérieure.

Elle se redresse sur ses coudes, les joues empourprées. Il y a une étincelle verte dans ses yeux. Sa louve fait une apparition. En revanche, j'ignore si c'est le danger ou le désir qui la pousse à sortir.

L'envie d'arracher les draps, de casser la tête de lit, et de découvrir pourquoi une si petite louve comme Lotta a besoin d'un lit géant me submerge.

Tout comme le besoin d'obtenir une réponse concernant la culotte.

— Dis-moi qu'il ne t'a pas touchée, grondé-je.

Je n'avais pas l'intention de prendre un ton menaçant. Ou plutôt, c'était destiné à Eric, pas à elle, mais elle déglutit très fort.

— Il ne m'a pas touchée.

Mon loup est extatique en entendant sa réponse. Pas uniquement parce qu'il ne l'a pas touchée – je ne croyais pas vraiment qu'il l'avait fait – mais parce qu'elle m'a répondu. Elle est d'accord que ce *sont* mes affaires, finalement.

J'enserre ses deux chevilles avec mes mains.

— Comment a-t-il eu ta culotte ?

Lotta baisse les yeux à l'endroit où je la touche et essaie de libérer une de ses chevilles, testant ma poigne, mais l'odeur de son excitation envahit la pièce.

Elle a envie de moi. On est peut-être totalement opposés tous les deux, mais l'alchimie est là. À ses yeux, il n'y a personne d'autre que moi.

Pour moi, il n'y a qu'elle.

Je la rapproche en tirant sur ses chevilles. Ses genoux sont pliés, alors ses fesses glissent jusqu'au bord du lit.

— Réponds, Lotta.

— Je ne m'étais pas transformée depuis l'université, dit-elle.

Sous le choc, je hausse les sourcils. J'ai envie de la cuisiner à ce sujet, mais je ne l'interromps pas.

— Je n'avais pas prévu de me métamorphoser à la pleine lune. J'étais au lycée, en train de peindre. J'ai entendu la meute et après, c'était comme si j'étais redevenue une adolescente en pleine transition. J'ai commencé à changer avant même de comprendre ce qui m'arrivait. J'ai enlevé mes vêtements en courant vers la porte de derrière. J'ai de la chance de ne pas les avoir déchirés. Quand je suis revenue, je me suis rendu compte que j'étais enfermée dehors. Mon téléphone et mes clés étaient à l'intérieur. J'avais l'intention de revenir tôt le lendemain matin, mais j'ai dormi comme si j'étais en transition. Le principal Olsen a ramassé mes habits, mais il a dû rater la culotte.

Je ne peux pas arrêter le grondement bas qui sort de ma gorge. La pensée que n'importe quel mâle – principal ou élève – touche ses sous-vêtements me donne envie d'exploser toutes les vitres du lycée et de foutre le feu au bâtiment.

Je dois avoir l'air effrayant, parce que Lotta essaie de se dégager à coups de pied.

Je plaque ses pieds sur le lit, puis les écarte davantage, pour que ses genoux tombent de chaque côté. Mon loup est juste sous la surface. Je sais que mes yeux sont en train de briller. Le désir de la posséder, de m'assurer qu'aucun autre mâle ne répandra de rumeur à propos d'elle déclenche un court-circuit dans mon cerveau.

Je ne peux penser qu'au sexe.

À la domination.

À faire des choses cochonnes et irrespectueuses à ce petit corps torride. Encore plus que la dernière fois.

— Comment vais-je punir ma compagne d'avoir donné sa culotte à un autre mâle ?

Je ne suis pas sérieux. En tout cas, l'idée ne m'avait pas traversé l'esprit avant que les mots ne quittent mes lèvres. Mais à l'instant où je les prononce, mon sexe devient dur comme de l'acier. L'idée de claquer ce joli derrière envoie une décharge d'excitation dans mes veines. Je me souviens à quel point elle a aimé ça la dernière fois.

À quel point ça l'a excitée quand je l'ai menacée de le faire ce soir, sous son porche.

Je suis tellement excité que je ne remarque pas que ce n'est pas son cas, cette fois. Elle est trop intimidée. Elle essaie encore de me donner des coups de pied.

— Je ne lui ai rien donné ! Pour l'amour du ciel, Asher… je viens de te dire ce qui s'est passé !

Mes paumes remontent vers ses genoux, et je les ouvre encore plus grand, en les poussant vers ses épaules.

Son souffle fait frémir son ventre alors qu'elle halète, les yeux rivés sur moi. Ses yeux sont d'un vert étincelant, preuve que sa louve est sortie.

Je me penche en avant, attiré par la chair délicate à l'intérieur de sa cuisse. Je la mordille, puis remonte ma bouche ouverte le long de la peau douce et sucrée, léchant et mordant à mesure que j'avance en direction de son entrejambe.

L'odeur de son excitation m'embrouille l'esprit. J'écarte complètement les mâchoires pour recouvrir toute son intimité. Le tissu fin de son short ne cache rien de la chaleur et de l'humidité que je ressens à travers. J'érafle son sexe avec mes dents.

— Que fais-tu ?

Elle a raison. Qu'est-ce que je suis en train de faire ?

Je n'ai aucun droit de me retrouver entre les cuisses de Carlotta James. Elle ne m'a pas invité. Elle ne m'a pas donné son consentement. Et elle m'a déjà giflé trois fois pour l'avoir prise sans son assentiment la dernière fois.

Ce n'est pas parce que je suis son compagnon que j'ai le droit de prendre le dessus sur elle et de faire ce que je veux.

Ça devrait être l'inverse. Je devrais lui témoigner du respect. La traiter comme une putain de reine. Alors qu'est-ce que je suis en train de faire ?

Je lâche ses genoux. Ses pieds retombent sur le couvre-lit.

Elle respire toujours fort, haletant comme si elle venait de piquer un sprint.

Je me redresse sans la quitter du regard. Je suis certain que mon loup est visible dans mes yeux, tout comme sa louve. Mais on n'a rien en commun. C'est une association qui n'a pas lieu d'être. Je suis peut-être un adulte consentant, mais elle est professeure au lycée de Wolf Ridge. Je suis un élève. E plus, elle ne veut pas de moi. Et je ne veux absolument pas d'elle. Tandis que je recule en direction de la porte, aucun de nous ne détourne la tête.

— Asher.

Non. Je ne veux pas avoir cette discussion avec elle. Je ne veux rien entendre de ce qu'elle a à dire.

J'ouvre brutalement la porte et sors, avant de la claquer

derrière moi. Je cours dans le désert, jusqu'au lit desséché du cours d'eau qui sépare les maisons jumelées où j'habite avec ma mère, et la propriété huppée des parents de Carlotta.

Je m'arrête et m'appuie contre le mur abrité de notre immeuble.

Mon loup est très agité. Il voulait Carlotta. Il est en colère que je sois parti.

— On ne peut pas forcer un accouplement sans amour, marmonné-je tout fort en essayant de l'apaiser avant qu'il ne me fasse faire quelque chose de stupide.

Quelque chose qui me causerait encore des problèmes.

Apparemment, c'est toujours moi le chien qu'on envoie à la niche, dans cette fichue ville.

L'odeur de miel et de jasmin de Carlotta flotte toujours dans mes narines. Le goût de sa peau s'attarde sur ma langue. Jamais je ne parviendrai à dormir cette nuit.

Je me souviens alors que j'ai un morceau d'elle avec moi. Je sors sa culotte de ma poche et prends une profonde inspiration.

J'entends la moustiquaire qui claque et quelqu'un sortir sur son petit lopin de propriété.

L'étincelle d'un briquet qu'on allume m'apprend qu'il s'agit de Murph Downy, un ouvrier de la brasserie.

— Hé, aboie-t-il. Qu'est-ce que tu fous là ?

Et voilà.

Encore des problèmes.

— Rien. Je rentrais juste à la maison.

Je fourre la culotte dans ma poche et me dirige vers chez nous.

— T'es pas le gosse de Johnny Martin ?

C'est ça. Parce que tout le monde dans cette putain de ville sait que je suis fait du même bois que mon père.

Qu'ils aillent se faire foutre. Je redresse les épaules pour lui révéler toute ma taille et une touche d'agressivité pour lui prouver que je ne vais pas reculer parce qu'il est plus vieux. Je suis beaucoup plus costaud. Ce connard ne va pas me brutaliser à cause de je ne sais quel préjugé qu'il s'est fait en se basant juste sur mon nom de famille.

— Et alors ?

Il plisse les yeux et me toise de la tête aux pieds, avant de cracher dans les buissons.

— Et alors je te surveille, gamin.

Je ravale le « va te faire foutre » qui me chatouille la langue. Ce serait pousser le bouchon trop loin.

— Surveille autant que tu veux, marmonné-je avant de m'éloigner pour regagner mon propre mini jardin.

* * *

LOTTA

JE SUIS ALLONGÉE sur le lit, le souffle court. Mon corps est fiévreux. La chair entre mes jambes est gonflée et appuie contre la couture de mon short. Ce n'est pas que c'est sensible. C'est carrément douloureux.

Asher n'aurait pas pu me faire pire.

Je ne parle pas quand il m'a jetée sur le lit et écarté les jambes sans ma permission. Ni quand il m'a mordillé et léché la cuisse. Et pas non plus quand il a posé sa bouche brûlante juste sur la couture de mon short et qu'il a mordu comme dans une pêche.

Même si pendant une seconde, j'ai eu peur qu'on bascule sur du viol.

Comme pendant la course à la pleine lune, je ne savais pas trop si j'aurais le choix ou non. Ni si je voulais qu'on me le donne.

Il y a quelque chose d'excitant à être à la merci d'un mâle

qui pourrait vous briser le cou d'un seul geste de sa grande main.

Non, le pire, c'est quand il a reculé, qu'il a passé la porte et qu'l est parti dans la nuit.

Il m'a abandonnée sans me donner satisfaction. Sans retirer mon short pour mettre sa langue là où j'en avais terriblement envie. Sans grimper sur mon lit et se montrer brutal pour me forcer à me soumettre. Sans me donner cette punition qu'il m'a promise.

Et je n'avais pas compris avant qu'il ne parte à quel point mon corps a envie de son toucher. J'en ai besoin autant que de respirer.

Je me lève du lit, les jambes flageolantes. Je vais dans la salle de bain et asperge de l'eau sur mon visage rougi. Mes yeux de louve me renvoient mon regard dans le miroir. Je suis toujours aussi brûlante et excitée. Je n'arrive pas à aligner deux pensées cohérentes. Pourquoi est-il parti sans terminer ce qu'il a commencé ?

Est-ce que c'est ça, la punition ? Me laisser excitée et en manque et complètement insatisfaite ? Je ne savais pas que c'était comme ça d'être près de son compagnon.

Ou alors est-ce qu'Asher s'est montré miséricordieux parce qu'il a cru que je ne voulais pas ? C'est sans doute l'impression que je donnais. Est-ce que je lui ai dit « non » ? Je n'arrive pas à m'en souvenir. En tout cas, j'étais nerveuse, ça, c'est certain.

J'ai eu vraiment peur quand il est arrivé, et ça l'a mis en colère. Il avait besoin que je comprenne pourquoi il était là. Il me déteste peut-être, mais c'est mon compagnon. Il ne peut pas rester loin de moi, pas plus que je peux le chasser quand il vient.

On est biologiquement lié l'un à l'autre, aussi horrible que ça puisse être pour nous deux.

Argh !

Toujours tremblante et agitée, je retire mes vêtements et allume la douche sur l'eau froide. Peut-être que si je me débarrasse de son odeur, je pourrai me calmer.

Enfin, je l'espère, sinon les chances que j'arrive à dormir ce soir sont nulles.

CHAPITRE NEUF

Asher

JE NE DORS PAS une seule minute cette nuit, ni la suivante d'ailleurs. Je reste éveillé à me retourner dans tous les sens. À me masturber encore et encore pour m'empêcher de me transformer et de courir sur la courte distance qui me sépare de la *casita* de Lotta.

Je comprends brusquement les légendes des humains à propos des métamorphes – l'idée qu'un métamorphe s'enchaîne lui-même pour ne pas changer et sortir.

C'est ce que je devrais faire. Parce que je suis presque sûr que si je m'autorise à me métamorphoser, j'irai enfoncer la porte de Lotta et revendiquer cette femelle tellement fort que toute la ville de Wolf Ridge entendrait ses cris.

Lundi matin, je suis debout avant l'aube. J'ouvre violemment le premier tiroir de ma commode et repousse mes chaussettes. Je prends la dernière enveloppe que j'ai reçue avec l'écriture de mon père. Elle est arrivée il y a environ six mois. Aucun mot à l'intérieur. Juste neuf billets tout neufs de cent dollars enroulés dans une page déchirée d'un bloc-notes avec ce qui ressemble à des paris écrits dessus.

Il fait probablement du combat en cage. Ou il s'est remis à voler – qui sait.

La dernière enveloppe avant celle-ci a été envoyée huit mois auparavant. Je les reçois n'importe quand, avec des sommes différentes. Il n'a jamais envoyé aucune lettre avec. Mais n'a jamais été le genre de père à dire des choses gentilles.

J'imagine que je devrais être reconnaissant qu'il se rappelle qu'il a un fils.

Même avant qu'il ne soit banni, il n'a jamais été une figure paternelle. Désormais, comme ma mère a refusé de partir avec lui, je n'ai plus aucun contact. Il n'appelle pas, n'envoie pas de texto, ni ne me contacte pas par FaceTime. On ne sait pas où il vit ni ce qu'il fait.

Ma mère refuse de prendre l'argent –, elle est trop en colère contre lui pour ce qu'il a fait. Elle dit que c'est sûrement de l'argent sale, et que c'est pour moi de toute façon – sa version d'une pension alimentaire – alors je peux faire ce que je veux avec. J'essaie de l'économiser autant que possible, ne m'en servant que pour faire les courses, payer mes propres dépenses, et acheter de beaux cadeaux à ma mère pour Noël ou le Solstice.

J'ouvre l'enveloppe. Il reste trois cents dollars. Je ne sais pas pourquoi je regarde. Pourquoi j'associe l'argent à Lotta. Comme si j'allais m'en servir pour lui faire la cour. Ou l'impressionner. Ou subvenir à ses besoins.

Genre.

Sous l'enveloppe se trouve une fine chaîne avec un petit pendentif en forme de croissant de lune en or.

Je le prends et le porte à mes narines comme s'il pouvait

avoir gardé l'odeur de Lotta après toutes ces années. Ce n'est pas le cas, mais ça m'aide à conjurer cet effluve sucré. Jasmin, miel et l'odeur féminine et alléchante de son excitation me font tourner la tête.

Je la secoue violemment.

Je prends une douche et monte sur ma moto, arrivant avant ma mère à la boulangerie Wolf Ridge Sweet Treats. L'odeur des croissants sortant du four embaume la ruelle où je gare mon engin. Madame Angelson est déjà au travail à l'intérieur, en train de déballer une plaquette de beurre avant de l'ajouter dans le mixeur en marche.

Son visage ridé s'illumine avec un sourire quand je rentre par la porte de derrière. Le reste de la ville peut penser que je suis un loubard, mais madame Angelson m'a toujours traité comme si j'étais spécial. En fait, si elle n'avait pas soutenu ma mère quand mon père s'est fait expulser de la meute, je ne suis pas sûre que nous aurions pu rester à Wolf Ridge. Elle a trouvé des heures supplémentaires à donner à ma mère après le départ de mon père, même si elle n'avait pas besoin d'aide. Même quand elle avait du mal à joindre les deux bouts elle-même.

— Bonjour, Asher. Tu t'es levé tôt. Je croyais que ton expulsion se terminait aujourd'hui.

Je me penche et presse ma joue contre la sienne pour lui donner un baiser.

— C'est le cas. Mais je suis venu pour m'occuper de vos livraisons du matin.

— Tu es trop gentil. Elles ne sont pas encore arrivées. Pourquoi n'irais-tu pas mettre de l'eau dans la machine à café ?

Elle pointe le doigt vers l'évier à trois bacs où le réservoir a été rempli d'eau filtrée. Je le prends et l'emporte à l'avant de la boulangerie, où je l'installe et ajoute des grains de café. J'allume la machine, pour que les gens puissent se servir quand ils viennent prendre leur pâtisserie du matin.

Ma mère déverrouille la porte d'entrée et me dévisage, surprise.

— Asher ! Je pensais que tu étais encore au lit à la maison. Qu'est-ce que tu fais là ? Tu as cours aujourd'hui, tu sais.

— Je n'arrivais pas à dormir. Je suis venu voir si je pouvais me rendre utile.

Les traits soucieux de mère s'adoucissent dans une expression affectueuse.

— Tu es un bon garçon.

— Tu es la seule personne de cette planète à le penser, dis-je avec un sourire.

— C'est faux ! lance madame Angelson depuis l'arrière-boutique.

— D'accord, vous êtes les deux seules, alors.

Je vais dans la cuisine et prends un croissant au chocolat sur le plateau qu'elle vient juste de sortir du four, et j'en prends une grosse bouchée.

— Mmm. Délicieux.

Madame Angelson enfonce un doigt dans mes côtes.

— Tu es juste venu pour prendre ton petit-déjeuner, hein ?

— Mmm. C'est absolument parfait, madame A.

La pâtisserie croustillante fond dans ma bouche, le chocolat noir dégoulinant sur ma langue.

Ma mère entre dans la cuisine et enfile un tablier. Elle se met au travail à côté de madame Angelson sans qu'on lui dise quoi faire.

— Je me demande ce que je vais faire de toi, déclare-t-elle en reprenant la conversation là où on l'a laissée.

— Oh, Seigneur, marmonné-je.

Elle m'a fait la leçon tout le week-end à propos de la bagarre à l'école, et apparemment, elle n'a pas terminé.

Ma mère ignore que je suis dans la classe de notre ennemie jurée Carlotta James. Ce qui signifie qu'elle ne sait pas non plus que c'est elle, le professeur responsable de ma suspension. Si elle le savait, elle serait encore plus bouleversée et je n'aime pas perturber ma mère. Elle a traversé quatre années de dépression après le départ de mon père, même s'il n'était pas son compagnon destiné, et elle s'en est à peine remise.

— Tu as la capacité d'être un alpha, mais tu n'auras aucune chance de devenir un chef si tu ne te reprends pas en main, Asher. Tu ne peux pas casser des poignets et exploser des nez à l'école et t'attendre à ce que qui que ce soit pense que tu as ce qu'il faut pour être un alpha. Il faut plus que des muscles et un grondement grave pour obtenir du respect. En fait, ta taille pourrait jouer en ta défaveur dans cette ville. Les gens ont peur du gros loup qui porte de l'amertume dans son cœur.

De l'amertume dans mon cœur ? C'est bizarre de dire ça comme ça.

— Bon sang, maman, marmonné-je. Ce n'est pas un peu tôt pour que tu me fasses un sermon sur l'état de mon cœur ?

— Oui, il a besoin d'un autre croissant pour ça, intervient madame A d'un ton indulgent.

Je prends ça pour une permission d'en engloutir un autre. Elle me verse un grand verre de lait pour faire descendre le tout.

— Ce qu'il te faut surtout, c'est plus de protéines. C'est tout ce que tu as mangé aujourd'hui ? demande madame A.

— C'est bon, ronchonné-je en vidant le verre de lait. Je n'ai pas faim.

— Tu n'arrives pas à dormir et tu n'as pas faim.

Ma mère arrête ce qu'elle est en train de faire et pose ses mains sur ses hanches.

— Qu'est-ce que je dois savoir sur cette bagarre de la semaine dernière ?

— Rien.

Merde. Je prends un autre croissant et le fourre dans ma bouche pour éviter de poursuivre cette discussion. Je suis sauvé par le bruit du camion de livraison qui recule dans la ruelle arrière.

— Voilà votre livraison du lundi.

J'ouvre la porte de derrière et sors pour donner un coup de main.

Ce n'est pas comme si ma mère et madame A étaient des petites natures. Ce sont des métamorphes, alors elles sont beaucoup plus fortes que les femmes humaines de leur âge, mais aider à porter les choses lourdes, c'est se montrer galant avec les louves de votre vie.

Et ces deux louves sont les seules personnes qui me soutiennent.

* * *

Lotta

Je m'asperge le visage d'eau froide avant mon dernier cours. Je suis à peine en état de fonctionner, aujourd'hui. Je meurs de faim, mais je n'ai pas pu prendre de petit-déjeuner ou de déjeuner parce que j'ai des nausées atroces.

Mes doigts tremblent. Je suis fiévreuse.

J'ai la sensation que je vais spontanément me métamorphoser à nouveau comme la nuit de la pleine lune.

Et maintenant, je suis terrifiée à l'idée que l'odeur ou la vue d'Asher dans mon prochain cours déclenche quelque chose d'encore pire. Un genre de spectacle honteux en public qui me fera perdre mon poste et attirera le déshonneur sur moi et ma famille.

Je tire sur le tissu de mon tee-shirt au niveau de mon sternum pour m'éventer et sécher la transpiration entre mes seins.

La grande inspiration que je prends pour m'éclaircir les idées ne fait que m'étourdir. Et le pire dans tout ça, c'est la pulsation frénétique entre mes jambes. L'humidité qui s'accumule pendant que je passe en revue encore et encore ce que ça fait d'être prise par l'homme qui est mon compagnon. L'homme qui est à peine un homme.

Celui qui m'a laissée frustrée et énervée la nuit dernière. Et ce désir a évolué en véritable maladie.

Je prends une serviette en papier et me tapote le visage, fixant mes yeux brillants et mes joues empourprées dans le miroir.

Le malaise au fond de mon estomac empire quand je pense que je vais voir Asher ; il l'a fait exprès. Je croyais que c'était de la torture pour les loups mâles de rencontrer une compagne et de ne pas la revendiquer, mais d'une façon ou d'une autre, il a retourné la situation.

Il est en train de jubiler à cause de ce qu'il a fait hier soir. Mordiller et sucer l'intérieur de ma cuisse, poser sa bouche directement sur mon intimité.

Je serre le lavabo dans mes mains tandis qu'un orgasme me traverse. Mais il n'est pas du tout satisfaisant. C'est le genre qui ne fait que renforcer le désir et la chaleur.

Il faut juste que tu arrives au bout de la dernière heure de cours. Ensuite, tu pourras te transformer et courir.

Je m'écarte du lavabo et rejoins la porte sur des jambes tremblantes. Je redresse les épaules en sortant des toilettes pour retourner dans ma salle de classe.

La cloche sonne, mais Asher et sa clique n'arrêtent pas leur chahut dans le fond de la pièce.

— *À vos places*, grondé-je avec plus de force que la situation ne l'exige.

Toute la classe se tait, les élèves m'observent tous avec curiosité alors que ceux qui sont encore debout s'assoient derrière leurs bureaux.

— Qui a pissé dans ses céréales ? murmure Asher à ses amis.

Ils ricanent. Je me mords l'intérieur de la joue tellement fort que je me fais saigner. Je les fais tous souffrir dans un silence de mort pendant que je fais l'appel. Même une fois que j'ai fini, je les fixe avec une expression de marbre pendant de longues secondes avant de lâcher :

— Travaillez sur vos autoportraits.

Je disparais au coin du studio où j'ai installé deux toiles géantes pour créer un espace privé quand je peins. Normalement, je n'y vais pas pendant la classe –, ce n'est pas professionnel de laisser une classe sans surveillance, mais j'ai besoin d'un moment. Je retire mes sandales à talons. Mes jambes flageolent trop pour que je marche avec ça.

Reprends-toi, Lotta. Ne montre aucune faiblesse. Ne laisse pas Asher penser qu'il a gagné.

Après avoir pris plusieurs profondes inspirations, je prends le bocal rempli d'eau salie à cause de la peinture et des pinceaux d'hier, et je l'apporte vers l'évier de la classe.

Le volume sonore est progressivement remonté. D'une façon ou d'une autre, tout le monde a compris que je ne ferais pas cours aujourd'hui, alors ils ont décidé de ne pas travailler. Ou plutôt, ils font semblant tout en bavardant.

Une vague de chaleur me traverse pendant que je remue les pinceaux dans le diluant. Je comprends immédiatement pourquoi. Le corps musclé de mon pire élève est apparu à côté de moi. Asher fait semblant de feuilleter le tas de magazines que j'ai sorti pour le travail sur le multimédia.

— Tu sens bizarre.

Sa voix est basse – à peine audible pour moi, ce qui signifie que personne d'autre dans la pièce ne devrait pouvoir l'entendre, audition de métamorphe ou non.

— C'est à cause de *toi*, chuchoté-je dans un grognement.

Je ne le regarde pas. Si quelqu'un nous jette un coup d'œil, il verra qu'on se tourne le dos. Deux personnes proches l'une de l'autre, mais qui n'interagissent pas.

Il se recule un peu vers moi, et tend la main au-dessus de ma tête pour ouvrir un des placards. Son odeur de cèdre et de savon m'agresse. La tension dans mon corps est insupportable. Je serre le poing autour du bocal et je le brise accidentellement avec ma force surhumaine.

Je lâche un hoquet quand le verre explose et qu'un morceau s'enfonce dans le gras de mon pouce. La moitié des morceaux tombe dans l'évier, l'autre sur mes pieds nus.

— Qu'est-ce que tu fais ?

Avant que je n'aie le temps de faire le moindre mouvement, Asher me soulève par la taille et me pose sur le comptoir à côté de l'évier.

— Pourquoi es-tu pieds nus ?

Il a l'air en colère comme si je l'offensais personnellement en montrant mes orteils. Mais qui sait ce qui lui passe par la tête en ce moment. Je parie qu'il déteste le fait que son loup se montrerait si je me blessais.

— Que quelqu'un ramasse le verre qu'il y a par terre, ordonne Asher.

Quatre élèves se précipitent pour obéir.

Je fais mine de descendre de mon perchoir, le visage tout rouge.

— On ne porte pas un professeur, peu importe à quel point tu te sens chevalier… Oh.

Je prends une brusque inspiration.

— Qu'est-ce que tu crois être en train de faire ?

Asher déchire son tee-shirt et le tient sous ma main, s'en

servant comme d'un torchon pour éponger mon sang. Il n'y a rien de mal à ça, en soi, sauf que du coup, il se tient torse nu devant moi.

Et sa poitrine est magnifique. Ses pectoraux forts et musclés sont parsemés de boucles blondes. Ses tétons pointent. Son odeur est partout à présent, enveloppant mon visage. Tout l'air que je respire sent comme lui.

Il se penche sur ma main pour regarder de plus près, et retire un morceau de verre de ma plaie sanguinolente.

La pièce se penche et tourne. L'oxygène a l'air trop épais.

Il me touche. C'est exactement ce dont j'avais besoin. Ce dont j'ai désespérément besoin depuis le moment où il est parti de chez moi hier soir.

Il enlève un autre bris de verre de main, puis tire sur mon poignet pour le placer au-dessus de l'évier.

Je ne peux pas réfléchir. Je ne peux pas fonctionner alors qu'il est aussi près. J'ai l'impression que mon corps va exploser ici, en plein milieu de ma salle de classe.

— Ça suffit, lâché-je d'un ton sec en sautant du comptoir.

Tant pis pour le verre sous mes pieds.

— Tout le monde, il faut que j'aille m'occuper de cette coupure. Continuez à travailler *dans le calme.*

Je sors de la pièce pieds nus, en laissant des gouttes de sang derrière moi. Je ne me retourne pas pour regarder si les élèves m'obéissent. Et je n'ai surtout pas besoin de voir la réaction d'Asher.

Je ne pourrai pas supporter la vision de son beau visage en colère.

Je déverrouille et ouvre la porte des toilettes. Mon cœur cogne de façon irrégulière. J'ai la tête qui tourne. Je suis incapable de réfléchir.

Je fais les cent pas en rond. L'air est trop épais pour que je respire. Je m'arrête devant le lavabo et j'allume l'eau. Le sang s'écoule dans la bonde pendant que je nettoie le reste du verre dans mon pouce. Ma poitrine se soulève alors que j'essaie de reprendre le contrôle.

Sauf que c'est impossible.

Je dois avoir oublié de refermer la porte quand je suis entrée, parce qu'Asher apparaît dans les toilettes avec moi.

Je le regarde fermer la porte dans un cliquetis et combler la distance entre nous en une seule longue foulée.

Il déchire mon tee-shirt et le jette par terre.

CHAPITRE DIX

Lotta

Je veux lui dire de partir. Il n'aurait pas dû me suivre ici. *On est au lycée !* Je ne peux pas être vue avec un élève.

Mais rien de tout ça ne franchit mes lèvres. Mes mains volent vers son short, mes doigts bataillant avec le bouton.

Sa bouche est sur ma poitrine, les lèvres posées sur mon téton. Je ne sais même pas comment il est arrivé là aussi vite.

Il plaque mon corps contre le mur, une main sous mes fesses pour me soulever. Je place un pied sur la double vasque, écartant mes jambes pour lui.

Je sors son érection de son short ainsi que de son caleçon et m'en sers comme poignée pour ramener ses hanches vers moi.

— Tu as besoin que je te baise ?

Ses paroles sont marmonnées d'une voix grave, entre deux halètements. Il a l'air aussi frénétique que moi, aussi désespéré d'être soulagé.

Il remonte ma jupe d'un coup jusqu'à ma taille et baisse ma culotte avant de passer un doigt entre mes jambes. Je me débarrasse de ma culotte d'un coup de pied et repousse sa main. Ce n'est pas de ça que j'ai besoin. Et je n'ai vraiment pas besoin de préliminaires.

Ça fait environ seize heures que j'ai dépassé ce stade. Je suis au-delà de l'équivalent féminin d'un cas de « boules bleues », quel que soit le nom. J'ai l'impression de m'être pris un coup de poing dans le vagin. Mon clitoris est tellement gonflé qu'il me fait mal.

— Tu as besoin de cette queue ?

Il souffle à peine les mots à mon oreille.

— Oui, grogné-je en serrant les dents.

Je ferme les yeux et appuie ma tête contre le mur pour ne pas avoir à regarder les traits arrogants du visage d'Asher aussi près du mien.

Je ne veux pas de ça. J'en ai besoin, mais je n'en veux pas.

Il me transperce avec sa longueur, remontant mon bassin contre le mur pour que je l'accueille entièrement. Son expiration effleure mon oreille dans un souffle chaud.

Je ravale un cri de satisfaction.

— Oh, murmuré-je.

Il m'empale à nouveau.

Mes yeux roulent en arrière.

— Oh, bon sang !

C'est tout ce dont j'avais besoin. Non, encore plus que ça… c'est glorieux.

J'enroule ma jambe libre autour de sa taille pour qu'il puisse me faire rebondir sur son érection, mon pelvis dirigé vers lui :

— Oui, chuchoté-je.

Le pouce d'Asher trouve ma lèvre inférieure, et il la retrace avant de me pénétrer ici aussi. Je suce son doigt en râpant sa peau avec mes dents.

Mon intimité se contracte autour de son sexe à chaque va-et-vient.

Sentir Asher en moi est une sensation encore plus incroyable que quand j'ai appris que j'avais été admise en école d'art. Encore mieux que de partir de Wolf Ridge. Ou que de remporter la première place de notre exposition à l'université.

J'ai l'impression que c'est le but et le sens de ma vie. Comme si je n'aurais jamais besoin de rien d'autre. Comme si je pouvais mourir à être seconde et être complète.

Mais c'est juste de la biologie, me rappelé-je. Ce n'est pas réel. Ce n'est pas la vraie moi.

Ce sentiment disparaîtra quand on aura terminé, et je pourrai trouver comment faire pour que ça n'arrive plus jamais.

Mensonges, grogne mon loup.

Mes yeux se brouillent de larmes. J'enfonce mes ongles dans les épaules musclées de Asher, et me sers de mon pied sur le lavabo pour incliner le bassin et venir à sa rencontre.

Il étouffe un grondement. On est tous les deux des épaves de respirations frénétiques et étouffées et de sanglots silencieux. Si quelqu'un arrivait maintenant, il n'entendrait que l'eau qui coule du robinet.

Les larmes coulent sur mes joues. Je ne sais pas d'où elles viennent –, frustration sexuelle, peut-être. La déception et la colère envers moi pour avoir perdu le contrôle de cette façon. D'être aussi faible. De laisser un de mes élèves – un *élève* ! – me baiser de rage contre le mur des toilettes en plein milieu de mon cours.

Je mords son pouce, au point de percer sa peau. Il le sort de ma bouche d'un coup sec. J'ouvre les yeux pour voir ses iris passer du vert éclatant de son loup à leur couleur noisette habituelle.

— Jouir.

Je secoue ses épaules. Les larmes coulent de plus en plus vite, à présent.

— J'ai besoin de jouir.

Je vois une lueur de panique traverser ses traits. C'est à ce moment-là que je me rends compte qu'on n'a pas utilisé de préservatif.

Mais qu'est-ce qui cloche chez moi ? J'ai vraiment perdu la tête !

Il maîtrise lentement toute la sauvagerie de son expression, sa mâchoire forte devenant dure comme l'acier, ses yeux se plissant. Il s'enfonce en moi et s'immobilise. Je commence à protester, mais il fait glisser le bout de son pouce sur mon clitoris, et je bascule au bord du précipice avec un cri perçant. Je l'étouffe en mordant l'épaule d'Asher alors que l'orgasme me traverse encore et encore et encore.

Il reste tout raide comme un piquet –, ha ha – et immobile, me laissant me frotter contre son entrejambe jusqu'à avoir épuisé mon orgasme.

Dès que j'ai terminé, il me dégage de son membre et me remet sur mes pieds, avant de serrer son poing autour de lui au-dessus du lavabo.

Les muscles déliés de son dos se contractent, et il éjacule, les jets de son essence s'écoulant avec le flot d'eau du robinet.

Mon cerveau s'éclaircit. Asher est plus malin que moi.

— Rince mon odeur de ta queue, pantelé-je à peine plus fort qu'un murmure.

Je me tourne vers le lavabo le plus proche de moi et me nettoie les mains. Je n'arrive toujours pas à arrêter mes larmes à cause de l'impuissance que je ressens. J'ai l'impression que mon corps m'a trahie.

Asher pivote vers moi et fronce les sourcils. Il tend la main vers moi. Je ne sais pas ce qu'il a l'intention de faire – d'essuyer mes larmes, ou prendre ma joue en coupe ou je ne sais quelle connerie, mais c'est hors de question.

Je repousse sa main d'une gifle et me retourne pour ramasser ma culotte.

Je suis trop lente. Asher me soulève en passant un bras autour de ma taille et il me jette contre le mur de la cabine.

Il enfonce deux doigts entre mes jambes.

Je lâche un hoquet face à cette délicieuse sensation, mon désir assouvi flambant de plus belle.

Asher referme les doigts de son autre main autour de ma gorge. Sa bouche s'écrase sur la mienne. Je tourne la tête, mais il suit le mouvement, forçant mes lèvres à s'ouvrir avec sa langue. Il se déchaîne sur moi, plongeant dans ma gorge, me pénétrant simultanément aux deux endroits.

Il est en colère, mais je ne sais pas pourquoi.

Peu importe. Je suis déjà en proie aux affres de l'extase. Son odeur de cèdre et de savon m'enivre pendant que ses doigts font des merveilles. Il ne m'étrangle pas. Il me maintient juste en place. Il me domine. Il me rappelle à quel point je suis impuissante contre lui. S'il voulait me baiser dans ces toilettes pendant les quarante-huit prochaines heures sans s'arrêter, je me soumettrais, incapable de refuser le potentiel plaisir qu'il est capable de tirer de moi.

Je plaque ma main sur ma bouche pour étouffer le cri de victoire qui franchit mes lèvres quand je jouis pour la deuxième fois. Mes muscles se resserrent autour de ses doigts. Je baisse la main et appuie sur ses doigts pour qu'il les laisse là et pour caresser mon clitoris.

— Retourne en classe, Asher, lâché-je malgré ma gorge nouée.

Au moins, mes larmes se sont taries. J'imagine qu'en fin de compte, le plaisir a surpassé l'agonie.

Je me frotte toujours contre ses articulations tout en lui donnant l'ordre.

Il prend son temps pour se retirer, ses lèvres tordues dans un rictus cruel, empiré par les fossettes qui le rendent encore plus beau. C'est comme si mon cerveau ne pouvait pas inté-grer le fait que quelqu'un d'aussi canon puisse être un tel connard.

— Très bien, mademoiselle James. Mais j'espère bien obtenir un A à ce devoir manquant.

Tout en arrogance, il va laver mon odeur de ses doigts à l'eau du robinet. Il me regarde par-dessus son épaule.

— Et à tous les autres devoirs à partir de ce jour.

* * *

ASHER

— TROP DE FORCE ! braille le coach Jamison alors que je dévale le terrain en bousculant les joueurs les uns après les autres tellement fort qu'ils s'envolent.

Il me court après et m'attrape par le casque pour attirer mon attention. Je ralentis avant de m'arrêter complètement, et il me fait tourner pour que je lui fasse face. Il secoue mon casque.

— Repousse ton loup, Asher. Qu'est-ce qui t'arrive ? Tu ne peux pas faire ça sur mon terrain. Tu es au *lycée*, là.

— Désolé, coach.

— Qu'est-ce qui passe ?

Je secoue la tête.

— Ne me raconte pas de conneries. Tu as été exclu pour t'être battu la semaine dernière. Maintenant que tu es de retour, tu as l'air de chercher à remettre ça avec quelqu'un d'autre. C'est pas vrai ?

— Non, coach. Ce n'est pas ça.

— C'est quoi alors ? réplique-t-il en me fixant.

Ma poitrine me semble lourde à l'idée de l'avoir déçu. Le coach Jamison est ce qui se rapproche le plus d'un père pour moi à présent, alors quand il est sur mon dos comme ça, je prête attention.

— Je suis désolé. Je ne me suis pas rendu compte que je cognais aussi fort.

Ce n'est pas vrai, mais ce n'est pas franchement un mensonge non plus. Je n'ai pas fait attention parce que je m'en fous complètement. Ça n'a pas d'importance. Il n'y a pas un seul humain sur la pelouse. Si je leur fais mal, ils auront guéri le lendemain.

Mal. Putain.

Le souvenir du sang de Lotta éclaboussant l'évier s'affiche devant mes yeux et mon loup gronde sous la surface. J'ai envie d'aplatir encore quelques-uns de mes coéquipiers.

Elle va bien, évidemment. L'entaille était déjà refermée quand je l'ai rejointe dans les toilettes.

Mais je suis toujours traumatisé par ses larmes.

Je sais qu'elle voulait ce que je lui ai donné. Je suis certain que c'était consensuel. C'est juste qu'elle ne voulait pas en avoir envie. Mais regarder la fille de vos rêves pleurer pendant que vous la prenez contre un mur, c'est plus que perturbant. Ça m'a complètement bouleversé.

— Ça, là.

Le coach frappe le dessus de mon casque.

— À quoi penses-tu, Asher ?

— À rien, coach.

— Alors on se ment l'un à l'autre ? C'est comme ça ?

Il me cloue sur place avec un regard pénétrant. Ce n'est pas sa domination de meute qui m'affecte. C'est le fait qu'il s'intéresse à moi.

C'est l'une des très rares personnes dans cette ville qui s'inquiète de ce qui m'arrive. Qui ne me met pas dans le même sac que mon bon à rien de paternel.

Putain.

— C'est une fille, avoué-je.

Évidemment, il est hors de question que je dise qui c'est.

Il attend sans montrer la moindre réaction. Apparemment, ça ne lui suffit pas comme explication.

— On a couché ensemble pendant la course à la pleine lune.

— Sans protection.

La déception est évidente dans sa voix. On dirait qu'il prend plus au sérieux son job non officiel de prof d'éducation sexuelle que son travail rémunéré d'entraîneur de football.

— Je me suis retiré.

Il secoue la tête.

— Ce n'est pas efficace comme méthode de contraception. Combien de fois vous l'ai-je répété ?

— À chaque pleine lune depuis ces quatre dernières années, marmonné-je.

Je devrais avoir honte des réprimandes du coach, mais à la place, une vague de contentement passe à travers mon syndrome de stress post-traumatique à cause de cet après-midi.

Mais pourquoi ?

Je regarde aux alentours pour voir si Lotta est dans le coin.

Je ne la vois pas. Il n'y a que le l'équipe sur le terrain. Puis je comprends.

Le coach a peur que je l'aie mise enceinte, et mon loup réagit à cette possibilité avec une profonde satisfaction. Comme si mettre en cloque la prof d'arts de mon lycée était une bonne idée. Comme s'il y avait la moindre chance qu'elle ait envie de fonder une famille avec moi.

Garde-la.

J'entends le murmure délirant dans ma tête.

Sauf que je n'ai pas le droit. Je ne veux même pas la garder. Je déteste Lotta James à cause de ce qu'elle a fait.

Je la désire peut-être sexuellement, mais c'est tout. Je n'oublierai jamais ce qu'elle a fait. Je ne lui pardonnerai pas ; elle n'a pas demandé mon pardon de toute façon.

En plus, elle ne peut pas fréquenter un étudiant. Elle serait virée si ça venait à se savoir.

— La pilule du lendemain est peut-être encore une option. Le docteur Oakley comprend l'attraction de la pleine lune. Est-ce qu'il n'a pas blindé sa cabane de préservatifs pour que vous vous en serviez ?

C'est vrai – le père d'Abe nous a toujours dit depuis le collège que sa cabane était à notre disposition. Lui aussi prêche le sexe protégé à Wolf Ridge.

— Oui. Je n'ai pas eu le temps d'aller jusqu'à la cabane.

Le coach me fixe d'un regard perçant.

— Tu l'aimes bien, cette fille ?

— Non.

Il arque un sourcil.

— Tu veux en parler ?

Je tourne la tête, observant mes potes sur le terrain.

— Non.

— Asher, tu vaux mieux que ça. Tu n'es pas obligé d'endosser le rôle que cette ville veut te donner. Je te l'ai dit, une bourse pour jouer au football à l'université d'État d'Arizona est toujours possible. Peut-être même l'UCLA. Leur observateur est venu te voir. Mais ça n'arrivera pas si tu te fais expulser. Ou si tu mets une louve enceinte.

— Je sais, coach. Je suis désolé.

— C'est bien beau, mais je n'ai pas besoin de tes excuses, Asher. Il faut que tu trouves à qui tu dois vraiment présenter tes excuses.

Je secoue la tête alors qu'il s'éloigne, parce que je n'ai pas envie d'analyser l'énigme qu'il vient de me lâcher dessus. Mais comme tous les casse-têtes qu'il inflige à l'équipe, je vais sûrement comprendre d'ici quelques semaines.

En tout cas, ce qui est sûr, c'est que je ne vais pas m'excuser auprès de Lotta, si c'est ce qu'il a voulu dire.

Le mieux que cette femelle puisse espérer de ma part, c'est une partie de jambes en l'air sauvage et une bonne claque au cul.

CHAPITRE ONZE

Lotta

Assise sur la table d'examen du docteur Oakley, je regarde Instagram sur mon téléphone. Je n'ai pas posté de nouvelle peinture depuis un mois, mais mon feed est rempli de peintures de loups. Si la meute savait que je les publie devant le monde entier, l'Alpha Green et les autres anciens péteraient un plomb. Notre espèce fait bien attention à cacher notre secret. Ce qui est tout à fait compréhensible.

Le gouvernement américain est au courant de notre existence – tout comme ils savent que les extraterrestres existent, et qu'ils sont déjà venus sur Terre. Certains disent qu'ils ont un registre des meutes d'Amérique et de leurs membres. Je ne sais pas si c'est vrai. Ce que je sais en revanche, c'est que des métamorphes ont été enlevés et soumis à des tests douloureux et à des expérimentations financées par l'État fédéral. Il paraît même qu'il y a des forces spéciales dans l'armée qui sont uniquement constituées de métamorphes. Comme un genre de Navy SEAL 2.0.

Quoi qu'il en soit, une des premières règles de la meute, c'est de dissimuler notre existence aux autres humains. Alors le fait que je poste des toiles de loups énormes serait très mal vu. Surtout celles qui montrent une silhouette humaine superposée sur l'image de l'animal. La signification serait flagrante, même pour un humain.

Mon professeur d'arts préféré, Ann Sweetling, pensait que je représentais le loup intérieur d'une personne, ou son guide spirituel. C'est l'angle que je mets en avant sur ma page Instagram et j'ai vendu un certain nombre de tableaux. J'imagine que beaucoup d'adeptes de l'ésotérisme pensent que leur animal spirituel est un loup.

S'ils savaient ce que ça faisait d'être vraiment contrôlé par son loup.

Le simple fait de penser à mon autre moitié me fait transpirer.

On frappe doucement à la porte, et le docteur Oakley entre accompagné de son assistante, Melinda.

— Carlotta, s'exclame le docteur Oakley. J'ai entendu dire que tu étais de retour. Ça fait plaisir de te voir.

Il balaie rapidement mon corps du regard avant de revenir sur mon visage.

— Tu as l'air… est-ce que tu te sens bien ?

Je jette un coup d'œil à Melinda. Sa fille est une de mes amies – on a terminé le lycée la même année. Le problème avec les petites villes, c'est que vos affaires deviennent celles de tout le monde en moins de quatre heures.

— Melinda est juste là pour que tu sois à l'aise, quel que soit l'examen que je dois pratiquer. Légalement, tout ce qui se dit dans ce cabinet est confidentiel. Tu es une adulte, ce qui signifie qu'on ne peut pas discuter de quoi que ce soit avec tes parents ou avec n'importe qui d'autre sans ton consentement.

Je hoche la tête et prends une grande inspiration.

— Pour être honnête, la pleine lune m'a fichu un sacré coup. Je ne m'étais pas transformée depuis que je suis partie pour l'université, et j'ai l'impression que je vis une deuxième puberté ou une seconde transition.

— Vérifiez sa tension, ordonne-t-il à Melinda, qui obtempère aussitôt. Tu as retenu ton loup tout le temps où tu es partie ?

Je dois bien reconnaître qu'il dissimule sa surprise assez rapidement.

— Oui.

— Est-ce que ça a eu des effets secondaires ?

— Perte d'appétit et d'énergie. Légère chute des cheveux ? Un genre de mini-dépression. Mais après neuf mois, je m'y suis faite.

— Neuf mois, ça fait long quand on ne se sent pas bien. Ça n'a pas dû être facile.

C'est loin derrière moi, mais ton empathie ramène sur le devant de la scène cette intense solitude dont j'ai souffert. Le chagrin d'avoir été abandonnée par mes parents a été empiré par le chagrin de mon loup.

Melinda relève ma tension, mais les chiffres ne signifient rien pour moi. Les métamorphes n'ont pas besoin de médecins, sauf pour la contraception et en cas de blessures graves. La dernière fois que j'ai vu le docteur Oakley, j'étais en première année de lycée et je voulais la pilule pour les courses à la pleine lune.

Et me revoilà pour la même raison.

— Il le fallait. Je voulais poursuivre mes études dans l'art, et la meilleure école était à Chicago. C'était le seul moyen pour que je puisse vivre au milieu des humains ;

Le docteur Oakley hausse un sourcil comme pour dire qu'il n'est pas d'accord avec mon raisonnement, mais il ne proteste pas. Je suppose qu'il a aussi vécu dans le monde humain pendant des années pour obtenir son diplôme de médecine.

Il pose son stéthoscope sur ma poitrine et écoute.

— Donc quand t'es-tu métamorphosée pour la première fois depuis longtemps ? À la pleine lune ?

— Oui, monsieur.

Il agite une main en l'air.

— Tu n'as pas besoin de m'appeler monsieur. Quand on est dans ce cabinet, les traditions de la meute et la hiérarchie ne s'appliquent pas.

Je baisse les yeux quand même. Je suis peut-être une adulte, mais le respect des anciens m'a été inculqué dès mon plus jeune âge.

— Merci.

— Et maintenant, tu souffres de bouffées de chaleur ? De faim extrême ? D'hypoglycémie ?

— Oui.

Je déglutis et hoche la tête. Je ne lui parle pas d'Asher. Ni de mon désespoir de le sentir à l'intérieur de moi, qu'il me prenne violemment. Mon besoin irrépressible de ramper sur son corps musclé. Qu'il me domine avec ses mots cochons et ses manières brusques.

— Bon, je m'attends à ce que ce soit comme si ta louve s'éveillait à nouveau. Je ne pense pas que ce sera aussi long que la puberté. Vu que tu es déjà passée par là, et que tu sais te passer d'une forme à l'autre et la quantité de nourriture et d'exercice physique nécessaires à ta louve, tu devrais d'adapter en quelques mois.

— Quelques mois ?

Il hausse les épaules.

— Deux ou trois, je dirais, mais ce n'est qu'une supposition. Tu es mince, Carlotta. Essaie d'ingérer le plus de protéines et de graisse que tu peux pour aider à stabiliser le retour de tes hormones.

— D'accord.

— Autre chose ?

— J'ai besoin d'une contraception.

— OK.

Il jette un coup d'œil à mon dossier.

— Apparemment, on a arrêté de t'envoyer ton traitement depuis six mois.

Le docteur Oakley travaille avec un pharmacien qui prépare un traitement spécial qui fonctionne sur les hormones des métamorphes.

La seule raison pour laquelle j'ai arrêté de le prendre, c'était pour m'empêcher de m'envoyer en l'air avec mon colocataire égocentrique, Andy. Il était séduisant et disponible, mais orgueilleux et un peu limité niveau intelligence. Je savais que c'était une mauvaise idée de coucher avec son colocataire, mais je l'ai fait quand même.

De toute évidence, je me suis servie de lui. Quand j'ai commencé à sentir qu'il faisait la même chose avec moi, je me suis rendu compte que la relation n'était saine pour aucun de nous, et j'ai tout arrêté. Pour m'ôter toute tentation d'y retourner, j'ai arrêté la pilule.

— Tu as besoin d'une dose post-pleine lune ?

Ça doit être le gagne-pain du docteur Oakley. Même si je ne suis même pas sûre qu'il fasse payer qui que ce soit. Sa contribution principale envers la meute c'est d'éviter que les adolescentes tombent enceintes pendant les courses à la pleine lune.

C'est déjà bien assez dur de contrôler son loup, mais quand c'est tout nouveau et que la lune est pleine, la nature prend la relève.

La dose post-pleine lune est comme la pilule du lendemain pour les humains.

— Oui, s'il vous plaît.

Le docteur Oakley hoche la tête à l'attention de Melinda,

qui a déjà sorti une seringue et un coton imbibé d'alcool. Elle ouvre le paquet et passe le coton sur mon épaule.

— Ça devrait aider à stabiliser tes hormones, indique le docteur Oakley. Ou ça pourrait temporairement empirer les choses.

Il prend la seringue à Melinda et me la plante dans la peau.

— C'est difficile à dire.

Il retire l'aiguille et la jette.

Je transpire et j'ai chaud. Comme si j'avais envie de me transformer et de courir.

— Je te suggère de prendre beaucoup de repos et d'augmenter ton apport calorique.

— D'accord.

Je saute de la table, pressée de sortir d'ici.

— Et Carlotta…

Il se tourne avant de franchir la porte et m'offre un sourire.

— Bienvenue à la maison.

Mon ventre se serre, mais je me force à sourire.

— Merci, mais je n'ai pas l'intention de rester.

Il hausse les sourcils.

— Non ?

— Wolf Ridge, ce n'est plus chez moi à présent.

* * *

ASHER

IL Y A AU moins dix choses que je devrais être en train de faire ce soir, et aucune n'implique de suivre Lotta. J'ai une tonne de devoirs pour rattraper les jours où j'ai été exclu. Ma mère m'a demandé de remplacer l'écran de protection de son portable. Seb a proposé de m'aider pour l'interro de maths que je dois refaire.

Au lieu de ça, je suis en train de me faufiler sous le porche arrière de Lotta, désespéré de sentir son parfum de miel et de jasmin.

Je l'ai déjà baisée aujourd'hui. Je ne devrais pas avoir besoin de plus.

Elle non plus.

Mais si c'est le cas ? murmure mon loup dans ma tête.

Elle était à l'agonie quand je suis entré dans sa classe aujourd'hui. À cause de moi. En nous frustrant tous les deux hier soir. Je lui ai causé des désagréments. De la douleur, même.

Le simple fait de la savoir est une torture en elle-même. Ça me démange. Ça me met mal à l'aise. Je n'appellerais pas ça de la culpabilité. Plutôt une manifestation physiologique de culpabilité. Mon corps regrette et pleure la douleur que j'ai pu causer à son corps magnifique.

Et cela doit être pour ça que je regarde par sa fenêtre plongée dans l'obscurité et que j'essaie d'ouvrir sa porte verrouillée.

Toutes les lumières sont éteintes. Il n'est pas si tard pourtant, mais peut-être qu'elle était épuisée après le supplice physique qu'elle a subi aujourd'hui, quelle qu'en soit la cause. Mon malaise empire.

Je frappe doucement. Aucun bruit ne me parvient de l'intérieur. C'est à ce moment-là que je remarque une de ses tongs dans un buisson.

Mon loup monte à la surface en rugissant. Je manque de me transformer à l'idée qu'elle soit en danger. Mais c'est stupide. Il n'y a aucune raison de penser ça. Putain. Je n'arrive pas à stopper la ruée d'énergie dans mon corps. Le besoin de la trouver.

Je vais ramasser sa chaussure et observe les alentours.

L'autre est plus loin, dans le ruisseau. Et ensuite… oh merde ! Son short est pendu à un petit palo verde. Et son tee-shirt aussi.

Je me déshabille aussitôt et me métamorphose, suivant sa piste olfactive dans la montagne. Je grimpe la pente. Ma compagne s'est transformée dans l'urgence. Comme si quelque chose la pourchassait. Comme si quelque chose n'allait pas. Mais je ne sens aucune autre odeur fraîche à part la sienne.

Quelque chose ne va pas avec son loup, alors.

C'est pour ça qu'elle était étrange aujourd'hui.

Peut-être que ça n'a rien à voir avec moi. Non – *c'était* à propos de moi. C'est grâce à moi qu'elle s'en est remise. Son corps désirait le mien comme le mien désirait le sien. Elle avait besoin que je la baise fort pour qu'elle aille mieux.

Je continue ma traque, grimpant d'un bon pas. Elle doit avoir une bonne avance parce qu'il me faut longtemps pour la rattraper, et je cours vite. Mon loup est bien plus puissant et fort que le sien. Je la repère finalement sous la lune déclinante. Le loup blanc et mince s'appuie contre un rocher, les flancs haletants comme si elle était épuisée.

À moi, grogne mon loup.

Je m'autorise à la posséder. Encore.

Je me transforme et avance vers elle. Mon sexe est dur comme de la pierre, pointant dans la direction de ce qu'il désire.

— Change, ordonné-je.

Elle ne peut rien contre moi. Elle se métamorphose instantanément, se levant sur ses jambes tremblantes, ses yeux verts reprenant leur couleur bleue. Ses longues boucles tombent sur une de ses épaules, glissant sur ses seins dressés.

Je la soulève par la taille. Un cri s'échappe de ses lèvres, mais ce n'est pas une protestation. Il est rempli de désir. Je grimpe de quelques pas jusqu'au-dessus du rocher, où je l'allonge avec précaution sur la surface plane. Sa peau brille sous la lumière de la lune, lui donnant un aspect irréel. Comme si elle était la déesse de la lune elle-même, descendue sur Terre pour expérimenter le plaisir charnel.

Je m'agenouille et glisse mes mains derrière ses jambes pour les relever et les écarter en grand. Son ventre frissonne alors que je baisse la tête.

Je soutiens son regard un instant, lui demandant silencieusement son consentement.

— *Oui.*

Sa réponse est impatiente. Elle comprend la question.

Mes pouces se crispent autour de ses jambes par réflexe. Mon membre palpite. Je ne pourrais pas m'empêcher de la prendre. Je peux essayer de faire traîner les choses, néanmoins. Essayer de garder un peu de lucidité.

J'écarte ses replis avec ma langue, fouillant dans ses douces demi-pêches. Elle a le goût du soleil. Comme du miel. Peut-être que je pourrai me retenir, après tout. Pour l'instant, je suis presque sûr que je pourrais passer les cinq prochaines heures à la goûter.

Elle gémit. Ses genoux se resserrent, ses cuisses puissantes combattant ma poigne. Ses hanches roulent pour venir à ma rencontre. Le son qu'elle fait quand je trace l'intérieur de ses lèvres est un *Aaah* guttural.

Je t'aime.

C'est la pensée qui surgit dans ma tête, mais c'est un mensonge.

Je ne l'aime pas. Je la déteste.

Pourtant, mon loup chante cette sérénade dans ma tête. *Belle, belle femelle. Je t'adore. Je t'ai toujours adorée. Tu es la lumière de la lune. Tu es la chanson dans le vent. Tu es l'étranglement dans ma voix.*

Je m'active sur son clitoris avec le niveau de révérence que mon loup ressent pour cette femelle. Je l'encense avec le bout de ma langue. Je la nettoie. Je caresse, j'apaise, bien décidé à la stupéfier avec les prouesses de ma bouche dévouée.

Ses jambes tremblent et frémissent autour de mes épaules. Ses doigts s'emmêlent dans mes cheveux et tirent dessus. Les *aaaah* se déversent de ses lèvres dans une articulation continue de joie.

— C'est ça, mon cœur.

Je lève la tête et bouge mes mains pour glisser deux doigts en elle. Je n'ai aucune intention d'être tout gentil avec elle – les mots sortent tout seuls. J'imagine qu'ils sont une expression honnête du moment.

J'enfonce et fais coulisser mes doigts contre ses parois internes, cherchant cet endroit secret. La boule de nerfs qui entoure son point G.

Lotta arque le dos quand je le trouve, un cri sortant de sa gorge. Du liquide trempe mes doigts dans l'éjaculation féminine la plus glorieuse à laquelle j'ai eu l'honneur d'assister. Ses muscles palpitent autour de mon doigt avec son orgasme, une danse de la victoire spasmodique.

Je laisse mes doigts en elle et baisse à nouveau la tête, ajoutant ma langue. Elle se contracte autour de mes doigts, levant ses hanches du rocher, ses jambes s'enroulant autour de mes épaules.

— Délicieux, murmuré-je.

Je sors mes doigts, et elle lâche un soupir.

— Encore, halète-t-elle.

Bien sûr qu'elle en veut encore. Je veux dire, merci, putain, parce que moi, j'en veux carrément encore. Mais c'est comme si on n'en avait jamais assez l'un de l'autre.

Peut-être que c'est le déni d'une morsure de revendication – je ne sais pas. Tout ce que je sais, c'est que je vais bientôt imploser si je ne la pénètre pas à nouveau.

Mais c'est un peu dur ici. Je n'ai pas envie de la pilonner contre la pierre.

— Viens là.

Je lui attrape la main pour la remettre debout. Une fois qu'elle s'est relevée, je l'attrape par la taille et la fais descendre, pour la poser sur la terre ferme.

— Les mains sur le rocher.

Je la plie en deux en faisant remonter son bassin, pour que ses mains retombent contre le caillou.

— Tends-moi ce joli cul.

Je lui donne une bonne fessée.

Elle gémit.

Je recommence. Je me rappelle à quel point elle aime ça. C'est dommage que la lune n'éclaire pas assez pour que j'admire les traces de ma main fleurir sur sa peau douce.

La punir m'excite beaucoup trop. Des gouttes de liquide pré séminal coulent du bout de mon sexe. Si je ne la pénètre pas bientôt, j'ai peur de perdre le contrôle et de la marquer ici et sur-le-champ.

Et je n'ai aucune intention de marquer cette femelle.

Je saisis ses fesses et les écarte pour rapprocher mon gland de son entrée. Je n'ai même pas besoin de guider mon membre à l'intérieur. En un coup de reins, je m'enfonce dans ces replis gonflés. Je pousse plus loin, lentement, jusqu'à être empalé jusqu'à la garde. Elle gémit de contentement, mais je ne bouge pas, nous torturant tous les deux avec mon contrôle.

Elle recule contre moi pour me prendre plus profondément. Elle est tellement mouillée. Mon érection glisse dans son humidité avec une perfection délicieuse.

Je commence doucement, avec de petits coups contre son postérieur. J'écarte toujours ses fesses en grand, pour qu'elle sente mes bourses contre son anus.

Son cri est surpris et frénétique comme si un deuxième orgasme approchait déjà, juste parce que je suis en elle.

Je comprends. Je ne sais pas combien de temps je vais tenir avant de devoir me retirer et me répandre sur ses fesses.

Je la pénètre lentement avec de longs coups de reins, faisant monter la tension pour nous deux.

— Asher, hoquette-t-elle. J'ai besoin…

Je me retire et enroule un bras autour de son torse, écrasant un de ses seins dans ma main alors que je lui délivre une série de fessées dures sur son arrière-train levé.

— Je sais de quoi tu as besoin, grondé-je.

Je la frappe encore plus fort, sur l'arrière de ses jambes, entre ses cuisses et ses fesses.

— Je sais très bien de quoi tu as besoin. Je suis ton putain de compagnon.

— Je sais, je sais, halète-t-elle. S'il te plaît.

J'adore qu'elle me supplie.

— Donne-le-moi. S'il te plaît, Asher. J'en ai besoin.

Mon sexe est tellement dur que j'ai l'impression qu'il va exploser. Je commence à perdre la tête.

— Bien, bébé. Mains sur le sol. Penche-toi complètement.

Je tire sur ses hanches pour qu'elle recule du rocher et qu'elle ait la place de poser ses mains par terre.

Ses jambes tremblent violemment, mais je les écarte encore plus avec mon pied, et la maintiens dans cette position. Quand je la pénètre sous cet angle, je m'enfonce le plus loin possible.

Elle pousse un cri de plaisir.

— Oui !

— Je sais.

J'agrippe ses hanches et la martèle durement.

Elle plie les genoux pour encaisser les coups, le dos arqué, s'empaler sur moi en même temps que je m'enfonce en elle.

— Humm. C'est tellement bon, grogné-je.

Je fais claquer mes hanches contre les siennes, me délectant du son de la chair contre la chair. Appréciant la vue de ce bout de femme se tordant pour me recevoir.

— Je *ne peux pas* avec ce cul.

Je fais glisser mes pouces pour écarter ses fesses à nouveau.

Elle laisse échapper un cri.

— Asher ! S'il te plaît ! S'il te plaît !

J'ai tellement envie de jouir en elle, mais c'est hors de question. Je ferme les yeux et respire par le nez pour me retenir. Un peu plus longtemps. Je ne veux pas que ça se termine.

D'une façon ou d'une autre, mon cerveau échafaude un plan pour qu'on ait un orgasme en même temps. Je me retire et enfonce trois doigts dans son intimité trempée, pressant son anus avec mon pouce. Elle jouit fort contre mes doigts pendant que je prends mon sexe dans mon poing de l'autre main, et que je repeins son magnifique postérieur avec mon sperme.

On vocalise tous les deux notre plaisir, nos voix telle une offrande au vent. À la lune argentée. À la montagne.

Je lui tire un autre orgasme, encore un pour nous deux, attendant que le dernier s'éteigne, puis je change la position de mes doigts pour en déclencher un autre.

Quand j'ai enfin l'impression que j'ai tiré la dernière goutte d'extase, je sors mes doigts de ma magnifique compagne et l'aide à se relever. Ses jambes ne la portent plus, néanmoins. Elle lève la tête vers moi, ses paupières papillonnent, puis elle s'affale contre moi comme un poids mort.

CHAPITRE DOUZE

Lotta

L'ODEUR DE MON COMPAGNON.

Les arbres qui effleurent ma peau.

Des mouvements saccadés.

Le son de l'eau qui coule.

Je ne capte que des aperçus de conscience jusqu'à ce que je me retrouve plongée dans de l'eau chaude.

J'entrouvre les paupières et cligne des yeux, en regardant autour de moi. Je suis dans ma baignoire. Asher est accroupi à côté de moi, apaisant mon visage brûlant avec un gant de toilette frais. Il remplit son tee-shirt élimé de Wolf Ridge d'une façon délicieuse.

Oh, Seigneur – la façon dont il m'a prise ce soir. Je retourne mes paumes pour voir si la peau est toujours écorchée à cause du rocher.

C'est le cas. Je n'ai pas encore guéri. Quelque chose cloche chez moi.

Mon ventre gargouille.

— Qu'est-ce qui s'est passé ?

Je tente de m'asseoir. De prendre la situation en main. Je déteste perdre le contrôle comme ça quand Asher est là. À cause de lui.

Il pose deux doigts contre mon sternum. Juste avec ça, il applique assez de pression pour me maintenir en place.

— Ne bouge pas. Tu as perdu connaissance. Quand as-tu mangé pour la dernière fois ?

— J'ai dîné, indiqué-je.

Mais quand je me rappelle que je n'ai pris qu'un peu de carottes et de houmous, je me rends compte qu'Asher a probablement raison. La transformation et le sexe requièrent bien plus d'apport calorique que je n'ai l'habitude d'en consommer. Mon taux de sucre a dû s'effondrer.

— Pourquoi suis-je dans la baignoire ?

— Je n'étais pas sûr que tu aurais envie d'aller au lit avec du sperme séché partout sur tes fesses.

Son ton est sec, mais il y a une ligne entre ses sourcils, et la tendresse avec laquelle il applique le gant de toilette contraste avec son air renfrogné.

Il se met debout.

— Je vais voir ce que je te trouve à manger. Ne sors *pas* de ce bain.

Il hausse les sourcils de cette façon sévère et sexy qui me pousse à me plonger davantage dans l'eau.

Depuis quand le garçon mignon est-il devenu cet homme énorme et autoritaire ? Je me fais la réflexion que je ne connais pas du tout Asher. Je me souviens d'un gosse sur la défensive qui a souffert à l'école à cause d'un environnement familial instable dû à son père. J'ai pris la place de tuteur bénévole pour augmenter mes chances de remporter une bourse pour l'école d'art, et c'était dur, au début. Il m'a à peine parlé pendant tout le premier semestre où j'ai travaillé avec lui.

Mais j'ai persévéré. J'ai travaillé avec lui trois fois par semaine. À Noël, il avait rattrapé le niveau en maths et le reste de ses notes étaient au-dessus de la moyenne. Mais le réel changement, ça a été la confiance qui s'est développée entre nous.

Une confiance que j'ai complètement trahie.

Je pose ma tête contre la faïence et je ferme les yeux. Une vague de regrets et de douleur déferle sur moi. Pour quelqu'un qui avait le statut de princesse de la meute, ma vie est à présent un sacré chantier.

L'odeur du beurre et des toasts flotte dans la pièce et je sens mon corps se détendre. Je vais être nourrie.

Je dois admettre qu'après avoir passé quatre ans toute seule, coupée du soutien de mes parents, c'est presque trop agréable que quelqu'un prenne soin de moi. C'est surtout dangereux quand ce quelqu'un est le type qui vient de me prendre violemment dans la montagne. Et dans les toilettes du lycée.

Argh ! Je n'arrive toujours pas à croire que j'aie fait ça. C'est honteux. C'est mal.

Après quelques minutes, Asher revient avec une assiette remplie de sandwichs au fromage grillé.

— Il n'y a pas de nourriture dans cette maison, grommelle-t-il.

Il pose l'assiette sur le bord de la baignoire.

Je tends la main vers un des toasts au fromage beurre qui sentent délicieusement bon, et mon estomac grogne.

Asher appuie une hanche contre le lavabo, les bras croisés sur sa poitrine musclée.

— Tu sais que tu es un loup, hein ?

Je l'ignore, mâchant à peine la nourriture avant de l'avaler.

— Pourquoi n'y a-t-il pas de viande dans ton réfrigérateur ? Tu essaies d'être végétarienne, ou un truc comme ça ?

Je ne réponds pas. J'ai envie de lui dire de partir, mais je n'ai pas encore l'énergie de m'affirmer. Je termine le premier sandwich et mes mains arrêtent de trembler. Après le deuxième, je me sens déjà plus moi-même.

J'essaie de me lever, mais Asher secoue la tête. Pour une raison folle, mon corps se soumet à sa domination, et je me fige.

— Finis les deux autres, ensuite on reparlera de te bouger.

J'obtempère, et prends le troisième sandwich au fromage grillé.

— Lotta.

Il y a une gravité dans sa voix qui me pousse à lever les yeux vers lui pour la première fois depuis que j'ai repris connaissance. Mais il ne dit rien à propos de nous. À propos de cette chose qu'on est en train de faire et qui doit absolument cesser. À propos de la façon dont on devrait régler ça ou ce qu'on devrait faire. Il est toujours bloqué sur la nourriture.

— Pourquoi ne manges-tu pas ?

Je lui fais un geste impatient de la main, cognant l'assiette qui tombe du rebord de la baignoire.

Asher est vif comme l'éclair. Il rattrape l'assiette et la repose avant que le dernier sandwich ne se renverse.

— Waouh. Impressionnant.

— C'est quoi le problème, Lotta ? Tu ne sortiras pas de la baignoire avant d'avoir craché le morceau.

Je lève les yeux au ciel.

— Tu ne peux pas me retenir prisonnière de ma propre baignoire, Asher. Tu sais que je n'ai qu'à crier, et mes parents arriveront et…

Je laisse ma menace en suspens, parce qu'on sait tous les deux ce qui se passera si je fais ça. Asher sera expulsé de la meute comme son père. Ma mère prendrait les arrangements nécessaires avant demain matin. Et bien sûr, ce fil de pensée me ramène à notre histoire tordue et à la raison pour laquelle il me déteste à présent.

Il prend une bouchée du dernier sandwich.

— Et ? demande-t-il la bouche pleine, son attitude arrogante de retour. Tu comptes finir cette phrase ?

Je sens mon visage rougir et ma gorge se serrer, comme si j'allais me remettre à pleurer. Mais cette fois, ce n'est pas parce que je me sens impuissante face aux besoins de ma louve. C'est à cause de la puissance et de l'ampleur de la colère d'Asher. J'ai l'impression de me prendre un coup en pleine poitrine, qui prive de tout mon oxygène. Une décharge de haine qui me donne envie de me recroqueviller sur moi-même.

— Non.

J'ajoute une note d'entêtement dans ma voix et cligne des yeux pour en chasser les larmes.

— Alors, réponds-moi pour la nourriture. Je ne comprends pas.

Je termine mon troisième sandwich, et Asher me tend la moitié du sien sous mon nez, m'offrant ce qui reste.

Je secoue la tête, mais mes doigts prennent la nourriture quand même, ma faim toujours pas rassasiée.

— Je ne m'étais pas transformée depuis presque cinq ans, admis-je en mâchant.

Asher penche la tête.

— *Quoi ?*

Je hausse les épaules.

— Je vivais en plein centre-ville de Chicago. Jamais je n'aurais pu cacher ma louve là-bas.

— Donc tu as juste… arrêté ? Tu as réprimé ta louve ?

J'avale et hoche la tête.

— Oui. C'est comme ça que j'ai réussi à vivre parmi les humains.

Il plisse les yeux.

— C'est pour cette raison que tu ne revenais pas pendant les vacances ou les fêtes de fin d'année ?

— Oui. Ça aurait été trop difficile de la laisser sortir pour l'enfermer à nouveau après. J'ai ressenti des symptômes de manque en arrivant là-bas. J'ai été malade pendant neuf mois. J'ai perdu l'appétit et j'ai beaucoup maigri.

Je termine la dernière bouchée de sandwich. Asher repose l'assiette sur le lavabo et tend les bras vers moi. Avant que je ne comprenne ce qui se passe, il m'a soulevée par les aisselles et sortie du bain, avant de me poser sur le tapis.

— Tu es toujours maigre, Lotta.

Il enroule une serviette autour de mon dos, mais la laisse ouverte sur le devant pour scruter mon corps nu.

Ça devrait me mettre en colère, cette vulnérabilité forcée. Je devrais être sur la défensive comme quand ma mère me critique, ainsi que ma vie et mon corps, mais au lieu de ça, son regard évaluateur me réchauffe. Je ne perçois que l'inquiétude d'un compagnon. Aucun jugement.

Il se serre de la serviette pour me rapprocher de lui, ma peau humide presque plaquée contre son corps. Assez pour que des gouttes d'eau trempent ses vêtements. Je commence à trembler à nouveau, mais pas de faiblesse.

— Tu t'es transformée pour *moi*.

Sa voix rauque recèle un côté possessif. Ses yeux étincellent d'une lueur verte. Le courant électrique entre nos corps est indéniable. Comme les cordes d'un instrument accordées sur la même note. Se réverbérant à la même fréquence et à la même vitesse.

Je pose mes mains sur son torse pour me reculer, parce que j'ai besoin d'espace.

— Probablement, marmonné-je en me retournant. Je n'avais pas l'intention de la laisser sortir. Je ne compte pas rester à Wolf Ridge.

Je l'entends retenir sa respiration en entendant ça, mais je ne vois pas sa réaction parce que je sors de la salle de bain pour rejoindre ma commode dans le studio, d'où je sors des sous-vêtements propres.

Asher me suit, et m'observe avec ses yeux brillants de loup pendant que j'enfile une culotte, un débardeur et un short de pyjama.

— Quoi qu'il en soit, tu as besoin de viande. Je suis sûr que tu le sais.

— Oui, mais ça coûte cher. Je n'ai pas les moyens.

Asher plisse les yeux, et il se tourne vers la porte-fenêtre qui donne sur la piscine et sur la propriété à un million de dollars de mes parents.

— Pourquoi ?

Je me sens mieux à présent. Ma force est revenue, en même temps que ma détermination.

Je marche jusqu'à Asher et m'arrête devant lui, mes mains plaquées sur mes hanches. Il fait trente centimètres de plus que moi, alors je dois lever la tête pour le fusiller du regard.

— D'accord, voilà où on en est. Tu as fait sortir ma louve. J'ai clairement besoin…

Je m'interromps et agite la main en l'air en essayant de trouver les bons mots.

— … de sexe, immédiatement.

Les yeux d'Asher s'illuminent d'un intérêt renouvelé.

— *Immédiatement ?* Tu as arrêté le sexe pendant cinq ans aussi ?

— Non !

J'essaie de le pousser, sans succès. Tout ce que je parviens à faire, c'est reculer.

— Écoute, Asher. Il faut qu'on établisse des règles.

Je suis surpris de le voir hocher la tête.

— Quel genre ?

— Un.

Je lève un doigt en l'air.

— Plus jamais à l'école. Ça ne *peut pas* se reproduire.

Je lève un autre doigt.

— Deux. Personne ne doit être au courant.

Un sentiment de panique me saisit.

— Tu l'as dit à quelqu'un ?

— Que je t'ai baisée ?

Il se renfrogne et sa poitrine sculptée se fige.

— Bien sûr que non.

— Bien. Continue comme ça. Et trois…

J'ajoute un doigt.

— Seulement ici, après le coucher du soleil et personne ne doit te voir arriver et repartir.

Asher m'attrape le poignet de la main que je tiens en l'air et plaque mes articulations contre sa bouche. Il le mord – plus fort qu'un mordillement, mais sans me faire vraiment mal.

— J'accepte tes exigences. Voici les miennes.

Il aspire un de mes doigts entre ses lèvres et mon corps s'enflamme instantanément. Je ressens encore des picotements entre mes jambes après nos deux parties de jambes en l'air du jour. Mon corps ne peut pas en avoir encore envie.

Mais si.

Il libère mon doigt dans un petit *pop*.

— Ton corps m'appartient. Si quelqu'un d'autre le touche, il meurt.

Les muscles intimes entre mes jambes se contractent. Mon cœur commence à cogner inexplicablement.

Il suce un autre doigt et le relâche.

— J'ai le droit de faire tout ce que je veux de toi. Si j'ai envie de t'embrasser…

Il passe une main derrière ma tête et lève mon visage vers le sien. Ses lèvres descendent et restent à quelques millimètres des miennes, son souffle brûlant effleurant mon visage.

— … tu ouvres ces lèvres pour moi.

Il attaque ma bouche, sa langue se glissant entre mes lèvres, comme pour me posséder.

Je me débats – ou plutôt, une partie de moi se débat, pendant qu'une autre se soumet. Et la troisième se contente de prendre feu.

Il met fin au baiser en tirant ma lèvre inférieure avec ses dents.

— Si je veux te baiser, tu ouvres ces jambes.

Les membres en question flageolent, et je tiens à peine debout. Le pire, c'est que je suis sûre qu'il sait l'effet qu'il a sur moi. Il peut sentir mon excitation. Sentir la façon dont je fonds contre lui malgré mon profond désir de résister.

— Et si tu repousses ma main à nouveau quand je veux te caresser, je te donne la fessée jusqu'à ce que tu pleures. Compris ?

Mes tétons se dressent. Un frisson puissant déferle dans tout mon corps. Je suis aussi furieuse qu'excitée. J'ai envie de lui donner un coup de genou bien placé. Et d'une certaine manière, j'ai aussi envie qu'il me donne la fessée.

Pourquoi ça m'excite autant ? Est-ce que je désire être punie pour ce que j'ai fait ?

Le visage brûlant, les paumes moites, la seule réponse que je parviens à sortir tient en trois mots :

— Je te déteste.

Un sourire arrogant étire lentement ses lèvres.

— Crois-moi, c'est réciproque, mon cœur.

Pour la deuxième fois en vingt-quatre heures, Asher sort de chez moi en me laissant excitée et frustrée.

Il se tourne sur le seuil et me jette un regard hautain.

— Oh, et je veux une clé de chez toi.

CHAPITRE TREIZE

Asher

JE BOUGE et me retourne dans tous les sens toute la nuit. Je n'arrête pas de penser au frigo vide de Lotta. Ça ne correspond pas à l'image que j'ai d'elle – de la princesse de la meute pourrie gâtée qui obtient tout ce qu'elle veut ou tout ce dont elle a besoin sur un plateau d'argent.

Pourquoi son garde-manger serait-il vide ? Pourquoi prétendre qu'elle ne peut pas s'offrir de viande ? Elle a un travail. Ses parents sont blindés. Elle vient d'obtenir son diplôme dans une fac privée hors de prix.

Mais elle a renié son loup pendant des années. Ça a été un véritable choc. Un tel niveau de renoncement... ça en dit beaucoup sur elle. Sur qui elle est. La quantité de sang-froid qu'elle doit avoir. Mais aussi, sur son conflit intérieur. Il y a littéralement une guerre qui fait rage en elle. Son loup a refusé de rester enfermé quand elle s'est retrouvée à proximité de son compagnon. Mais elle ne veut pas d'un compagnon. Et elle ne veut surtout pas de moi.

Et je ne veux pas d'elle non plus.

Ces nouvelles informations confirment que je me suis trompé sur la raison pour laquelle elle pleurait. Ce n'est pas parce que j'étais en train de la baiser. Peut-être que ce n'était pas uniquement parce qu'elle avait découvert que son compagnon est un de ses élèves. Ou parce qu'elle se faisait prendre par un type qui la déteste. C'était peut-être le soulagement d'avoir enfin laissé sortir son loup.

Ou... – ma peau se couvre de chair de poule – c'étaient des larmes de chagrin parce qu'elle avait perdu sa bataille contre son loup.

— Quel merdier, marmonné-je en balançant mes jambes sur le côté du lit bien avant l'aube, encore une fois.

Je sors discrètement de la maison et enfourche ma Ducati. Quand j'ai eu seize ans, je n'ai pas pu m'offrir de voiture, mais Greg Lane, le propriétaire du garage Wolf Ridge Body Shop, m'a fait un super prix sur cette beauté. Je l'ai achetée avec l'argent que je gagne en bossant le week-end pour madame Angelson au Sweet Treats.

Je roule jusqu'au Circle K où travaille le père de Cole et Casey Muchmore. C'est une station-service ouverte vingt-quatre heures sur vingt-quatre qui fait aussi supérette, aux limites de la ville. Le seul endroit ouvert au milieu de la nuit. J'achète du pain, du lait, des œufs, du bacon et du jambon avec l'argent qu'il me reste de la dernière enveloppe que mon père m'a envoyée.

Ma compagne a besoin de protéines. Elle a besoin de nourriture en général. Mon instinct primitif de la protéger et de subvenir à ses besoins ne sera pas calmé tant que je ne serai pas sûre qu'elle a mangé. Je rentre à la maison et remonte le long du ruisseau jusque chez elle, respectant sa règle qui veut que personne ne me voie entrer ou sortir.

Bon sang, je n'ai pas non plus envie qu'on nous voie. La dernière chose dont j'ai besoin c'est que ses prétentieux de parents découvrent que le paria de la meute fourre ses grosses pattes sur leur précieuse fille. Le destin sait que sa mère fabriquerait des preuves de je ne sais quel crime atroce et haineux pour faire en sorte que je sois définitivement banni de Wolf Ridge.

Je ne sais pas pourquoi j'essaie la poignée de la porte.

Je suis fâché de la trouver ouverte. Encore plus quand ma magnifique compagne ne bouge pas. J'entends uniquement sa respiration lente et profonde. Soit l'instinct de sa louve pour repérer le danger est mort, soit elle n'a pas encore recouvré toute son énergie après sa métamorphose.

Raison de plus pour que je sois ici. Je rejoins lentement son réfrigérateur et ouvre la porte. Même la lumière ne la réveille pas. Je range les courses à l'intérieur puis le referme.

Je devrais rentrer chez moi et voir si j'arrive à dormir encore une heure avant d'aller au lycée. Ou me rendre à la boulangerie pour aider maman et madame Angelson. À la place, je me retrouve debout à côté du lit de Lotta en train d'admirer l'adorable courbe de sa joue. Ses cils recourbés sur sa joue.

Je suis perturbé par le désir de me faufiler dans le lit avec elle. De la serrer contre moi.

N'importe quoi. La prendre par-derrière est une chose. Faire des câlins en est une autre, et ça n'arrivera jamais. Elle ne le mérite pas. Je ne peux pas lui faire confiance.

Malgré tout, mes doigts avancent pour caresser sa joue comme je l'ai fait hier dans les toilettes du lycée, avant qu'elle ne les repousse d'une claque. Je m'arrête juste avant de la toucher.

Pourquoi ne se réveille-t-elle pas ? Elle devrait savoir que quelqu'un est entré par effraction dans sa maison et que cette personne se tient juste au-dessus d'elle.

Mais c'est à ce moment-là que je comprends – sa louve pense que je ne représente aucun danger.

Lotta, la professeure me déteste. Lotta, l'artiste. Lotta, ma voisine. Mais sa louve n'a aucune intention de m'arrêter. Elle sait que ma place est ici.

Et que la sienne est avec moi.

Nos futurs sont tellement entremêlés à présent qu'aucun de nous ne sera jamais libre.

* * *

LOTTA

J'AI DORMI comme un loir. Exactement comme la nuit de la pleine lune.

J'imagine que c'est un effet secondaire du sexe avec mon compagnon. Il faut que je dorme jusqu'à ce que l'intensité retombe. Et le plaisir extrême.

Heureusement, j'entends mon réveil, cette fois. Mais je me réveille sur un oreiller trempé de bave et la trace des draps sur ma joue. Je me traîne jusqu'à la salle de bain et allume.

Le rideau de douche blanc est toujours remonté depuis hier soir. Je me baisse pour ramasser une miette de sandwich au fromage grillé et je me remémore comme c'était agréable que quelqu'un s'occupe de moi. Asher agit peut-être comme un enfoiré, mais il est mon compagnon. Il est programmé pour prendre soin de moi.

C'est juste de la biologie, me rappelé-je férocement alors qu'une vague de chaleur se répand dans ma poitrine. *Il te déteste. Il n'y aura pas de revendication.*

Je serais idiote de croire que ce qu'il a fait hier soir, c'est parce qu'il tient à moi.

Personne ne se soucie de moi. Pas vraiment. Pas même mes parents. Je l'ai appris à la dure quand je ne voulais pas faire ce qu'ils voulaient. Je me suis bien débrouillée toute seule à la fac. J'avais mon art. C'est quelque chose qui ne m'a jamais trahie. C'est l'ami que j'aurai toujours.

En plus, même si Asher n'était pas mon élève et que la relation n'était pas complètement interdite, je n'ai aucune envie d'être revendiquée. Je ne veux pas d'une relation avec Asher. J'ai besoin de gagner assez d'argent pour retourner à Chicago, ou si j'y arrive, aller à New York ou Los Angeles. Il faut que je sois entourée d'artistes. Que mon travail soit connu, et peut-être reconnu.

Rien ne serait plus triste que d'être revendiquée par un loup de mon lycée et que je doive rester ici pour le restant de mes jours. Abandonner tous mes rêves. Adopter la vision de l'avenir que mes parents ont pour moi ;

— Argh, non, marmonné-je en allumant l'eau avant d'entrer dans la douche.

Je laisse la tête sous le jet et essaie d'oublier à quel point Asher est magnifique quand il est nu. Son torse musclé et ses épaules larges. Le léger tapis de poils bouclés sur sa peau hâlée. Il est incroyable.

Le sexe avec lui est tellement différent de ce que c'était avec Andy – mon coloc à la fac – ou même des types avec qui j'ai couché pendant les courses à la pleine lune au lycée ; il est follement dominant, ce qui m'excite beaucoup. Un peu méchant. Pareil, cela m'excite. Il faudrait peut-être que je me penche là-dessus. Mais même avec tout ça, les grondements et les fessées, tout bien considéré, Asher est un amant prévenant. Il est totalement en phase avec moi. Il calque son rythme par rapport à mon plaisir. Il sait ce dont j'ai besoin et comment me le donner. S'il me refuse ce plaisir, c'est qu'il le fait exprès.

C'est le jour et la nuit par rapport à l'égocentrisme d'Andy ou les efforts intenses, mais maladroits de mes amants adolescents.

Asher est peut-être plus jeune que moi, mais il baise comme un homme. Un vrai.

Oh, merde. Je suis en train de craquer pour lui.

Je ne veux pas craquer pour lui !

Je me lave les cheveux, j'applique un après-shampooing, je me rase les jambes, les aisselles et le maillot, puis je sors de la douche. Mon estomac gronde pendant que je m'essuie. Malgré les trois sandwichs et demi que j'ai mangés hier soir, j'ai encore faim.

Merde. Asher a sans doute fini le pain et le fromage pour ces sandwichs. Ça veut dire que je n'ai rien pour le petit-déjeuner, ou à emporter pour le déjeuner.

Si j'ai de la chance, quelqu'un va peut-être apporter des donuts dans la salle des profs. Même si ce n'est pas ce que le docteur Oakley recommanderait pour ma louve.

Je sors de la salle de bain et m'habille, puis je vais ouvrir le réfrigérateur pour voir ce que je pourrais y trouver.

— Oh !

Je fixe les étagères, sous le choc devant toute la nourriture. Du lait. Des œufs. Du bacon. Du jambon.

Des larmes me piquent les yeux. Je n'ai pas eu l'impression qu'on prenait aussi bien soin de moi depuis la fin du lycée.

Ce n'est que de la biologie, insiste mon cerveau logique. *Il s'en fiche de toi.*

Mais s'il a fait ça, ça veut dire qu'il ne s'en moque pas complètement. Asher est revenu au milieu de la nuit, ou pendant que j'étais sous la douche ce matin. Il a dû se lever tôt, aller au magasin, acheter de la nourriture et tout ramener ici. Il ne s'en moque pas.

Même en colère. Même s'il me déteste pour ce que j'ai fait, il s'inquiète quand même de mon bien-être.

Mon ventre grogne à nouveau. Je débouche le lait avec des doigts tremblants et je commence à la vider, désespérée d'emmagasiner des calories et des protéines. Je me mets ensuite en quête de ciseaux ou d'un couteau pour ouvrir le paquet de bacon, puis ma louve prend le contrôle. Je déchire l'emballage sous vide avec mes doigts. *Trop facile !* Ma force de métamorphe revient.

Je n'ai pas le temps de faire griller le bacon au four, alors j'en presse quatre tranches entre des feuilles de papier absorbant et je les passe au micro-ondes pendant que je fais frire quatre œufs dans une poêle. Je me prépare rapidement un sandwich jambon-fromage pour le déjeuner.

Pendant tout ce temps-là, il y a une chaleur dans ma poitrine qui refuse de s'en aller.

Le poids que je sens dans mes membres depuis des années a disparu. Et ce n'est pas juste la force du loup. C'est aussi émotionnel.

Les larmes montent à nouveau. Ça fait très longtemps que je n'ai pas éprouvé cette impression de connexion.

Les humains ne sont pas comme une meute. J'avais des amis à l'université. Des tas d'amis. Mais j'étais obligée de ne jamais baisser la garde. Je ne pouvais pas révéler mon secret à qui que ce soit, alors je bannissais d'office les relations trop intimes. Je restais en groupe. Je ne me rapprochais de personne.

C'est sûrement pour cette raison que j'ai choisi un type aussi égocentrique qu'Andy comme pote de baise au départ. J'avais besoin de quelqu'un qui ne ferait pas trop attention à moi.

La moi artiste balance un mur sur l'émotion.

Je ne peux pas rester coincée à Wolf Ridge. Mon avenir ne se trouve pas dans la vie de loup –, ma place est en ville, pour mon art.

La moi louve ignore tout ça. Je prends le bacon dans le micro-ondes, l'émiette dans les œufs, et mange directement dans la poêle.

Pendant tout ce laps de temps, je remue la queue.

Et comme j'ai pensé à Andy, je décide de voir où en est cette histoire de rendez-vous à la galerie.

Moi : Tu viens quand ? Tu as réussi à me décrocher un entretien ?

Andy : La semaine prochaine. J'ai pris une suite dans un complexe hôtelier. J'ai hâte de te voir en bikini.

Oh. Beurk beurk.

Moi : Ça ne va pas être possible. Je vois quelqu'un.

Il faut que je lui dise que je ne suis pas disponible. Asher et moi avons un accord. Il n'est pas mon petit ami, mais on a un lien biologique indéniable. Même si j'avais envie de coucher avec Andy – ce qui n'est absolument pas le cas – je ne peux pas défier la nature. Le loup d'Asher croit que je lui appartiens, ce qui veut dire qu'il se battrait à mort contre n'importe quel mâle pour moi.

Andy : On s'en fout. On a toujours fonctionné comme ça. Libres et sans attentes.

Moi : J'ai dit que ce n'était pas possible. Tu peux me pistonner ou pas ?

Andy : Je ne sais pas. Je pensais que ce serait donnant-donnant, tu vois.

Moi : Encore une fois, non. Ce n'est pas une option.

Andy : Je plaisante, bébé. Je vais voir ce que je peux faire. Vois ce que tu peux faire de ton côté 😏

Pas cool. Beurk. Il n'a pas lu la partie où je lui dis que je suis avec quelqu'un ? Quel connard ! Bon, je n'aurais pas dû faire reposer mes espoirs sur lui. J'aurais dû savoir qu'il n'y avait que le sexe qui l'intéressait.

Je décide d'envoyer un message à Olive, à la place.

Moi : Salut, tu te rappelles quand tu m'as proposé d'aller visiter les galeries avec moi.

Olive : Absolument !

La meute *se serre les coudes*. Mes yeux me piquent un peu parce que je suis soulagée d'avoir quelqu'un de mon côté. La différence de son amitié avec Andy est saisissante.

Moi : C'est vrai ? Quand est-ce que ça t'arrangerait ?

Olive : Le mercredi soir, les galeries restent ouvertes plus tard, pour « La promenade des arts ». On pourrait prendre un truc à manger et aller en voir quelques-unes.

Moi : C'est parfait ! Est-ce que le mercredi qui vient, ça marcherait pour toi ?

Olive : Oui. Je le note dans mon agenda.

Génial.

J'envoie un emoji bisou à Olive et je pars de la maison juste à l'heure. Je monte dans ma Mini – celle que mes parents m'ont achetée pour mon seizième anniversaire et qu'ils ont refusé que je vende pour payer mes frais de scolarité.

Une moto me coupe la route quand j'essaie de tourner dans le parking réservé au personnel, avant de s'arrêter sur l'emplacement près de la salle d'arts. Ma place.

Je sais avant même qu'il n'enlève son casque qui pilote la moto.

Je trouve un autre endroit où me garer, je prends mon sandwich puis j'avance vers lui. Tout en marchant, j'enlève la clé de ma *casita* de mon porte-clés.

Le même sentiment d'appréhension me saisit quand je le vois, mais il y a une part égale, ou même plus importante, d'excitation.

Chaleur.

Désir.

— Vous devriez regarder où vous allez, mademoiselle James. Vous avez failli me renverser.

Son sourire arrogant fait ressortir ses fossettes. Il est appuyé contre la Ducati, les bras croisés sur son torse massif.

Je lève la voix au cas où un professeur ou un élève se trouve dans les parages.

— C'est un emplacement réservé au personnel, Asher. Enlève ta moto.

— Oui, m'dame, dit-il sans faire mine de bouger.

— *Tout de suite.*

Je suis dans son espace personnel à présent, et j'inhale son parfum de cèdre et de mâle sexy.

Ses narines s'évasent et ses yeux brillent d'un éclat vert alors qu'il inspire mon odeur à son tour.

Je laisse tomber mes clés, et baisse les yeux sans bouger.

Pendant une seconde, j'ai peur que mon plan ne fonctionne pas. Asher est trop occupé à jouer les enfoirés pour jouer le jeu. Il me jette un long regard un peu désobligeant, mais il finit par se pencher pour les ramasser.

Quand il me les tend, j'échange le trousseau avec la clé de ma *casita*.

Je me prends une décharge de pouvoir, mais cette fois, ce n'est ni de la colère, ni de la rage, mais du désir.

— Enlève la moto, répété-je en repoussant mes cheveux, avant de murmurer en passant devant lui : merci pour la nourriture.

Je sens son regard dans mon dos – ou plus vraisemblablement sur mes fesses – sur tout le trajet jusqu'à l'entrée principale. Je me retourne en arrivant à la porte. Il m'adresse alors un salut militaire moqueur, et enfourche sa bécane pour la déplacer jusqu'au parking réservé aux élèves.

Mes lèvres esquissent leur propre rictus taquin alors que je rentre dans l'école.

CHAPITRE QUATORZE

Asher

Je sors discrètement pour me rendre chez Lotta après le football, le dîner et les devoirs. La clé de son appartement m'a brûlé la poche toute la journée, et rester assis dans sa classe n'était ni plus ni moins que de la torture. Elle ne m'a jamais regardé, pas une seule fois, mais elle a rougi chaque fois que je la fixais pendant qu'elle arpentait la classe dans sa jupe moulante et ses sandales à talons. Elle portait un crop top noir avec une marguerite au niveau de la poitrine, qui m'a donné envie de le déchirer et d'enfoncer ma tête entre ses seins ;

Savoir qu'elle sait qu'elle est à moi – qu'elle l'ait admis, même à contrecœur – a tout changé pour moi. Je ne ressens plus la même fureur vis-à-vis d'elle.

La vieille colère et le sentiment de trahison sont toujours là, comme une pierre au fond de mon estomac, mais en ce moment cela me donne juste un genre de cas de conscience, et pas de rage contre elle.

Je m'arrête devant sa porte. Hum. Je sens bien qu'elle n'est pas là. Je ne sens pas son odeur de jasmin. Mais plus que ça… je le sais, c'est tout. Mon loup est déjà en osmose avec elle. J'essaie quand même la clé pour vérifier qu'elle fonctionne.

C'est le cas, mais son studio est vide. Sa voiture n'est pas garée sous l'abri à côté du garage de ses parents.

Mon loup grogne en constatant qu'il n'aura pas ce qu'il veut. Est-ce qu'elle le fait exprès ? Reprendre le pouvoir sur nos relations sexuelles ?

Mais ça ne colle pas. Lotta était différente aujourd'hui. Moins fermée. Son murmure quand elle m'a dit merci pour la nourriture était chaleureux et elle a pris l'initiative de me donner la clé de chez elle ;

Est-ce qu'elle est avec ses parents ? Non, la voiture n'était pas là, me rappelé-je.

Ah.

L'image de sa voiture toujours dans le parking du lycée quand j'ai quitté l'entraînement me revient à l'esprit. La nuit de la pleine lune, elle s'est transformée à l'école. Elle a dû rester là-bas pour peindre.

C'est logique – les toiles qu'elle utilise sont énormes. Une seule occuperait la moitié de son petit appartement. En plus, dormir avec l'odeur du diluant rendrait sa louve complètement folle.

Et sa louve l'est déjà un peu.

Je repars en courant le long du ruisseau et remonte sur la Ducati. Je roule jusqu'au lycée, mais je cache ma moto entre une benne à ordures et le mur arrière du bâtiment. Je ne peux pas prendre le risque que quelqu'un la voie en passant.

La voiture de Lotta est sur le parking, et il y a de la lumière dans le studio d'art. Conscient que les portes vont être fermées à clé, je vais sous sa fenêtre. Je ramasse un caillou pour le lancer sur la vitre et attirer son attention, mais je me fige devant la vue.

Lotta est debout dos à moi, devant une large toile, sur laquelle est dessinée une tête de loup géante.

La tête de *mon* loup. Fourrure noire avec du blanc autour du museau et sur le poitrail. Des yeux vert clair.

Je montre les dents dans un grognement féroce, le poil hérissé, les épaules rentrées comme si j'étais sur le point de bondir. De la salive – à moins que ce ne soit le sérum dont je me servirais pour la marquer – goutte de mes canines.

Mon corps réagit à la peinture comme si j'avais été percuté par un autre linebacker. Un boulet de canon en feu explose dans mon ventre, ce qui fait rouler la pierre dans mon estomac. Mon loup est extatique de voir que j'occupe le premier plan de ses pensées. Que je suis sa muse !

— Waouh, murmuré-je tout fort.

Lotta sursaute au son de ma voix. Les fenêtres sont entrouvertes pour ventiler la pièce, et elle se retourne.

— Asher.

Je pourrais vivre des centaines d'années et ne jamais oublier le plaisir de l'entendre prononcer mon nom. Les syllabes essoufflées semblent convoyer à la fois de l'excitation et de la nervosité de me trouver sous sa fenêtre.

Elle pose son pinceau.

— Je vais te laisser entrer.

Je mémorise ces mots aussi, parce que j'ai l'impression qu'il y a une métaphore dedans. Je ne m'arrête pas pour me demander *pourquoi* je veux qu'elle me laisse entrer émotionnellement parlant, alors que mon cœur lui est complètement fermé.

C'est ma compagne. Cette explication me suffit.

Je reste dans l'ombre du bâtiment, tout en le contournant pour rejoindre les portes.

Lotta est hors d'haleine quand elle m'ouvre. Elle est pieds nus et elle a une trace de peinture sur le poignet. Son odeur sucrée m'assaille, et je dois me retenir de tomber à genoux pour remonter sa jupe et presser ma langue là où elle en a le plus besoin.

Au lieu de ça, je la prends dans mes bras, mon avant-bras sous ses fesses pour hisser ses hanches au-dessus des miennes pour qu'elle enroule ses jambes autour de ma taille. Je le porte jusqu'au bout du couloir, là où se trouve la salle d'arts.

— La règle «jamais au lycée» ne tient plus ce soir, grondé-je.

— Oh.

Pas de protestation. Elle en a envie aussi.

— Si tu me forces à te chasser, je dévorerai ce que j'attrape.

— Hmm.

Ses jambes se resserrent autour de moi, l'odeur de son excitation menaçant de me faire perdre la tête.

— J'ai perdu la notion du temps, dit-elle en se tortillant dans mes bras.

J'adore qu'elle pense me devoir une explication. Qu'elle comprenne que son petit corps étroit m'appartient.

J'ai bien l'intention de le posséder de toutes les manières possibles.

Je fais glisser une main sous son haut pendant que je marche, mon pouce se faufilant sous son soutien-gorge pour agacer son téton.

Elle serre les cuisses à nouveau, et les muscles de son arrière-train se contractent d'excitation.

Je l'emmène dans le studio d'art, droit vers la table où j'ai l'habitude de m'asseoir. Elle a installé ses peintures de telle façon que personne ne pourra nous voir de l'extérieur, même avec la lumière allumée.

— Asher.

Toujours la même intonation essoufflée.

Elle me rend dingue. Je la pose au bord de la table et

remonte ses genoux. Elle s'appuie sur ses avant-bras, ses yeux étincelant d'un bleu électrique.

— Si tu continues à porter ces petites jupes au lycée, tu vas te faire baiser, la préviens-je. Fort.

Je tire sur sa culotte un peu trop violemment ; le satin et la dentelle se déchirent en deux.

— Hé ! proteste-t-elle.

Hors de question que je la laisse me réprimander.

Je me lèche les trois doigts du milieu, et gifle son entre-jambe avec.

Elle écarquille les yeux.

— Voilà.

Je repousse ses genoux encore plus près de ses épaules. Elle s'allonge complètement sur le dos.

— Cette chatte va se faire gifler ce soir.

— Qu… qu…

Ses lèvres essaient de former des mots, mais apparemment, elle ne peut pas aligner deux syllabes. Je ne sais pas trop ce qu'elle avait l'intention de demander, mais je m'en fous. Je réponds avec une autre tape. Je passe ma main sous son genou pour le tenir écarté, et je commence à frapper son intimité avec mes trois doigts.

Évidemment, je ne mets pas de force. Ça ne lui fait pas mal. Mais la sensation la surprend, et c'est en train de l'exciter rapidement. Je gifle son clitoris, ce qui le fait gonfler et ressortir. Son excitation mouille la table.

Je repenserai à ça à chaque cours jusqu'à la fin de l'année, c'est obligé.

— Voilà ce qui arrive quand tu n'es pas là quand j'en ai besoin.

Je lui tapote rapidement et légèrement la fente. Elle halète et gémit, ses cuisses commençant à trembler.

Je maintiens ses deux genoux grands ouverts et baisse le visage entre ses jambes, m'arrêtant à quelques centimètres de son sexe. Ma bouche est ouverte, ma langue sortie pour la lécher, mais je fais exprès d'attendre, pour qu'elle sente la chaleur de mon souffle.

Elle s'appuie à nouveau sur ses coudes pour regarder.

J'étire lentement la langue.

Elle commence à trembler et à frissonner à l'avance. Son corps sait que je suis sur le point de lui donner du plaisir. Elle est à cran, peut-être même qu'elle prendra son pied au premier coup de langue.

Je plonge mon regard dans le sien, et continue à la faire attendre.

Elle retient sa respiration.

— Jouis pour moi Carlotta, murmuré-je en donnant un coup de langue sur son clitoris.

C'est tout. Un coup de langue. Je veux voir si c'est possible. Si je peux pousser ma compagne tellement loin qu'elle peut jouir sur mon ordre.

— Aaaah ! crie-t-elle, baissant la main pour enfoncer ses propres doigts en elle pendant qu'elle prend son pied.

Je lui laisse quelques secondes pour en profiter, puis je la soulève par les hanches et la retourne, pour la mettre à quatre pattes sur la table.

— Tu as cru que ta punition était terminée, petite louve ?

Elle gémit. Elle s'appuie sur un avant-bras, ses doigts toujours entre ses jambes, secouée par les derniers frissons de son orgasme. Je la laisse se masturber, pendant que je lui donne une fessée.

Je ne me retiens pas. C'est un loup – la douleur qu'elle ressent ne sera que momentanée, mélangée avec le sexe et l'excitation. Ses fesses deviennent rouges alors que je gifle un côté, puis l'autre, puis en plein milieu, juste sur son entrejambe.

Puis ça devient trop pour moi. J'ai besoin d'être en elle.

Cette fois, j'ai tout prévu – j'ai ramené un préservatif. Je le sors de ma poche et ouvre le paquet.

— Tourne-toi, ordonné-je.

Les yeux de Lotta sont troubles et voilés, alors qu'elle pivote à nouveau avec des gestes tremblants pour se remettre sur le dos.

— C'est bon, dit-elle en voyant le préservatif. J'ai vu le docteur Oakley hier. Normalement, ça ne risque plus rien.

Mon loup est enragé de ne pas pouvoir la mettre enceinte. Moi, je suis juste ravi de pouvoir jouir en elle.

Je l'attrape par les hanches et la tire jusqu'au bord de la table, à l'endroit où je suis debout. Je baisse mon short et je la pénètre.

C'est encore meilleur cette fois. C'est toujours de mieux en mieux avec Lotta.

Et j'avais tellement envie d'elle que j'ai presque envie de pleurer d'être enfin en elle. C'est là qu'est ma place. Niché entre les cuisses de ma compagne. Je remonte ma main sous son tee-shirt pour empoigner un de ses seins pendant que je la pilonne. Ses jambes sont appuyées contre mon torse, ses chevilles dansant sur mes épaules.

— Oh.

— C'est comme ça que tu me veux ? Tu veux me sentir tout au fond ?

Les mots cochons sortent tout seuls.

— Oui, gémit-elle. Encore plus profond.

Oh, putain.

J'agrippe le devant de ses cuisses pour la maintenir et je l'empale jusqu'à la garde, aussi loin que je peux. La pièce se met à tourner. Je voudrais que ça ne s'arrête jamais, mais j'ai déjà atteint le point de non-retour.

Peu importe. Lotta est clairement au bord du gouffre aussi. Ses yeux ont roulé dans ses orbites, et son menton est pointé vers le plafond, en pleine extase.

— Est-ce que tu vas jouir quand je te le dis ? demandé-je.

Ses yeux essaient en vain de se concentrer sur moi.

— Hmm ? Est-ce que tu vas être une brave fille et jouir quand je t'y autorise ?

— Je… Je…

De toute évidence, elle est incapable de parler pour le moment.

Je sais déjà que la réponse est oui. Ce corps est fait pour se soumettre au mien. Tout comme le mien n'existe que pour servir le sien.

La faire crier de plaisir n'est pas seulement mon droit, c'est ma destinée.

Je trouve son téton et le pince, de plus en plus fort jusqu'à ce qu'elle se tortille.

Mes testicules se serrent et se contractent pour envoyer des jets de sperme chaud en elle.

Je lâche son téton et donne une petite tape sur le côté de son sein.

Elle jouit, ses hanches minces frottant contre les miennes, ses fluides se mêlant à mon essence.

Je passe la main sur sa poitrine, comme une caresse cette fois. Je presse légèrement, puis descends le long de ses côtes jusqu'à sa taille.

Elle est sublime. Ses cheveux noir corbeau forment un halo autour de sa tête. Ses yeux sont fermés, ses lèvres rouges entrouvertes dessinant un O alors que ses muscles intimes se contractent autour de mon sexe pour en tirer plus de plaisir.

— C'est ça, l'encouragé-je cognant mes bourses contre ses fesses à petits coups répétés. Prends tout. Jusqu'à la dernière goutte.

Elle gémit et croise les chevilles derrière mon dos, m'attirant contre elle pour se frotter sur moi jusqu'à la fin de son orgasme.

* * *

LOTTA

RIEN AU MONDE ne peut se comparer au sexe avec Asher.

Je ne savais pas que ça pouvait être aussi bon. Et j'ai le pressentiment qu'on ne fait que commencer.

Apparemment, je ne peux rien lui refuser. J'ai juré de ne plus jamais coucher avec Asher au lycée, et pourtant voilà où j'en suis, étalée sur une des tables de ma salle de classe avec ma culotte en lambeaux sur le sol.

En même temps que je reprends mes esprits, mes doutes reviennent aussi. À propos de ce qu'on est en train de faire. De mon incapacité à m'arrêter. De mes sentiments pour Asher.

Parce que le fait est que j'éprouve des sentiments.

Je tenais beaucoup à lui quand j'avais treize ans. Peut-être que ma louve le connaissait à un certain niveau, même sans la présence de son loup à lui. Ce que je ressens à présent, c'est cette affection mélangée à un ouragan de désir dangereux. Et plus je m'inquiète pour lui, plus je ressens la pression de m'enfuir. De quitter Wolf Ridge avant qu'il ne soit trop tard. Avant que je me retrouve enfermée quelque part avec lui, et que je ne puisse plus jamais m'en libérer.

Je détourne la tête et décroisant mes chevilles de derrière son dos, et en appuyant mes pieds sur ses cuisses pour le repousser. Dans ma vision périphérique, je vois sa lèvre supérieure se retrousser comme s'il voulait grogner, mais il accepte mon brusque changement de comportement. Il va jusqu'à l'évier et se nettoie pendant que je descends du bureau. Je m'essuie avec des mouchoirs pris dans la boîte, puis je les mets dans mon sac à main pour les jeter dans les toilettes plus tard. Laisser une preuve de nos ébats dans la salle de classe serait un véritable désastre.

Asher ramasse ma culotte et la met dans sa poche. Il s'approche ensuite de mon coin peinture et les bras croisés, il fixe la toile sur laquelle je suis en train de travailler.

— Quand est-ce que tu l'as commencée, celle-là ?

— En août.

Il tourne la tête vers moi, les sourcils haussés de surprise.

— Quoi ? Il faut un certain temps pour terminer une peinture de cette taille. Tu n'avais pas encore vu mon loup, en août.

Je cligne des yeux, parce que je ne comprends pas de quoi il parle. Puis j'examine le loup sur la toile et lâche un hoquet, une main plaquée sur ma bouche.

C'est Asher.

Pourquoi ne l'ai-je pas remarqué avant ? En plus de peindre mon loup, j'ai représenté plusieurs variations de cet énorme loup noir depuis ma deuxième année d'université.

L'époque où Asher a sans doute fait sa transition sous sa forme de loup.

Je sens que je vacille.

Asher enroule un bras autour de ma taille et m'attire contre son corps ferme.

— Ils sont tous de nous, murmure-t-il avec émerveillement.

J'étudie tous les tableaux, grands et petits, entassés contre les murs ou posés sur des chevalets, pour voir ce qu'il a vu.

Seigneur, comme j'ai pu passer à côté de ça ? Chaque peinture représente soit un énorme mâle noir, soit une femelle blanche et mince, les deux avec des yeux verts. Je les voyais comme le yin et le yang. Pour moi, ils représentaient les aspects mâle et femelle du loup. Parfois, je les ai peints ensemble. Mais le plus souvent séparément. Parfois, j'ai superposé mon visage à celui de loup, ou j'ai dessiné la tête du loup au-dessus de ma poitrine.

Mais jamais, jamais, je n'aurais imaginé être en train de peindre un mâle spécifique.

Je n'avais jamais attaché un visage humain au loup d'Asher auparavant. Jamais imaginé à quoi ce mâle ressemblait sous forme humaine.

Comme c'est bizarre que je n'aie pas noté les similarités la première fois que j'ai vu Asher pendant la course à la pleine lune. Même quand j'ai senti son odeur de cèdre et de savon, et que j'ai soupçonné que c'était mon compagnon, je n'ai pas fait le rapprochement. Je suis tellement déconnectée de ma nature de loup, que j'ai raté tous les indices que le destin a laissés pour moi.

— Donc tu as réprimé ton loup à l'école d'art, et c'est comme ça qu'elle sortait.

La voix d'Asher est comme un tumulte réconfortant au-dessus de ma tête.

Je n'ai pas envie de m'appuyer contre lui pour trouver du soutien, parce que c'est trop agréable. Je ne veux pas m'habituer à quelque chose que je ne vais pas garder. Mon corps n'obéit pas à mes souhaits. Je me fonds contre lui, me délectant de la sensation merveilleuse des muscles fermes de ses avant-bras qui m'aident à rester debout.

— Oui. Elle est devenue ma muse.

Asher me lâche et s'approche de ma peinture d'un mètre vingt par un mètre vingt représentant ma louve dans une prairie montagneuse, entourée par de faux chardons mexicains dorés. J'avais ce tableau dans la chambre de mon appartement-dortoir que je partageais avec Andy et deux étudiants de dernière année. En la gardant près de moi, je n'avais plus l'impression que j'allais devenir folle.

— Elle a l'air…

Il penche la tête comme s'il essayait de lire dans l'esprit du loup sur la toile.

— Je crois qu'elle est en colère contre toi.

Un genre de rire étranglé s'échappe de ma bouche.

— En colère ?

Je vais me placer à ses côtés.

— Tu ne le vois pas ?

— Eh bien… j'aurais dit qu'elle a l'air sage. Ou forte.

J'incline la tête et essaie de la voir à travers les yeux d'Asher.

— Peut-être qu'elle est en colère.

— Elle a l'air amère.

— Je dirais réprimée.

— La répression l'a rendue amère.

La culpabilité qui me ronge d'avoir réprimé ma louve revient à la surface. Je lui donne un coup de coude.

— Ne juge pas.

Asher me soulève et m'assoit sur la dernière marche de l'escabeau que j'utilise pour peindre en haut des toiles. Je ne vois aucune trace du ressentiment ou de la rage qu'il me réserve généralement. Ni la condamnation de mes parents. Son visage est détendu – son expression douce. Quand ses mains se posent légèrement sur le haut de mes cuisses, un tremblement prend naissance au centre de mon être.

— Ça ressemble à… un mauvais traitement que tu te serais infligé à toi-même.

J'ai envie de réagir en me mettant sur la défensive, comme chaque fois que je discutais avec mes parents quand j'étais à la fac, mais les pouces d'Asher qui caressent doucement mes cuisses m'empêchent de me concentrer.

— Pourquoi as-tu fait ça ?

Je balaie la pièce d'un geste du bras pour lui montrer les tableaux.

— Ça s'appelle de l'art, Asher.

Il fronce les sourcils.

— Tu as réprimé ta louve pour pouvoir la peindre ?

J'éclate d'un rire amer.

— Non. Mais je ne pouvais pas avoir les deux, alors j'ai choisi l'art.

Asher me dévisage avec un air de confusion pendant si longtemps que j'en viens à douter de ma propre logique.

— Mes parents disent que les métamorphes se fichent de l'art. Ils voulaient que je reste pour travailler à la brasserie, comme tous les autres.

Asher affiche un air méprisant, et j'ai envie de le serrer dans mes bras.

— C'est... vraiment stupide.

— Toutes les meilleures écoles d'art et les scènes artistiques qui comptent se trouvent dans les grandes villes. Des endroits où un loup ne peut pas se transformer et courir. J'ai envoyé une demande à l'Institut des Arts de Chicago, et j'ai eu la chance d'être acceptée.

— Euh... D'accord... dit Asher sur un ton hésitant, comme s'il ne comprenait toujours pas.

— Mes parents m'ont interdit d'y aller. Ils ont dit que cela tuerait ma louve, mais j'étais une adulte. En résumé, je leur ai fait un doigt d'honneur et je suis partie.

Une lueur de compréhension s'affiche sur son visage.

— Ils n'ont pas voulu payer. C'est pour ça que tu ne peux pas te payer de viande.

Des larmes me montent aux yeux, et je cligne des yeux pour les chasser. Après avoir caché qui j'étais vraiment à l'université, et m'être sentie aussi prisonnière, c'est incroyable de se sentir vue. Comprise.

— Je dois rembourser mes prêts étudiants, et je n'ai pas trouvé de boulot qui payait assez pour couvrir le coût d'un loyer à Chicago. En gros, mes parents m'ont affamée pour me punir de leur avoir désobéi. Ma mère m'a appâtée pour que je revienne avec ce poste temporaire, mais quand elle a découvert que j'avais prévu de m'en servir pour me remettre sur pied et rentrer en ville, elle m'a informée que je devrais payer un loyer pour rester dans leur *casita*.

— Quoi ? C'est complètement tordu.

— Donc je n'ai aucun espoir de rembourser mes prêts. J'économise juste tout ce que je gagne pour essayer de recommencer ailleurs.

Asher jette un coup d'œil vers les fenêtres, comme s'il se rendait compte pour la première fois qu'on pourrait nous voir ensemble, et il me soulève de l'escabeau.

— Eh bien, je suis content que tu aies ton art.

Il prend dans ses mains un petit tableau de quinze centimètres par quinze, qui représente deux loups et l'examine avant de partir avec.

— Qu'est-ce que tu fais ? Tu ne peux pas prendre ça !

Asher se retourne et m'offre un petit rictus. Je déteste l'effet qu'ont ses fossettes sur moi.

— Oh que si, je le prends, mon cœur. Ou est-ce que tu comptes me forcer à te le rendre ?

Il l'agite en l'air comme pour me provoquer.

Je ne sais pas du tout pourquoi ça me fait mouiller. Peut-être que c'est juste le fait qu'il mette en évidence notre différence de taille et de force. Le fait qu'il peut faire tout ce qu'il veut de moi, quand il le souhaite, et que je n'arrêterai pas, parce que c'est ce que je désire.

Je devrais être en colère devant une telle marque d'irrespect, mais au lieu de ça, un ruban de chaleur me traverse.

Asher veut mon art. Il a de la valeur pour un métamorphe.

Plus que ça, ça représente quelque chose pour lui.

— Déverrouillez votre téléphone, mademoiselle James.

Il a fouillé dans mon sac, apparemment, parce qu'il a mon

portable. Il le lève devant mon visage et l'écran se déverrouille.

— J'enregistre mon numéro.

Ses pouces volent sur l'appareil.

— Si tu veux que je satisfasse tes besoins, tu ferais mieux de me dire où tu seras.

— Je suis désolée. Je le ferai.

Je rassemble mon courage alors que je m'approche de lui de l'autre côté des toiles.

— Asher.

Je lui dois des excuses. L'explication, je la garde pour moi, mais des excuses, c'est quand même un début.

— Je voulais juste de dire que je suis désolée de ce qui s'est passé avec ton pè…

— Tais-toi.

Le souffle glacial qui émane de lui est presque palpable. Sa lèvre supérieure se retrousse dans un grognement.

Même en sachant qu'il est mon compagnon, et qu'il devrait être incapable de me faire du mal, je fais un pas en arrière. Son pouvoir est intimidant.

— Je mets ces conneries de côté pour satisfaire les besoins de ta louve. Si tu ouvres cette boîte…

Il secoue la tête.

— … tu ne veux pas voir ce que ça fait quand je suis méchant.

CHAPITRE QUINZE

Asher

JE SUIS ALLONGÉ sur mon lit avec dans une main la peinture
de Lotta représentant nos loups debout dans une prairie. De
l'autre, je joue avec le petit pendentif en or que je lui ai volé
quand j'avais treize ans.

Je viens juste de revenir de chez elle, où on s'est envoyé en
l'air sur sa table de cuisine frénétiquement sans un mot, puis
sur son lit, où elle était allongée sur le ventre pendant que je
la maintenais par la nuque et que je la prenais aussi longtemps que j'en avais besoin.

Je me suis comporté comme un enfoiré avec elle depuis
qu'elle a essayé de s'excuser la semaine dernière à propos de
mon père. J'ai respecté ma part du marché – me faufilant là-
bas à la nuit tombée pour la satisfaire. J'ai été brutal avec elle.
Et j'ai évité toute conversation.

Je ne peux pas m'en empêcher. Quand on évoque le
souvenir de mon père, je deviens une version de lui. Je me

transforme en ce violent trouble-fête que tout le monde dans cette fichue meute s'attend à voir quand ils me regardent.

J'ai été considéré comme un bon à rien par les professeurs et les anciens de la meute dès le CE2. Comme mon père, j'avais des problèmes à contrôler ma colère. La violence à la maison s'est transposée à l'école. Je m'attirais déjà des ennuis parce que je me battais en primaire. J'ai lancé mon livre sur un instituteur parce qu'il avait réprimandé Seb pour quelque chose qu'il n'avait pas fait. J'ai soulevé un gosse par les chevilles jusqu'à ce qu'il s'excuse pour avoir tiré les cheveux de Casey Muchmore.

Tout le monde est parti du principe que je deviendrais un petit loubard, alors j'ai répondu à leurs attentes. Mes professeurs me détestaient, alors je le détestais aussi. À moins que ce ne soit l'inverse ? Quoi qu'il en soit, c'est pour ça que j'avais de si mauvais résultats à l'époque où Lotta a fait de moi son projet de tutorat. L'école avait mis mon nom sur la liste des volontaires, et elle m'a choisi.

Elle venait me voir trois fois par semaine. Il m'a fallu du temps pour croire qu'elle voulait vraiment m'aider, mais elle a persisté.

Je ne dirais pas que c'était la première personne qui se souciait de moi, parce que c'était le cas de ma mère. Mon père aussi, à sa façon. Et madame Angelson.

Lotta a vu mon potentiel là où d'autres ne voyaient que de la rébellion. Elle était investie dans ma réussite. Bien sûr, le fait qu'elle soit belle ne gâchait rien. Parfois, j'avais du mal à me concentrer sur ses leçons, parce que j'étais occupé à mémoriser la forme de ses lèvres quand elle parlait. La lueur jade de ses yeux. Mais pour finir, je lui rendais son attention en m'appliquant au travail, et elle m'a aidé à passer de notes catastrophiques à n'obtenir que des A et des B à la fin du semestre.

Ce soir, quand je lui ai donné une claque sur les fesses

avant de me diriger vers la porte, elle a lancé « J'attends que tu me rendes ton autoportrait, Asher. Ne m'oblige pas à te mettre un zéro ».

Une partie de moi a eu envie de faire demi-tour et de lui dire de me donner un A, sinon je dirais à toute l'école qu'on couche ensemble, mais je n'ai pas pu. Et ce n'est pas uniquement une question d'honneur.

Apparemment, ça a aussi un rapport avec cette petite peinture de nous.

La toile m'a fait quelque chose. Elle m'a donné une sensation de plénitude dans ma poitrine. Un désir. Peut-être que c'est l'effet de l'art.

Je n'arrive pas à croire que les parents de Lotta lui aient raconté qu'il n'y avait pas de place pour l'art dans une meute. On est quoi, des barbares ? On ne peut pas apprécier la beauté de l'art ? On se contente de courir partout, de manger, de s'envoyer en l'air, de se reproduire et de rester dans notre meute unie de connards ? Je ne comprends pas.

Mais je n'ai jamais compris cette vie qu'on mène ici. Je me suis toujours rebellé contre l'autorité, contre ce qu'ils veulent que je fasse, contre toutes les valeurs que défend Wolf Ridge.

J'étudie tous les détails qu'elle a réussi à rendre dans une si petite toile. L'arrière-plan m'est familier. Elle ne l'a pas inventé. Elle a dû le peindre de mémoire.

Je me rends compte que je connais cette prairie. C'est un creux dans les montagnes. Entouré de tous les côtés par des flancs de montagne recouverts d'arbres, c'est un magnifique espace ouvert rempli de fleurs sauvages au printemps. C'est l'endroit parfait pour planter une tente et camper. Ou peindre. Si je me souviens bien, c'est à une bonne heure et demie de course à quatre pattes. Et la seule route pour y accéder, c'est un vieux chemin cabossé pour les Jeeps – pas adapté pour une voiture. Mais je pourrais peut-être m'y rendre à moto.

Quelque chose dans cet hommage à moi, ou à nos loups, me donne envie de faire mon devoir. Même si j'ai coupé toute communication, j'ai toujours le désir de m'exprimer pour elle. De lui montrer ce que je suis.

Et ce n'est pas la personne que je prétends être. Je ne suis pas juste le fauteur de troubles qui deviendra sans doute un criminel comme son père. L'homme qui a volé la meute. Mais j'ai effectivement pris ce collier à la jolie fille qui vivait en haut de la rue.

Je suis aussi le type qui l'a gardé toutes ces années, amer à cause de sa trahison, et pourtant toujours obsédé par elle. Espérant toujours qu'il existait une explication au fait qu'elle m'ait blessé comme elle l'a fait. Qu'elle se soit servie de ce que je lui ai confié contre moi et ma famille quand elle avait promis de ne pas le faire.

Ma mère frappe à la porte avant d'entrer.

— Bonjour, mon chéri.

Elle fronce les sourcils.

— J'ai entendu quelque chose, aujourd'hui.

Je pousse un grognement avant de m'asseoir. C'est l'inconvénient des petites villes et des meutes de loups. Maman entend des choses. Rien n'est jamais privé, ici.

Je me prépare, devinant qu'elle va me parler de Lotta.

Elle croise les bras sur sa poitrine.

— J'ai entendu dire que la bagarre à laquelle tu as participé a eu lieu dans la classe de Lotta James. Qu'elle est professeure d'art au lycée à présent.

Merde. Je me frotte le visage. La culpabilité me tord les boyaux. Ma mère ne sait pas que c'est moi qui ai dit à Lotta que mon père volait de l'argent à la meute, mais elle sait que la mère de Lotta fait partie du conseil et qu'elle était responsable de son bannissement.

Je sais que ma mère a honte de papa et qu'elle évite les

membres du conseil, ou qu'elle incline la tête en signe de soumission quand elle les voit. Je déteste ça, putain.

— Oui, admets-je.

— Tu ne m'as même pas dit qu'elle était ta professeure, et là, j'apprends que c'est à cause d'elle que tu as été suspendu ?

Merde.

— Elle est…

Mon cerveau se vide de toute pensée. Je ne me fais pas confiance pour dire quelque chose à propos de Lotta qui n'en révélera pas trop.

— C'est à cause de moi que j'ai été suspendu, maman. J'étais juste dans sa classe.

Elle continue à m'observer d'un air inquiet.

— Tu devrais être prudent avec elle, Asher. Tu sais que sa mère fait partie du conseil. Si elle pense une seule seconde que tu représentes un danger pour sa fille, elle te fera virer.

— Je ne représente aucun danger pour sa fille, grommelé-je.

La culpabilité dégouline de moi par tous les pores.

— Moi, je le sais, mais tu viens d'être exclu temporairement pour avoir cassé le poignet d'un élève dans sa classe. Ça ne donne pas une très bonne impression, si ?

— Je sais. Je…

Je pousse un soupir avant de me lever.

— Je serai plus prudent, maman.

Je me penche pour l'embrasser sur le front.

— Je suis désolé.

Elle me serre dans ses bras et s'en va. Je laisse ma tête retomber contre la porte. Mince. Voilà une très bonne raison de ne jamais revendiquer Lotta James.

Ça briserait le cœur de ma pauvre mère.

* * *

LOTTA

JE REÇOIS un texto d'Andy entre deux cours. Il a envoyé des fleurs chez moi hier. Je me suis dépêché de les emmener à ma mère, et j'ai ouvert toutes les fenêtres chez moi pour faire partir l'odeur. La dernière chose dont j'ai besoin, c'est que le loup d'Asher pense qu'un autre mâle renifle sur son territoire.

J'ai aussi envoyé un texto hier soir à Andy.

MOI : Je t'ai dit que je voyais quelqu'un. S'il faut qu'on couche ensemble pour que tu me pistonnes dans une galerie, alors laisse tomber.

IL NE ME répond que maintenant.

ANDY : T'inquiète, bébé. Tu sais que tu es toujours ma nana.

Moi : ? Non. Je viens de te dire que je voyais quelqu'un.

Andy : Ne sois pas comme ça. Je serai là cette semaine. On se retrouvera pour discuter.

Moi : Laisse tomber. Je ne suis pas intéressée.

ÇA DEVIENT STUPIDE. Il ne me prêtait pas autant attention quand on vivait ensemble. Pourquoi joue-t-il les harceleurs maintenant ?

Asher et ses copains du foot entrent dans la salle de cours quand la cloche sonne, et je range mon portable dans mon sac, avant de commencer à faire l'appel.

Quand j'ai terminé, je déclare :

— Je devrais avoir un paragraphe de chacun d'entre vous qui décrit quelle forme va prendre votre autoportrait.

Je m'évente avec un dossier que j'ai pris sur mon bureau. J'ai une bouffée de chaleur. Ça a commencé au moment où Asher est entré dans la classe, et ça ne s'est pas arrangé depuis.

Pire que la chaleur, c'est la pulsation régulière entre mes jambes.

Je suis dans une pièce remplie de métamorphes. Ils peuvent littéralement tous sentir mon excitation s'ils prêtent attention. Il faut que je me reprenne.

— Asher, je n'ai rien eu de ta part. Si tu veux jouer le prochain match, viens me voir. Les autres, vous pouvez travailler sur vos projets.

Mon estomac se contracte quand Asher se lève de sa chaise et avance vers l'avant de la classe.

Je garde la tête haute malgré l'étourdissement qui me saisit quand il approche. Je peux à peine respirer – l'air me semble trop épais et chargé.

Comme ça a été convenu entre nous, il satisfait mes besoins. Il vient après le coucher du soleil et entre dans ma *casita* avec la clé que je lui ai donnée. Mais il est froid. En colère. Chaque rencontre me laisse à la fois satisfaite et vide.

Aujourd'hui, je ressens une pression que je n'ai jamais éprouvée auparavant. C'est biologique, enfin, je crois. Ça vient de ma louve. Mais ce n'est pas à propos du sexe.

Est-ce une envie d'apaiser mon compagnon ? De me connecter avec lui ?

Je ne sais pas. Tout ce que je sais, c'est que tout me semble aller de travers, et je n'arrive pas à réfléchir.

Je reste campée sur mes positions, même quand Asher s'approche trop, envahissant mon espace et me surplombant, de façon que je doive pencher la tête en arrière pour le regarder dans les yeux.

J'espère qu'il ne va pas m'accuser de bluffer à propos du match. Je n'ai pas envie de l'affronter. Il est en colère contre moi. Il m'en veut.

Et je l'ai bien mérité.

Il me provoque, comme le rebelle qu'il a toujours été.

Ce n'est pas le côté de lui que j'ai envie de faire ressortir et tracer une ligne dans le sable ne fera que prolonger ce dilemme.

— Je veux bien laisser tomber ce paragraphe écrit si tu peux m'expliquer oralement ce que tu prévois de faire pour ton autoportrait.

Asher hausse les sourcils. Il fourre ses mains dans les poches de son jean usé et regarde par la fenêtre.

— Si tu n'as pas d'idée, je peux t'aider à trouver quelque chose.

Il ramène son regard sur moi.

— Non, j'ai une idée.

Une lueur pensive s'allume dans ses yeux verts.

C'est à mon tour d'être surprise.

— Qu'est-ce que c'est ?

— Un projet multimédia. Un collage, j'imagine. Et d'autres trucs aussi.

Au début, je crois qu'il se fiche de moi et qu'il n'a aucune idée ni aucun plan, mais il ajoute :

— J'aurais besoin d'une de ces petites toiles.

Avec ses mains, il forme un carré de la taille de la petite peinture de nous qu'il m'a volée.

Oh. Bon sang. Est-ce que ça signifie quelque chose ?

Probablement pas. Je me fais trop d'idées. Mais ça devient difficile de me tenir droite alors qu'il est aussi près. Je vacille sur mes pieds.

Je déteste cette perte de contrôle. Je déteste affronter une situation avec mon élève le plus difficile, quand tout ce à quoi je peux penser, c'est déchirer ses vêtements. Quand tout ce que je veux, c'est sentir ses mains sur moi.

À cet instant, je tremble.

— Super.

J'espère que j'ai l'air aussi enthousiaste que j'en ai l'intention.

Je fais le tour de mes grandes toiles pour en trouver une de dix par dix à lui donner. Il me suit, évidemment.

Quand je me retourne pour la lui donner, il est juste là.

Je cligne des yeux pour chasser mes larmes de frustration. Pas à cause de lui. Pas à cause de la situation. Tout ça, je peux le gérer. Mais ce que je ne supporte pas, c'est de perdre autant le contrôle de mon propre corps. La façon dont ma louve essaie de se frayer un chemin et me donne l'impression que je vais me couper en deux.

Asher m'attrape par la nuque. Sa grande main me maintient, mais au lieu de m'apporter du soulagement, ça me donne encore plus envie de pleurer. Je cligne des paupières encore plus fort pour ravaler un flot de larmes.

Il n'est pas quelqu'un sur qui je peux m'appuyer.

Peut-être que j'ai envie de lui faire confiance ; physiquement, je ne risque rien avec lui, mais je ne suis pas en sécurité émotionnellement parlant. Vraiment pas.

Je suis toujours seule, et je ne me sens pas à ma place, comme à l'université, mais à l'envers.

Asher fronce les sourcils. Il ne me prend pas la toile des mains, mais pose ses deux mains autour de mon visage.

Une larme coule sur ma joue.

Il l'essuie avec son pouce et secoue lentement la tête comme pour me consoler en silence.

J'ai envie de me dégager, mais je n'y arrive pas. C'est trop bon quand il me touche. À chaque endroit où on est en contact, ma peau est comme électrisée. Je m'abreuve de son essence.

Il m'attire plus près et presse ses lèvres sur le haut de ma tête.

— Tout va bien.

Il souffle à peine les mots dans mes cheveux. Personne ne peut l'entendre.

Il tourne la tête vers la fenêtre.

Je pivote brusquement, mais il n'y a personne. Il monte juste la garde pour nous. Pour moi.

C'est moi qui en subirai les conséquences si on se fait prendre.

— Merci, dit-il d'une voix normale en prenant la toile de mes doigts tremblants.

J'agite la tête en essayant de dire « Pas de quoi ». Je me racle la gorge.

— Dis-le-moi si tu as besoin d'autre chose.

— Oh, j'aurai besoin d'autre chose, c'est certain.

On dirait une menace.

Mon intimité se contracte. J'ai de nouveau la tête qui tourne. Je me dépêche de m'éloigner, titubant un peu comme un marin ivre, avant de me reprendre.

Je ne sais pas comment je vais tenir le reste du semestre. Si j'étais maligne, je rassemblerais mes affaires et je quitterais la ville sur le champ.

Tant pis pour le boulot.

Sauf que j'ai déjà vu le mur de briques sur lequel je fonce. Impossible que j'évite l'accident. Et je ne sais même pas lequel des murs qui m'entourent de tous les côtés j'espère percuter. Je peux juste croiser les doigts pour que ça ne me détruise pas entièrement.

CHAPITRE SEIZE

Asher

UNE FOIS ENCORE, je suis secoué par les larmes de Lotta, et ce sont mes coéquipiers qui en font les frais.

Le coach Jamison donne un coup de sifflet à mon attention quand j'envoie Seb voler dix mètres en l'air.

Pourquoi pleurait-elle ? La dernière fois, j'étais certain que je n'avais rien fait. Je lui avais donné ce dont elle avait besoin, c'est juste qu'elle ne *voulait* pas en avoir besoin.

Cette fois, cependant, un terrible pressentiment tenace me dit que c'est parce que je me suis comporté comme un enfoiré avec elle. Est-il possible qu'elle se soucie de ce que je ressens pour elle ?

Que ça lui fasse mal quand je suis cruel ?

D'une façon ou d'une autre, je pensais que cette figure d'autorité haute comme trois pommes se fichait de moi ou du fait que je la détestais. Je croyais qu'elle n'en avait rien à faire de ce qu'elle avait parce qu'elle a quitté la ville sans explication. Elle est partie pendant quatre ans.

Et moi, je l'ai punie sans relâche sans penser que ça avait le moindre effet.

Seb est un type plutôt cool en temps normal, mais il n'apprécie pas de retomber sur le dos d'une telle hauteur. Il se relève avec un grognement et essaie de me tacler. Je lui fonce dessus en même temps, et nos corps se percutent avec fracas.

— Mec, c'est quoi ton problème ?

Je roule des épaules sous mes protections et incline brusquement la tête pour faire craquer mon cou.

— Rien. Désolé.

Après l'entraînement, je prends une douche. Savoir que Lotta est dans le bâtiment rend ma douche avec les gars insupportable. Je dois me forcer à ne pas penser à elle. À ne pas me rappeler qu'elle est aussi proche. Que je pourrais facilement soulever son petit corps, la plaquer contre un mur, et lui montrer la torture qu'elle me fait subir.

Aujourd'hui, la pensée de ces larmes m'empêche de choper une érection sous la douche.

Le souvenir de l'odeur salée me perturbe. Le besoin de réparer ce qui la bouleverse me bouffe.

Je prends mon temps pour me sécher et rassembler mes affaires pour partir. Puis je m'assois et sors mon téléphone, les yeux rivés sur l'écran, essayant d'échafauder un plan.

— Tu as besoin de parler, Asher ?

Le coach Jamison me fait sursauter et me tire de ma rêverie. Il est appuyé contre les casiers, en train de me dévisager.

— Oh, euh, non, coach.

— Problèmes de louve ?

— Euh, pas vraiment. Enfin, si. En quelque sorte.

Le coach sourit.

— Alors, oui ou non ?

— Je ne sais pas. Elles sont compliquées, hein ?

Il glousse.

— Beaucoup plus que nous, c'est certain. J'ai l'impression

que tu as besoin d'un rendez-vous. De te connecter avec ta copine loin de l'école et de la meute, pour que vous puissiez apprendre à vous connaître en tant que personnes. Vous avez déjà fait ça ?

J'essaie de repousser l'image de moi en train de prendre Lotta à quatre pattes au milieu de son lit king size la nuit dernière.

— Euh, non. C'est une bonne idée, coach.

Je me lève et fais passer mon sac sur mon épaule, avant de regarder à nouveau l'écran de mon portable. Peut-être que le coach a raison. Un rencard conventionnel n'est pas possible, mais changer un peu les choses ne peut pas être une mauvaise chose. Une idée commence à se former dans mon esprit quand je sors du bâtiment et j'envoie un texto à Lotta.

Moi : Retrouve-moi près du vieux feu clignotant à six heures. J'apporte le dîner.

* * *

Lotta

Le « vieux feu clignotant » est à présent un feu tricolore opérationnel, mais avant, c'était un feu rouge clignotant à un carrefour entre la ville et les cols de montagne. Une intersection à quatre voies entre les autoroutes.

Il y a un bâtiment abandonné qui accueillait autrefois un *diner* que quelqu'un devrait démolir. Mais il y a beaucoup de choses à Wolf Ridge qui n'ont pas changé depuis cent vingt ans que les métamorphes loups s'y sont installés, et beaucoup de choses ont besoin d'une rénovation.

Je me gare derrière la structure délabrée, pour que ma voiture ne soit pas visible depuis la route.

C'est un endroit pour un rendez-vous, et je ne sais pas ce qu'Asher a en tête, mais je suis soulagée qu'il exige qu'on brise les règles que j'ai mises en place pour nous. J'ai peut-être besoin qu'il me touche toutes les nuits, mais je ne sais pas si je pourrais supporter une autre entrevue glaciale après la nuit tombée chez moi.

Je n'arrête pas de rejouer dans ma tête ce baiser sur ma tête dans ma classe aujourd'hui. De toutes les choses qu'Asher m'a faites, c'est improbable de m'arrêter sur ça, mais il a touché un point sensible.

Un besoin profond.

Ce n'était pas sexy. Ou brutal. Ou dominant.

Ce n'était pas agressif ou froid.

Il y avait de l'inquiétude et de la compassion qui ont fait à mon corps l'effet d'une allumette qu'on gratte. Ça a allumé autre chose que de la passion.

Beurk.

De l'intimité ?

Mon cœur bat la chamade, et mes paumes deviennent moites. J'ouvre la portière de ma voiture et sors pour soulager l'agitation de ma louve. Est-ce elle qui veut de l'intimité ou a-t-elle juste besoin de sexe ? J'ai tendance à penser que mon côté loup est purement physique. Comme s'il ne réfléchissait pas. Le côté besoin physiologique.

Alors peut-être que c'est moi, l'artiste solitaire, qui meurs d'envie d'une connexion.

Cette pensée se tortille et s'accroche telle de la laine emmêlée. La confusion me submerge comme une nappe de brouillard. Je pensais avoir tout planifié – renier ma louve pour me consacrer à l'art.

Quand le fait de me retrouver proche de mon compagnon prédestiné a rendu ça impossible, j'ai espéré refuser toute connexion émotionnelle, pour ne pas rester coincée à Wolf Ridge, enceinte à vingt-deux ans, abandonnant mes rêves.

Mais je ne sais pas quoi faire de ce désir que m'inspire Asher, et qui n'est pas sexuel.

Je ne sais pas quoi faire avec tous mes plans soigneusement organisés, qu'il fait voler en éclat.

Je détecte le son d'une moto qui approche et étouffe le plaisir qui explose dans mon corps. La montée de dopamine de savoir que je vais bientôt le voir.

Que je vais sans doute m'envoyer en l'air ce soir. Asher s'occupe toujours de mes besoins.

Je tente de ralentir mon corps quand il s'arrête, avec une paire de lunettes de soleil, ses muscles gonflant son tee-shirt moulant. Il ne porte pas de casque, car c'est une loi qui ne concerne que les moins de dix-huit en Arizona. Ce n'est pas nécessaire pour un métamorphe même si un accident grave impliquant une fracture du crâne pourrait tout à fait nous tuer.

Je repousse mon inquiétude pour Asher hors de mon esprit. Il est fort et en bonne santé. Un Alpha pur et dur. Il ne va rien lui arriver. Pourquoi le fait de penser à lui dans un accident me coupe-t-il le souffle ? Pourquoi suis-je déjà certaine que mon cœur volerait en éclats s'il n'allait pas bien ?

Il se gare, mais n'éteint pas la moto. À la place, il me fait un signe de tête pour m'inviter à le rejoindre.

Je regarde autour de moi pour voir si des voitures passent sur les voies rapides.

— Je ne laisserai personne te voir avec moi.

Bon sang – depuis quand suis-je amoureuse de cette voix rauque et grondante ?

— Promis ?

J'essaie d'étouffer ce papillonnement d'excitation qui

essaie de s'envoler dans mon ventre. Ce n'est pas une romance. On n'est pas là pour un rencard.

C'est mon élève. *Mon élève.*

C'est illégal.

Pour une raison ou pour une autre, ça en rend les choses que plus excitantes. J'ai rempli le rôle de l'artiste discrète toute ma vie. Avec un loup de petite stature, je me suis pliée devant la nature alpha de mes camarades de classe, tout en me différenciant en poursuivant ma passion. Le statut élevé de ma mère dans la meute m'a assuré de ne jamais me faire embêter et d'être toujours incluse dans la clique royale.

Apparemment, je vais être la mauvaise fille.

Je passe une jambe par-dessus la moto et m'installe sur le siège derrière lui. Je suis en jupe et en tongs – pas vraiment la meilleure tenue pour faire du deux-roues.

Asher enclenche aussitôt la première et démarre, me poussant à placer mes bras autour de sa taille pour me retenir.

Et, waouh. Les reliefs de ses muscles sont palpables sous mes doigts. Je ne peux m'empêcher de glisser mes mains sous son tee-shirt pour les sentir peau à peau. Son ventre frissonne, me montrant qu'il est tout aussi affecté par le contact intime que moi. Je caresse de haut en bas les contours de ses abdos.

Ma culotte est trempée. Tandis qu'Asher dirige la moto vers le territoire de la National Forest, je laisse mes mains retomber sur ses hanches, puis agrippe le haut de ses cuisses. Je passe mes paumes de bas en haut, les ramenant à l'intérieur jusqu'à ce que je trouve la bosse de son sexe. La moto fait un écart quand je caresse la longueur là où elle repose contre sa cuisse gauche, la faisant grossir et s'étirer. Son ventre frémit à nouveau.

Il accélère et tourne sur un chemin de terre qui n'est clairement pas entretenu. Seules une Jeep à quatre roues motrices ou une moto pour rouler dessus. Je dois serrer la taille d'Asher à nouveau quand les secousses deviennent brutales. Mes muscles sont contractés, ceux de ma nuque et de mon abdomen tendus, encaissant les virages et les bosses. Je regarde par-dessus l'épaule d'Asher pour voir où on va.

Puis arrive un moment où je me rends. J'arrête de me crisper dans l'anticipation des sursauts de la moto à chaque trou dans la route. J'arrête d'essayer de contrôler ou de réussir ma chevauchée. Au lieu de ça, je me fonds contre Asher, appuie ma joue contre son dos, et relâche mon étreinte.

Le plaisir m'envahit. L'excitation du trajet me submerge. Je ferme les yeux et inhale l'odeur délicieuse des pins jaunes et des rochers chauffés par le soleil. Je me délecte des effluves de mon compagnon –, cèdre chaud et savon. Un arôme discret de pain tout juste sorti du four. Cette odeur masculine distincte qui n'appartient qu'à lui.

On roule pendant une demi-heure sur le chemin accidenté. Je ne sais pas du tout où il m'emmène. Ni ce qu'il a prévu.

Brusquement, le chemin forestier s'ouvre sur une magnifique prairie – une vallée nichée dans les montagnes. Asher ralentit graduellement jusqu'à s'arrêter. Il se penche sur la moto pour mettre la béquille, puis se retourne pour me soulever afin de m'aider à descendre. Une fois debout, j'admire la beauté du paysage qui nous entoure en tournant sur moi-même.

Ce n'est qu'à ce moment-là que je reporte mon regard sur Asher pour essayer de comprendre ce qu'on fait là.

— Cours, Lotta, murmure-t-il.

Je cligne des yeux, perdue. Ses mots ne correspondent pas à son ton, alors il me faut un moment pour comprendre leur signification.

— Quoi ?

Ses lèvres frémissent.

— Tu m'as entendu, mon cœur. *Cours.*

* * *

*A*SHER

L*OTTA SE DÉBARRASSE* de ses claquettes tout en retirant son crop top trop mignon.

Je défais lentement ma ceinture, mon regard collé sur son petit corps mince.

Sa joie se voit dans la lueur qui brille dans ses yeux bleus, la vitesse à laquelle elle se déshabille. Elle a entendu le défi dans ma voix, mais elle sait que c'est un jeu.

Elle laisse tomber sa jupe et sa culotte, puis dégrafe son soutien-gorge. Ses tétons sont dressés, en deux pointes fermes. Mais je n'ai pas le temps de la reluquer, parce qu'en une fraction de seconde, elle se retrouve à quatre pattes, une forme floue de fourrure blanche avant qu'elle ne parte en courant.

Je lui laisse un peu d'avance. Mon loup est plus gros.

Beaucoup plus rapide.

En plus, j'adore la chasse. La traque.

Si c'était trop facile de l'attraper, la récompense ne serait pas aussi délicieuse. Je prends mon temps pour me déshabiller, en évitant de regarder quelle direction elle prend. Je ramasse ses vêtements et les miens et les drape sur le siège de ma bécane, puis sors la couette moelleuse que j'ai fourrée dans une sacoche. Je l'étends sur le sol de la prairie. Dans l'autre sacoche, je prends le sac où j'ai mis le pique-nique –, viande, fromage, fruits, noix et vin. Ce n'est pas très compliqué de convaincre le caissier du supermarché de vous laisser acheter du vin quand vous êtes tous les deux des métamorphes. Il sait que je métabolise l'alcool bien trop vide pour être affecté par une bouteille de vin.

Le soleil est en train de se coucher, baignant les flancs des montagnes d'orange et d'or. Je me transforme, puis trottine dans la direction où elle a disparu, le nez collé au sol pour suivre son odeur délicieuse. Je la retrouve sans problème et accélère le rythme, la joie de courir sous ma forme de loup se mêlant au besoin insatiable de chasser, d'attraper et de dévorer Carlotta James.

Je cours plus vite, l'instinct prenant le dessus, puis c'est à ce moment-là que je perds son odeur.

Ma compagne est rusée.

Elle a fait demi-tour quelque part. Je m'arrête brusquement, pivote, puis flaire la piste dans l'autre sens. Il me faut quelques minutes pour comprendre qu'elle a bondi d'un rocher sur la terre en dessous, mais je retrouve sa trace, et je fonce.

Je sprinte, mes pattes s'enfonçant dans la terre meuble à mesure que je prends de l'altitude. Je repère un éclair de fourrure blanche au milieu des arbres et je pars en diagonale pour l'intercepter. Je n'ai pas l'intention de l'attraper, mais je saute et finis par la plaquer au sol avec deux pattes sur son dos.

Elle roule sur elle-même pour me présenter son ventre et sa gorge. Elle se soumet à moi, son compagnon. Ça me donne une envie furieuse de changer à nouveau et de la posséder jusqu'à plus soif.

Mais j'ai envie qu'elle profite de la couverture que j'ai installée, alors je la lâche et la mordille pour l'inciter à redescendre de la montagne. Je lui cours après, la mordille et la guide vers la prairie, appréciant la façon dont elle ralentit pour examiner notre pique-nique avant de foncer dessus.

Mon loup devient dingue de désir pour elle.

On atteint la couverture en quelques secondes, puis on se

métamorphose tous les deux pour reprendre forme humaine avant de nous installer. *À moi*, rugit ma bête.

J'ignore le fait que c'est faux, et je l'attire vers moi par les jambes. Je la retourne sur le dos avant de lui écarter les cuisses. Je lèche son intimité tout en lui pinçant les deux tétons.

Choquée, elle pousse un cri puis gémit de consentement. J'enfonce ma langue entre ses doux replis, explorant agressivement, la baisant avec ma langue, suçant ses lèvres dans ma bouche.

Je ne fais pas dans la dentelle. Je la dévore comme si elle était mon dernier repas. Comme si je devais absolument la faire jouir dans les secondes qui viennent, au risque que nos vies soient terminées.

Elle se tortille et secoue son bassin, les jambes serrées autour de mes épaules. Je continue à pincer et à tirer ses tétons, les faisant rouler entre mes doigts, avant de presser brutalement ses seins.

— Asher, s'il te plaît.

J'adore quand elle me supplie.

— S'il te plaît, je ne peux plus le supporter.

J'arrête de sucer son clitoris et relève la tête.

— Bien sûr que tu peux, et tu vas le faire.

Je donne un coup de langue sur son bourgeon gonflé.

Elle pousse un geignement.

— S'il te plaît, Asher. J'ai besoin que tu viennes en moi.

— Tu vas déjà jouir sur ma langue. Ensuite, tu jouiras sur ma queue. Et je finirais dans ton cul.

Il n'en faut pas plus – ma magnifique compagne bascule juste avec mes mots. Ses fesses se crispent et ses hanches se soulèvent convulsivement de la couverture, projetant son intimité trempée contre mon visage. Je serre son postérieur entre mes mains et pose toute ma bouche sur elle, suçant pendant que ses muscles se contractent et palpitent contre ma langue.

— C'est ça, bébé, murmuré-je entre deux coups de langue. Tu es tellement bonne quand tu jouis sur ma langue.

Lotta devient sauvage. Elle se redresse et me renverse sur le dos. Elle grimpe à califourchon sur ma taille et saisit mon énorme érection. Je grogne un grondement sous son toucher, mes testicules déjà resserrés comme pour jouir.

Mais je me force à me détendre. Je ne me contenterai pas d'un coup rapide et brutal ce soir.

Je veux Lotta.

Tout entière.

Elle se soulève et se laisse retomber sur mon sexe, ses yeux roulant dans ses orbites en même temps qu'elle gémit.

Je pose les mains sur ses hanches, mais je ne la guide pas encore. Je veux sentir ses mouvements. Apprendre la danse qu'elle exécute quand je la laisse suivre son propre plaisir.

Elle s'installe en me prenant encore plus profondément, le souffle haletant. Ses yeux verts étincellent. Elle est telle- ment belle avec ses cheveux sombres et épais qui cascadent sur ses épaules, la courbe de ses pommettes rehaussée par le rouge qui s'étend sur son visage.

Une oscillation de ses hanches et mon érection s'allonge encore plus.

Je resserre ma prise sur ses hanches, mais ne prends toujours pas les choses en main. Je la laisse profiter du contrôle et poursuivre ses sensations. Ses mains se posent sur mes épaules, ses longues boucles chatouillant mes pecto- raux. Elle glisse en avant et en arrière sur mon pelvis. Elle est toute trempée, son humidité coulant jusqu'sur mes bourses.

— Montre-moi comme tu sais bien me chevaucher, grondé-je.

Ses ongles écorchent ma peau alors qu'elle augmente la cadence. Elle trouve un point en elle où elle aime que mon gland frotte, et elle se balance plus fort. Ses mouvements brusques et rapides exacerbent la tension dans mon sexe, mais je me force à me retenir.

J'ai d'autres plans pour ce soir, qui impliquent de la prendre par-derrière. Je prends une grande inspiration par le nez et expire entre mes dents.

— Jouis sur ma queue, bébé. Montre-moi comme tu aimes t'empaler dessus.

Le gémissement de Lotta a un côté féroce. J'essaie de ne pas penser au désir qui s'accumule dans mes testicules en regardant son plaisir monter et s'épanouir.

Elle perd pied, renversant la tête en arrière, les seins pointant vers le ciel. Elle pose les mains sur mes cuisses derrière elle. Elle est une véritable déesse, les seins ballotant, le dos arqué, alors qu'elle se balance d'avant en arrière sur mon sexe.

Sa respiration devient frénétique. Elle se penche à nouveau en avant en prenant appui sur mon torse, m'accueillant profondément en elle alors qu'elle monte et descend sur mon membre.

Je me lèche le bout du pouce.

— Vas-y. Montre-moi comment tu comprimes ma queue quand tu jouis.

Je pose mon pouce sur son clitoris et appuie dessus.

Elle convulse de plaisir, ses cuisses serrant mes hanches, ses muscles internes se contractant et pulsant.

Je ne sais pas comment je fais pour ne pas basculer. J'ai des étoiles devant les yeux. Je serre les dents. Le besoin de la marquer est tellement fort que c'est un miracle que je ne la retourne pas sur le dos pour enfoncer mes dents dans son épaule. La marquer pour toujours avec mon odeur. Lui prendre sa liberté comme si c'était mon dû.

Pourtant, je me force à ne pas bouger jusqu'à ce que je lui reprenne le contrôle. À ce moment-là seulement, je fais rouler nos corps pour me retrouver au-dessus. Je suis sur le point de sortir d'elle et de lui dire de se retourner quand je repère une trace de peur et de vulnérabilité dans son expression.

Dans mon esprit, elle est au-dessus. Elle est toujours ma tutrice et je suis son élève qui craque pour elle. Elle est ma professeure. La fille qui m'a détruit. J'oublie que je possède le pouvoir de lui faire du mal – mais uniquement physiquement, mais émotionnellement aussi.

Elle pleurait aujourd'hui sans sa salle de classe, à cause de nous. Je l'ai amenée ici pour me racheter.

— Brave fille.

Je la félicite pour son obéissance. Je pose ma main sur sa mâchoire et je l'embrasse, plaquant ma bouche sur la sienne, ma langue se glissant entre ses lèvres. C'est un baiser exigeant, mais pas violent comme notre premier. Le seul autre qu'on a échangé.

Je remue des hanches, la longueur dure comme l'acier de mon sexe palpitant glissant dans ses fluides.

Je me rends compte que c'est un baiser nécessaire, et j'ignorais que j'en avais autant besoin. Je ralentis et explore ses lèvres des miennes. Elles sont douces – infiniment douces – et au bout d'un moment, elle commence à m'embrasser en retour.

— Tu es magnifique, déclaré-je en dégageant ses cheveux de son visage.

Ses yeux sont redevenus bleus, et me fixent avec la même lueur de vulnérabilité. Comme si elle ne voulait pas se soucier de moi ou de ce que je pense d'elle, mais qu'elle ne pouvait pas s'en empêcher.

— Magnifique. Et à moi.

Je l'embrasse encore une fois avant qu'elle n'ait le temps de protester contre mon affirmation. Cette fois, c'est à sa bouche que je fais l'amour. Je colle mes lèvres contre les siennes, changeant d'angle, appréciant son goût. Puis je descends pour m'attaquer à son cou, des dents et de la langue, ensuite je continue jusqu'à son sein gauche.

Elle gémit doucement. Je pourrais entendre ce son pour le restant de mes jours. Et pour la première fois, je visualise ce que ma vie pourrait être.

J'ai dit à Abe que je ne revendiquerais jamais Lotta. C'est faux.

La vérité, c'est que je le ferais en une fraction de seconde si je pensais que c'était ce qu'elle voulait. Je la revendiquerais et je ferais tout ce qui est en mon pouvoir pour la rendre heureuse.

Je la fais doucement rouler sur le ventre et je tends la main vers un sac que j'ai apporté avec notre pique-nique. Il y a une bouteille de lubrifiant dedans que j'ai bien l'intention d'utiliser.

Je glisse mes doigts entre ses jambes et caresse sa fente mouillée avec une main, pendant que j'ouvre la bouteille avec l'autre.

Je sépare les globes de ses fesses et presse un peu de lubrifiant sur son orifice étroit, avant de masser le bouton de rose serré.

Lotta se tortille sur la couette.

— Est-ce que tu vas me prendre dans ton petit trou comme une bonne fille ?

Je fais entrer un doigt, l'étirant doucement afin de préparer le chemin pour mon sexe.

Lotta me regarde par-dessus son épaule. Son expression un peu alarmée m'indique qu'elle est vierge de ce côté-là.

Je me penche en avant et embrasse son omoplate pour la rassurer.

— Je m'assurerai que ce soit bon pour toi. Tu me crois ?

Ses paupières se ferment et elle hoche la tête.

— Je sais de quoi ton corps a besoin, pas vrai, bébé ?

Mes doigts pénètrent dans son sexe trempé pendant que mon pouce détend son autre orifice.

Elle gémit.

— Tu en veux plus ?

Jamais je ne forcerai une femme, compagne ou pas. Je suis peut-être dominant, mais je ne suis pas un enfoiré.

Elle hésite, toujours nerveuse, mais je sens son bassin se tortiller.

— Oui.

— Dis-le. Dis : *S'il te plaît, prends-moi par-derrière, Asher.*

Ses muscles internes se resserrent autour de mes doigts.

Je lui mordille l'oreille avant de l'embrasser dans le cou.

— Dis-le, l'amadoué-je en murmurant dans le creux de son oreille.

— S'il te plaît, prends-moi par-derrière, Asher.

Je ne devrais pas le prendre autant comme une victoire, mais mon loup brandit le poing en l'air, pour ainsi dire. Il fait un saut périlleux dans la zone d'en-but. Comme s'il pensait que je viens de gagner le cœur de Lotta, pas juste son consentement pour lui donner plus de plaisir.

Je m'agenouille derrière elle et écarte ses jambes d'une simple pression de mes genoux. Je sépare ses globes et aligne mon gland sur son orifice. J'applique une pression lente, mais constante, attendant qu'elle s'ouvre pour moi avant de la pénétrer totalement. Je l'attrape par les cheveux et tire.

— À qui appartient ce cul magnifique ? grondé-je.

— À toi, halète-t-elle.

Je fais entrer mon gland en elle puis tends le bras autour d'elle pour caresser son clitoris tout en avançant centimètre par centimètre. Je sens le moment où elle se détend et ne se contracte plus contre l'invasion. Tous les muscles de son dos, de son postérieur et de son périnée se relâchent pour me laisser entrer. Son intimité suinte à nouveau.

J'enfonce deux doigts tout en faisant des va-et-vient avec mon sexe.

— Oh mon Dieu !

— C'est ça, ma beauté. Tu prends ma grosse queue de loup bien comme il faut dans ton cul, là, pas vrai ? Tu aimes ça ?

— Oui, halète-t-elle.

Ses doigts se resserrent autour de la couette.

J'essaie de ne pas l'empaler trop fort alors que mon excitation grandit. Il faut que je tempère mon désir de la dominer avec mon instinct tout aussi puissant de prendre soin de ma compagne.

Ce n'est pas une punition. Je l'ai déjà baisée brutalement de colère avant, mais je me rends compte à présent que ça lui a fait du mal. Même si je voulais la faire souffrir – ou en tout cas, je l'ai cru à ce moment-là – maintenant que j'ai gagné ses larmes, j'ai envie de me coller des poings dans la gueule.

— Brave fille, la félicité-je. Tu me prends comme une brave, hein, mon cœur ?

Elle s'ouvre encore plus pour moi. J'ajoute un troisième doigt dans son vagin pendant que mon rythme cardiaque explose.

— Je vais jouir dans ton cul, et ensuite, tu vas t'asseoir sur mes genoux pendant que je te donne à manger. Compris ?

Je dis ça comme si c'était une punition. Mais c'est de la dominance pure – lui faire savoir que c'est à moi de la posséder. La revendiquer. Prendre soin d'elle.

Elle laisse échapper un cri, et je ne peux pas attendre plus longtemps. Je la pilonne, mes testicules se contractant de plus en plus avant que je ne m'empale jusqu'à la garde et déclenche mon orgasme.

— Oh... oh ! s'écrie-t-elle.

Je grogne et frissonne pendant que mes bourses continuent à convulser et que je déverse encore plus de sperme en elle.

Une fois sûr que je ne vais pas accidentellement perdre le contrôle et la marquer, je baisse la tête pour embrasser son épaule, son cou et le côté de son visage. Elle tourne la tête et je capture ses lèvres dans un baiser passionné.

— Brave fille.

* * *

LOTTA

BRAVE FILLE.

Ce soir, c'est la première fois qu'Asher a utilisé ces mots-là avec moi.

Ça devrait me sembler anormal de la part d'un élève – *mon élève !* – mais au lieu de ça, ils me remplissent de chaleur.

Maintenant qu'il s'est adouci, je vois à quel point sa colère m'a affectée. Ça me dérange de constater à quel point je recherche son approbation. Avant ce soir, j'aurais juré mes grands dieux que je n'avais pas besoin de lui ni de qui que ce soit dans cette ville, mais ça aurait été un mensonge.

Ce que je veux d'Asher, c'est plus qu'un pardon, ou même du sexe.

Je cherche quelque chose de plus profond. Je cherche une connexion spirituelle. La certitude que quelqu'un d'autre me voit et m'accepte comme je suis, et pas comme la personne qu'il veut que je sois.

Je n'ai presque jamais eu ça dans ma vie.

Et ce grand homme brutal commence à me faire croire qu'il me voit. Il ne m'accepte pas encore, mais il sait qui je suis. Il prête attention à moi. Il réagit à mes humeurs. Mes besoins.

Et je ne devrais pas rechercher son acceptation, mais merde, c'est le cas quand même.

Je veux son amour. Son approbation. Je veux réparer la faille de notre passé. Je veux guérir et je veux être entière avec lui.

Putain.

Je veux tout.

Et c'est vraiment mal.

Je ne peux pas tout avoir. J'ai appris ça à la dure quand j'ai décidé de fuir la meute et de devenir une artiste.

Je deviens toute molle quand Asher se retire de moi. Il m'a arraché tellement de plaisir que je ne sais même pas si je me rappellerais mon alphabet, là. Il passe sa large paume le long de mon dos, jusqu'à serrer mes fesses et leur donner une petite tape.

Je suis dans un tel état de félicité que je suis incapable de bouger. Mon orifice intime est endolori, mais mes membres sont mous et lourds, et malgré ça, j'ai l'impression de flotter sur un nuage.

C'est fou de me dire que je confie mon corps à un type qui me déteste.

Mais il ne me déteste pas totalement, si ?

— Debout, bébé.

Asher me soulève dans ses bras, puis m'installe sur une de ses cuisses, mes jambes étendues en travers pour que je puisse m'appuyer contre l'étreinte de son bras.

C'est le paradis.

J'aime être lovée contre lui, protégée par sa force. Encore plus quand on est peau contre peau dans une béatitude langoureuse post-coïtale. J'aime sentir son odeur partout sur moi de telle façon que je ne distingue plus où s'arrête mon corps et où commence le sien.

J'enfouis mon visage dans son cou et pousse un soupir. Son sexe tressaute contre mes fesses, me rappelant où il était juste avant. À quel point ce géant apaisé à présent peut être dominant et cochon.

Il tire sur un sac en tissu pour le rapprocher de nous et en sort une miche de pain qui a l'air tout juste sortie du four de la boulangerie Wolf Ridge Sweet Treats.

Mon estomac gargouille.

Il me tend le pain.

— Tiens, coupes-en un morceau. Il y a de la viande et du fromage pour manger avec.

Il sort un assortiment de charcuterie, plus des framboises, des olives et des artichauts bio, ainsi que des fromages raffinés. Puis il nous sert un verre de vin chacun.

Contre ma volonté – ça doit être la retombée des émotions post sexe – je sens des larmes commencer à s'accumuler au coin de mes yeux, et mon menton se mettre à trembler.

Pourquoi pleurer ?

Je cache mon visage dans le cou d'Asher encore une fois et retiens mon souffle pour ravaler mon envie de sangloter.

Asher me caresse les cheveux, puis pose une main à l'arrière de ma tête. Il doit remarquer que je ne respire pas, parce qu'il recule mon visage pour l'examiner.

Avant que je ne puisse y faire quoi que ce soit, quelques larmes coulent sur mes joues.

— Oh, bébé.

Il y a de la tendresse dans sa voix. Il remet ma tête contre son épaule et me masse la nuque.

Je suis tellement soulagée qu'il ne me demande pas ce qui ne va pas.

Je suis trop fière pour lui avouer que c'est à propos de lui. Que je pleure parce qu'il se montre aussi gentil et attentionné avec moi.

Il pose sa tête contre la mienne.

— Recommençons à zéro, murmure-t-il. Est-ce qu'on peut faire ça ? Juste oublier le passé ?

— Oui, soufflé-je en reniflant. J'aimerais beaucoup.

Je me blottis encore plus contre lui, me délectant du réconfort qu'il me donne.

Il répond en resserrant son bras autour de moi.

— On oublie tout, en dehors de ce moment. Qui on est ici, ensemble, dans notre prairie.

Je hoche la tête contre son épaule, puis me repasse ses mots.

— Notre prairie ?

— Oui. C'est ici, non ? Celle de ton tableau ?

Je lève la tête, mes larmes oubliées puisqu'il m'a distraite.

— Quoi ?

Asher désigne d'un geste de la main ce qui se trouve devant nous, comme s'il présentait le paysage majestueux.

— Cette vallée ?

Je fixe la formation rocheuse et la prairie devant moi, et des éclairs de violet, de bleu et de gris tourbillonnant au bout de mon pinceau prennent forme dans mon esprit. Les rochers et les montagnes adoptent des contours familiers. Je visualise l'herbe grasse parsemée de faux chardons mexicains, et je prends une brusque inspiration.

Il a raison ! C'est le paysage de la petite peinture qu'il m'a volée. Je me tords le cou pour regarder partout. Oh, waouh. C'est exactement le décor de la moitié de mes peintures. Toutes celles qui représentent deux loups, un noir et un blanc. Le yin et le yang.

Mon pouls s'affole. Mes bras et l'arrière de mon cou se couvrent de chair de poule.

— Asher…

On dirait que je suis essoufflée.

— Je ne suis jamais venue ici avant.

Il croise mon regard, les sourcils arqués.

— Jamais ?

Je secoue la tête.

— Ce soir, c'est la première fois que tu viens ? répète-t-il, comme s'il n'arrivait pas à y croire.

Un sanglot monte dans mon ventre. Le suivant se fraie un chemin dans ma gorge, mais je ne sais pas pourquoi. C'est en rapport avec la force de savoir que j'ai peint l'endroit de notre premier rendez-vous des années avant que ça ne se produise. Avant de savoir qu'Asher était mon compagnon. Ou même que je me représentais moi et mon compagnon destiné ; et pas deux loups symboliques sortis tout droit de mon imagination et qui n'existent pas.

Le bras d'Asher m'étreint encore plus fort.

— Tu as peint ton futur, chuchote-t-il contre mes cheveux. *Notre* futur.

Le sanglot parvient à m'échapper dans un souffle silencieux et éprouvant.

— C'est… complètement dingue. Je veux dire, je ne vois même pas comment c'est possible.

J'entends Asher lâcher un petit gloussement, ou plutôt, je sens son souffle me soulever les cheveux.

— Tu ne crois quand même pas que ton loup connaissait notre avenir ?

Je plaque une main contre ma bouche pour retenir la marée montante de sanglots qui arrive.

— Waouh.

Asher caresse mon dos de haut en bas, et me berce doucement comme un bébé.

Je ne sais même pas comment expliquer l'énormité de mes émotions, mais Asher les devine.

— Le problème, c'est que tu es persuadée que l'art et les loups ne vont pas ensemble.

Il me berce toujours. J'ai du mal à la croire que c'est la

même brute du lycée qui se laisse diriger par l'agressivité et la rébellion. Là, il parle comme un vieux sage.

— C'est parce que tes parents sont des idiots.

Je lâche un rire larmoyant.

— Tu as enfermé ta louve en pensant qu'elle n'était pas compatible avec l'art. Elle est devenue ta muse. Tu t'es même peut-être dit que tu la garderais comme ça pour toujours ? J'ai raison ?

— Oui.

Les larmes continuent à couler sur mes joues, et je m'efforce de prendre une profonde inspiration. Je ne comprends toujours pas pourquoi je pleure. Je sais juste que le fait qu'Asher mette des mots sur ce que j'ai vécu toute seule pendant des années est en train de ma guérir.

— Et si... et si elle n'était pas séparée de toi, Lotta ? Je crois que tu as pris le problème à l'envers.

J'essuie le dessous de mes yeux du bout des doigts.

— Et si elle n'était pas séparée de ton art ? Elle pourrait faire partie de ton génie créatif, pas être son faire-valoir.

Je n'arrive même pas à croire qu'Asher connaisse le mot « faire-valoir ». Ce sportif bourrin qui refuse de faire le moindre devoir dans ma classe est bien plus intelligent et cultivé qu'il ne le laisse paraître. Chaque mot qu'il prononce est comme une bombe de vérité qui explose autour de moi.

— Je crois que nous les métamorphes, nous créons souvent une séparation entre nos deux parties. On dit des choses comme « Mon loup est devenu violent », « Mon loup ne m'a pas laissé reculer », ou « Mon loup veut ci, mais moi je veux ça ».

Il plonge dans mon regard, et j'y vois de la distance – sa blessure.

— Toi et moi, on essaie de séparer l'attirance que nos loups ressentent l'un pour l'autre de notre haine mutuelle...

— Je ne te hais pas, Asher, le coupé-je. Tu crois vraiment ça ?

De la douleur étincelle dans ses yeux.

Il ne comprend pas pourquoi je lui ai fait tellement de mal avant de partir. Je ne veux pas qu'il sache la vraie raison pour laquelle ma mère a fait bannir son père. Elle a fait sceller les délibérations du conseil pour protéger mon identité, mais moi, c'était pour protéger Asher. La vérité pourrait le briser – encore plus aujourd'hui qu'il sait que je suis compagne.

Il déglutit difficilement.

— *On recommence à zéro.*

La dureté dans sa voix est revenue, et j'ai l'impression de me prendre un coup de vent glacial en pleine figure.

Ma réaction doit se voir, parce que ses yeux noisette affichent une lueur de regret. Il appuie son front contre le mien et chuchote à nouveau.

— On recommence à zéro, Lotta. C'est notre commencement, ici, maintenant.

Je hoche la tête, mon front toujours contre le sien.

— C'est notre commencement.

Asher coince ma tête contre son épaule et dépose un baiser sur le haut de mon crâne.

— Quoi qu'il en soit, je pense que la croyance selon laquelle nous sommes deux entités distinctes dans un seul corps nous induit en erreur.

— Mais on est gouvernés par des besoins bien séparés.

— Oui. Mais pense à ce qu'on peut faire quand ces besoins sont sur la même longueur d'onde. Si on pouvait toujours faire en sorte que ce soit le cas.

Un flot de protestation monte dans ma poitrine. La même rébellion que j'opposais à mes parents et à ce qu'ils souhaitaient pour moi. C'est une force sur laquelle je me suis appuyée pour survivre sans ma famille et sans meute. Si je commence à me poser des questions, j'ai peur de perdre ce pouvoir.

Je m'installerais à Wolf Ridge et vivrai l'existence que mes parents ont toujours voulue pour moi. Être un professeur d'arts au lycée et élever des petits dans la ville où j'ai grandi. Ce n'est pas ce que je veux.

— Je ne suis pas contre toi, Lotta, déclare Asher comme s'il sentait que je me suis mise sur la défensive. Je suis pour toi. Team Carlotta, quoi qu'il arrive.

Les lèvres s'étirent dans un sourire réticent.

— Peu importe ce que ça signifie, conclut-il.

Il pose le carton de framboises sur mes jambes et l'ouvre, avant d'en mettre une dans ma bouche.

La saveur explose sur ma langue, comme si elle était sublimée mille fois. Quelque chose dans ce moment d'émotion amplifie mes sens. Je m'imprègne de tout – être dans les bras d'Asher, les morts « Team Carlotta, quoi qu'il arrive » résonnant dans mes oreilles, les dernières teintes pourpres du coucher de soleil, les endorphines de mes orgasmes qui me donnent encore l'impression de flotter.

Ça ne marchera pas, insiste une voix dans ma tête.

Je sais qu'elle a raison, mais je m'en fiche. Je mérite ce moment. Ce recommencement avec Asher.

Cet instant, là, à ce moment précis.

Une autre voix chuchote quelque chose de complètement audacieux. Quelque chose qui ne m'intéresse même pas. Elle chuchote : *Je mérite l'amour.*

CHAPITRE DIX-SEPT

Lotta

Mercredi après les cours, je retrouve Olive au 603, un bar huppé de Cave Hills. Wolf Ridge n'a rien de huppé. Je n'ai pas les moyens de m'offrir les boissons à quinze dollars qu'ils servent ici, mais c'est mieux que de me rendre dans un boui-boui local et d'être entourée par des membres de la meute qui se mêleront de mes affaires.

J'ai aussi besoin de courage liquide, même si l'ivresse ne durera pas, contrairement aux humains.

— Tu es prête ? demande Olive en se glissant sur le siège à côté du mien.

— Absolument pas, réponds-je avec un pauvre sourire. Merci de faire ça avec moi.

— C'est normal ! Tu as un talent incroyable et tu mérites d'être dans les meilleures galeries du pays.

Je lâche un petit rire.

— Tu n'as même pas vu ce que je peins ces derniers temps.

— Je me souviens de ce que tu faisais au lycée ! Tu as toujours été une artiste incroyable.

Je ne suis pas sûre de pouvoir me fier à son opinion, vu qu'elle se base sur mon talent brut et peu développé avant que je ne parte à la fac, mais c'est agréable d'avoir quelqu'un dans mon camp. C'est le genre de soutien aveugle que j'ai toujours voulu trouver chez mes parents.

Le genre qu'avait mon coloc pourri gâté Andy – le connard arrogant qui a l'air de vouloir coucher avec moi à l'occasion de sa venue en Arizona, mais qui fait le mort quand il s'agit de parler de moi à la galerie qu'il doit visiter.

C'est en partie la raison pour laquelle j'ai accepté la proposition d'olive de me donner un coup de main. Il faut que je sorte et que je me fasse connaître sur le marché. Je ne *peux pas* rester coincée à Wolf Ridge et enseigner l'art pour le restant de mes jours.

Un mouvement inattendu se produit dans ma poitrine à cette idée, cependant.

Je veux peut-être m'enfuir de Wolf Ridge, mais Asher dans tout ça ?

Jusqu'à cette semaine et notre pique-nique, je refusais d'envisager l'idée de continuer quoi que ce soit Asher en dehors de ce poste d'enseignante.

Mais en toute honnêteté, je savais que je me faisais des illusions. Je peux à peine rester vingt-quatre heures sans coucher avec lui. Est-ce que je pense vraiment pouvoir quitter la ville à la fin de l'année scolaire ?

En dehors de la question biologique, j'ai des sentiments. Je ne dis pas que je n'en ai jamais eu pour Asher. Je tenais beaucoup à lui à l'époque où j'étais sa tutrice, avant de savoir qu'il était mon compagnon. Mais maintenant… je suis accro à sa présence. Je veux passer plus de temps avec lui que ce qu'il est prêt à m'accorder. Je veux des conversations, des rires, et la communion de nos âmes. Je veux tout avec lui. Pas juste le côté physique qu'il veut bien me donner.

Mais plus que tout, je veux son pardon. Sauf que je ne sais pas comment l'obtenir sans lui dire ce qui s'est réellement passé, surtout qu'il ne veut entendre aucune explication de ma part.

Olive commande un shot de tequila et le vide d'un trait.

— On va le faire, s'exclame-t-elle avec un grand sourire.

— Santé !

Je bois la fin de mon martini espresso et règle nos deux boissons avant de descendre du tabouret pour rejoindre ma voiture.

J'ai pris des toiles d'une taille moyenne, car je trouve que les photos ne représentent pas très bien ce que je fais ; j'ai amené une peinture abstraite d'un loup que j'ai réalisée à l'université, un tableau hyper réaliste de ma louve blanche debout dans la prairie où Asher m'a emmenée, et un loup dans le style pop'art féérique dans des tons orange, rose et bleu fluo.

Olive en porte une, et on entre dans la première galerie où on demande à parler au manager.

— On ne reçoit pas d'artistes sans rendez-vous, lance une blonde dans un costume trop grand, de là où elle se tient au milieu de la galerie.

Je me fige.

Olive lève le menton.

— Quelle est votre méthode de prédilection pour contacter les artistes ? demande-t-elle.

— Rien qui soit non sollicité, répète la femme d'un ton ferme.

Certains clients se retournent en nous toisant.

Argh. C'est affreux. Je suis déjà en train de passer la porte, rouge comme une tomate.

— Ne laisse pas cette garce te décourager, marmonne Olive.

— Peut-être que ce n'est pas la bonne façon de procéder, dis-je, déjà défaitiste. Mon coloc de l'université a un contact dans l'une des galeries du coin. Je lui demanderai encore s'il peut me pistonner.

— Bon, allons voir si quelqu'un serait assez sympathique pour nous expliquer comment ça fonctionne.

Olive avance d'un pas décidé jusqu'à la prochaine galerie, quelques boutiques plus loin.

Ce type nous empêche physiquement d'entrer. Il vient se placer devant moi au moment où je franchis le seuil.

— Vous ne pouvez pas amener ça ici.

Il a l'air paniqué, comme si mes peintures transportaient une maladie contagieuse qui allait se propager dans sa galerie.

— Vous pouvez nous aider ? On essaie juste de trouver le bon protocole pour contacter le propriétaire.

J'admire Olive parce qu'elle ne se laisse pas démonter par le ton employé.

Le type retrousse la lèvre supérieure dans un grognement.

— C'est moi, le propriétaire. Tout ce que vous voyez ici a été *trié sur le volet*. On a des réservations dix-huit mois à l'avance, avec de l'art qui vient des quatre coins du monde. Nous n'acceptons pas de soumissions en ce moment.

— D'accord, marmonné-je en repartant comme je suis venue, en attrapant Olive au passage.

— Je vais te dire, déclare-t-elle en me prenant les deux tableaux que je tiens pour les empiler l'un au-dessus de l'autre. Tu ne peux pas vendre des œuvres d'art à des prix exorbitants, sauf si tu es snob. Du coup, tu peux être sûre qu'ils seront tous aussi cons.

Je pousse un soupir et repars en direction de la voiture.

De toute évidence, ce n'est pas le bon moyen de se faire des relations.

— Il faut juste qu'on trouve un moyen de leur faire croire que tu es le prochain grand nom. Que quelqu'un qui les impressionne les appelle ou quelque chose comme ça. Est-ce qu'un de tes professeurs le ferait ?

Je me dégonflai encore plus.

— Je ne sais pas. Mon programme était rempli d'artistes incroyables. Je n'ai rien de spécial par rapport à eux. Je n'ai jamais eu de mécène ou de truc comme ça.

— Il doit y avoir un moyen.

— Merci, Olive.

J'enroule mes bras autour de son cou pour la serrer contre moi. Elle ne peut pas me rendre mon câlin vu qu'elle tient les trois tableaux.

— Je te suis reconnaissante pour ta confiance en moi, mais je crois que je vais rentrer pour faire le point. J'essaierai avec mon coloc de fac, pour voir s'il peut me recommander à un de ces endroits.

Olive hausse les épaules.

— Bien. Comme tu veux.

On arrive à la voiture, et j'ouvre le coffre pour qu'Olive range les peintures.

— Viens, dit-elle. C'est ma tournée.

* * *

Asher

Je déteste les devoirs. Je n'aurais pas dû attendre la dernière minute pour faire cette dissertation, mais je n'ai pas trouvé le temps entre les cours, l'entraînement de foot, et les week-ends à travailler à la boulangerie. Et alors que je file comme tous les soirs pendant une heure pour aller voir lotta, j'ai l'impression que je ne rattraperai jamais mon retard sur le travail scolaire.

Il est vingt heures trente, et je suis assis devant l'ordinateur portable fourni par le lycée, devant la table de la cuisine, à fixer le curseur qui clignote. Je dois rendre ce papier sur l'*Odyssée* demain, et j'ai à peine dépassé le deuxième paragraphe. J'ai passé la semaine à bosser sur l'autoportrait que Lotta nous a demandé. Je ne peux m'en prendre qu'à moi – je n'ai qu'à le faire en classe, comme les autres, mais au lieu de ça, je fais toujours semblant de la détester, de faire le bordel avec mes potes pendant toute l'heure, et je refuse devant tout le monde de faire le moindre effort devant elle.

Mais la vérité, c'est qu'à un moment donné, après avoir volé la petite peinture de nous, j'ai commencé à m'intéresser à l'idée de créer quelque chose.

De l'art qui nous représenterait.

De l'art qui raconte une histoire ou qui transmet du sens. De l'art qui montrera à Lotta à quel point elle m'a détruit. Et peut-être aussi que cela lui donnera un aperçu de ce qu'elle signifiait... ce qu'elle signifie pour moi.

Adolescent, je découpais des petites photos dans les magazines et je collectais des souvenirs, comme le logo déchiré d'un sachet de Wolf Ridge Sweet Treats, et le coin de la feuille de la première interro de maths à laquelle j'ai obtenu un A après qu'elle a commencé à me donner des cours privés.

Désormais, comme je sais qu'elle est ma compagne, je ne me sens pas aussi stupide d'avoir gardé des choses comme ça. Comme le pendentif qui est resté sur ma commode pendant toutes ces années.

Mon téléphone vibre en recevant un texto. Je consulte l'écran, m'attendant à ce que ce soit Seb ou Markley. C'est Lotta.

· · ·

Lotta : Pitié, dis-moi que tu arrives bientôt.

Mes lèvres se retroussent, et mon sexe se tend. C'est la première fois qu'elle m'envoie un message. Pour une raison ou pour une autre, ça ressemble à une petite victoire. On a franchi un certain niveau de confort après le pique-nique.

Moi : On a des petites envies ?
Lotta : Oui. J'ai besoin de noyer mon chagrin avec quelque chose de mieux qu'un cocktail.
Moi : Cette queue est carrément mieux.

Je marque une pause le temps de digérer ses propos.

Moi : Quel chagrin ?
Lotta : Bah. Olive et moi, on a fait deux galeries à Scottsdale, mais ils n'ont même pas voulu regarder mes œuvres. Ce n'est pas grave.

Si, c'est grave. J'ai envie d'occire des dragons pour elle maintenant, mais je ne pense pas que je vais arranger quoi que ce soit en déboulant dans les galeries d'art de Scottsdale.

Moi : J'essayais de terminer une dissert, mais merde. J'arrive.

. . .

Je refERME l'ordinateur d'un geste sec. Ma mère tourne la tête vers moi depuis le comptoir où elle est en train de préparer les repas pour ces prochains jours.

— Tu as fini, mon chéri ?

— Euh, pas tout à fait. Mais je prends une pause.

— Est-ce que tu as une petite amie, Asher ?

Merde. Apparemment, je n'ai pas été très discret en cachant l'endroit où j'allais.

Je ne suis pas du genre à mentir à ma maman. Les métamorphes peuvent sentir les mensonges, alors elle saurait, et ça lui ferait juste de la peine.

— Oui. En quelque sorte.

— Est-ce que ça signifie que tu fais le mur pour aller la voir tous les soirs ?

Je laisse échapper un soupir désolé.

— Oui.

Elle croise les bras.

— C'est bien ce que je pensais.

Elle a l'air contente. Je vois une lueur dans son regard, qui ne serait clairement pas là si elle savait qui j'allais voir quand je me sauve discrètement.

— Bon, je pense que tu n'as pas besoin que j'aie une discussion avec toi à propos de protection ?

— Absolument pas, confirmé-je en toute hâte. Ça va aller.

— Alors, quand vas-tu me la présenter ?

Jamais.

La seule chose qui serait encore pire que ma mère qui découvrirait que je sors avec Carlotta James, ce serait que la sienne l'apprenne. Les deux seraient horrifiées, ça ne fait aucun doute.

Je n'ai jamais dit à ma mère que c'était moi le responsable du bannissement de mon père – que j'avais dit à Carlotta qu'il volait à la brasserie. C'était dans un moment de colère. Mon père m'avait frappé juste avant qu'elle arrive chez nous, et puis il m'a embarrassé devant, en se moquant de moi parce que j'avais besoin d'un tuteur. Je me rappelle qu'il m'a traité de débile.

Carlotta m'a défendu, et lui a dit que non. Que j'étais très intelligent et que mes notes s'étaient grandement améliorées ces derniers mois.

Quand j'ai compris que mon père allait être un connard avec elle parce qu'elle lui avait répondu, je l'ai prise par la main et l'ai traînée vers la porte, en prétendant qu'on avait besoin d'emprunter un livre à la bibliothèque pour les devoirs du jour.

Elle m'a payé un hamburger au *diner* New Moon. J'étais de mauvaise humeur, et j'avais envie de jouer au con, alors j'ai balancé mon père. J'ai raconté à Lotta qu'il volait la meute en empochant l'argent du parking de la brasserie.

— Asher ? m'appelle ma mère quand j'hésite.

Elle et moi, on n'en a jamais parlé, mais elle sait que la mère de Carlotta siège au conseil. Elle en a sûrement déduit l'identité de la personne qui avait dénoncé mon père.

— Je ne sais pas, maman. Je ne suis pas sûr que ça va fonctionner avec cette fille.

Son front se plisse de perplexité.

— Tu passes toutes tes nuits chez cette fille. Ça me semble assez sérieux. Est-ce que ses parents sont au courant ?

Est-ce que ses parents sont au courant qu'elle s'envoie en l'air avec un de ses élèves ? Euh, je ne crois pas, non.

— Non. Pas encore. Comme je te l'ai dit, je ne sais pas ce qui va se passer. C'est plutôt récent.

Elle me lance un regard sceptique, mais n'ajoute rien.

Mon téléphone vibre quand Lotta m'envoie un autre texto.

. . .

LOTTA : Amène ton devoir. Je t'aiderai.

MERDE. Cette proposition ne devrait pas m'exciter, mais ça rallume cette obsession prépubère que j'avais pour elle quand elle était ma tutrice. Quelque chose dans mon corps réagit comme si j'avais toujours treize ans.

Je débranche l'ordinateur et le coince sous mon bras avant de me diriger vers la porte de derrière. Dehors, je marque une pause, quand je me dis que ma mère est sûrement en train de passer en revue toutes les maisons qui sont à une distance raisonnable à pied de chez nous, avec des louves de mon âge.

Bah, tant pis. Vu qu'elle vient en gros de m'avouer qu'elle épiait tous mes faits et gestes, elle a sûrement déjà remarqué que je sors par la porte de derrière et que je pars à pied.

Je me fonds dans les ombres et suis le ruisseau jusqu'à la *casita* de Lotta. La porte est ouverte. À l'intérieur, Lotta a allumé des bougies et servi deux verres d'eau citronnée sur le bar qui lui sert de table :

Quelque chose de bizarre arrive à mon cœur –, un double coup, ou un rebond. C'est perturbant.

— Waouh. Salut.

Je me racle la gorge parce qu'elle est serrée tout à coup. Je m'approche de l'endroit où elle est assise, puis je prends sa tête entre mes mains et me penche pour l'embrasser doucement.

Ses lèvres bougent contre les miennes.

Je ne sais pas comment ça se passe pour elle, mais tout à coup, je me sens éveillé. *Vivant.* De retour sur cette planète. Je ne sais pas où j'étais jusqu'à maintenant, mais pas ici. Je n'étais pas aussi présent. Je n'étais pas debout, contemplant la plus belle louve de la planète, inhalant son odeur, m'émerveillant du fait qu'elle m'attendait, qu'elle avait allumé des bougies et servi à boire, prête à m'aider avec le travail le plus banal, mais nécessaire.

Et ça… ressemble à de *l'amour*.

Je manque d'en tomber à la renverse.

Penser que Lotta pourrait se soucier de moi fait cogner mon cœur comme si j'étais en plein milieu d'un match de foot.

Quand je mets un terme au baiser, son regard est doux. Elle tire le tabouret de bar à côté du sien et tape dessus.

— Occupons-nous de cette dissertation. Qu'est-ce qu'il faut faire ?

Je me glisse sur le siège à côté d'elle. Ça me semble à la fois aussi naturel que de respirer, et comme une expérience de voyage astral. Comme si ma place avait toujours été à côté de cette femme sublime. Comme si les choses avaient toujours été aussi faciles entre nous. Comme si notre futur était certain.

Je la soulève de son siège et l'installe sur mes genoux. Elle laisse échapper un rire bas et rauque tandis que j'écarte ses cheveux et embrasse le côté de son cou.

— Les devoirs d'abord.

Elle essaie de se servir de sa voix de prof avec moi.

Mon sexe devient dur contre ses fesses douces. Je trouve son autorité de salle de classe tellement sexy, là. En fait, maintenant que je ne la déteste plus, je peux admettre qu'elle est une enseignante vraiment brillante. Son enthousiasme pour sa matière étincelle dans chaque leçon. Chaque devoir. Elle aime l'art et elle veut que ses élèves l'aiment aussi fort et profondément qu'elle.

Le plus bizarre, c'est que ça fonctionne. L'art n'a jamais eu aucune signification pour moi, mais je vois enfin la beauté qu'il peut avoir. Surtout depuis que j'ai été témoin de la magie de la muse de Lotta.

Comment elle a prédit notre avenir à travers son art.

Je fais glisser ma main à l'intérieur de sa cuisse.

Elle ouvre mon ordinateur.

— Tu m'as entendue, caïd.

Elle descend de mes genoux pour se mettre debout entre mes jambes, puis se tourne face à moi. Elle passe ses bras dans mon sou.

— Mais si tu es un élève studieux, il y aura une récompense.

Sa voix est sulfureuse, et elle donne un coup de langue sur le lobe de mon oreille ;

Je pose les mains sur ses fesses et laisse échapper un grognement. Je ne pense pas parvenir à finir mon devoir sans lui sauter dessus, mais pour une raison ou pour une autre, j'ai envie d'essayer. J'ai été l'exact opposé d'un élève studieux depuis qu'elle est revenue à Wolf Ridge. Je la punissais pour avoir osé se montrer dans mon lycée.

Maintenant, ça me paraît mal.

Avec réticence, je lâche ses courbes douces et la fais pivoter pour qu'elle se retrouve face à l'ordinateur.

— C'est une dissertation sur l'*Odyssée*. Je suis censé écrire l'histoire du point de vue d'un autre personnage.

— D'accord, qui as-tu choisi ?

— Les cyclopes.

Le petit rire de Lotta s'enroule autour de moi comme une couverture, étouffant les dernières braises de colère que j'avais encore contre elle.

Je fixe son adorable profil pendant qu'elle lit les deux paragraphes que j'ai écrits, et je me rends compte que c'est foutu.

Je suis désespérément tombé amoureux de cette femelle.

Ce qui est arrivé avec mon père va devoir coexister d'une façon ou d'une autre avec le fait que Lotta est ma compagne. Je l'aime. Je l'ai toujours aimée, et je l'aimerai toujours.

CHAPITRE DIX-HUIT

Lotta

JE ME RÉVEILLE dans un état de profond plaisir. L'odeur d'Asher s'enroule tout autour de moi. Je suis emmitouflée dans les couvertures de mon lit géant, toujours au chaud après avoir fait l'amour la nuit dernière.

Asher a rédigé une dissertation brillante et construite, me surprenant non seulement avec sa compréhension et sa connaissance de l'*Odyssée*, mais aussi avec sa propre créativité et sa capacité à raconter une histoire. Je l'ai récompensé avec une fellation qui a fait étinceler ses yeux, et lui a fait déchirer un de mes oreillers en deux, semant des plumes partout dans la *casita*.

Je tends la main vers mon portable pour voir combien de temps il me reste avant que mon alarme ne se déclenche et je découvre que je ne peux pas bouger. Des bras forts m'emprisonnent.

Asher. Mon compagnon.

Il remue derrière moi, ses bras se resserrant avec le mouvement.

— Eh mince, j'ai dormi toute la nuit chez toi, murmure-t-il contre ma peau. Désolé. Je file dans une minute.

Il me pousse pour que je me retourne sur le ventre.

— Juste après avoir pénétré ta petite chatte parfaite.

J'écarte les jambes pour lui, et soupire de contentement contre les draps.

De toute évidence, c'est risqué. La probabilité qu'un de mes parents ou un voisin le voie partir de chez moi est bien plus grande quand il fait jour, mais je n'arrive pas à m'en inquiéter.

C'est tellement bon de sentir le sexe d'Asher qui glisse entre mes jambes, de plus en plus dur, pressant contre mon entrée. Je soulève les fesses et il me pénètre, massant mon intimité avec des mouvements lents et langoureux.

Je fredonne tout bas de ravissement.

Asher nous fait rouler sur le côté, et continue ses va-et-vient au ralenti. Puis il pose un doigt sur mon clitoris. Je suis trop détendue à cause du sommeil pour jouir, mais c'est une sensation glorieuse quand il fait des petits cercles autour. Il n'a pas l'air pressé d'atteindre l'orgasme lui non plus. Il agrippe ma hanche pour me pénétrer tout en me mordillant le cou.

— Miam, murmuré-je.

— Hmm, marmonne-t-il avec un grognement digne d'un loup.

Il augmente la cadence de ses coups de reins, ses doigts se resserrant sur ma hanche.

— Viens un peu au-dessus.

Il roule sur le dos de façon à ce que je le chevauche.

— Travaille un peu pour moi, mon cœur.

Il agrippe mes fesses et m'attire vers son membre. Mes

mains se posent sur ses épaules. Je suis trempée, et je frotte mon clitoris sur lui tout en glissant d'avant en arrière.

— Plus, ordonne-t-il.

La mollesse de mes muscles disparaît. La tension s'enroule dans mon bas-ventre et ma respiration s'accélère.

Les yeux d'Asher brillent d'un vert lumineux.

— Je vois ton loup, haleté-je.

— Je vois le tien.

Il m'immobilise le bassin et me pilonne une douzaine de fois puis me tire en avant et en arrière sur lui à nouveau. Je suis proche.

— Donne-le-moi.

Il lève la main et pince un de mes tétons, le roulant et tirant dessus, poussant mes muscles internes à se contracter autour de lui à cause du tiraillement dans mon entrejambe.

— Donne-moi tout.

Je ne sais pas s'il parle de mon orgasme ou de ma vie.

À cet instant, je suis d'accord pour lui donner les deux, ce qui devrait me terrifier, mais qui au lieu de ça me donne l'impression que je dévale la pente d'un grand huit.

Je rebondis sur son sexe, la tête renversée en arrière, puis appuie une main contre la tête de lit et m'active aussi vite que je peux.

— C'est ça.

Quand je perds le rythme, il nous fait rouler sur le lit, pour me mettre sur le dos, et il se retrouve au-dessus de moi, à me pénétrer avec force.

— Cette fois-ci, tu vas me sentir.

Je ris à travers mes halètements.

— Parce que je ne te sentais pas avant ?

Il hausse les sourcils et s'enfonce brutalement, une main sur le côté de mon cou pour empêcher ma tête de cogner dans la tête de lit.

— Oui ! hoqueté-je.

Asher me prend violemment, mais aussi avec amour. Avec attention. C'est tellement différent du sexe brutal et froid avec lequel on a commencé cette relation. Il me tue avec sa gentillesse à présent, et c'est plus que je ne peux en supporter.

Je m'accroche à ses épaules, croise mes chevilles dans son dos pour l'encourager avec mes jambes. On s'active frénétiquement ensemble, comme si cet orgasme allait déterminer si on gagne ou si on perd. Si on vit ou si on meurt.

Et je vis pour Asher désormais.

Je meurs pour lui, aussi.

Et je ne sais même pas encore ce que j'ai gagné et ce que j'ai perdu. Tout ce que je sais, c'est que je suis là pour ça. Pour tout ça. Quoi que ce voyage avec Asher puisse bien apporter.

— Jouis pour moi. Est-ce que tu vas jouir pour moi comme une brave fille ?

Les mots d'Asher sont rudes et gutturaux. Il est sur le point de perdre le contrôle.

— Oui !

Face à sa suggestion, mes fesses se soulèvent et mes muscles internes commencent à se resserrer, déclenchant des pulsations de plaisir.

Asher grogne et s'enfonce profondément. Je jurerais sentir les rubans chauds de son essence qui me remplissent pendant que je prends mon pied. Pour la première fois, j'éprouve le besoin de garder la preuve qu'il s'est trouvé en moi. Que les autres sachent que ce mâle loup magnifique m'appartient désormais.

Mais bien sûr, je ne peux pas le revendiquer. Pas si je veux garder mon travail.

Je sens le raclement de ses dents contre mon cou, et je le repousse avant qu'il les enfonce dans ma chair.

— Asher, haleté-je. Tu ne peux pas.

Je croise ses yeux verts et essaie de lui montrer avec les

miens que je comprends. Que je le ressens aussi. Que j'en ai
envie aussi.

— Mon boulot, dis-je.

Il hoche la tête d'un mouvement raide avant de me faire
rouler sur le ventre et de me donner une fessée.

— Je sais, professeure, répond-il d'un ton léger. Mais ça
ne change pas le fait que tu es à moi.

* * *

ASHER

APRÈS L'ENTRAÎNEMENT CET APRÈS-MIDI-LÀ, je raccompagne
Abe à son Range Rover, tout en jetant un coup d'œil vers le
studio d'art pendant qu'on marche. Lotta est toujours là, en
train de peindre. Elle reste tard tous les soirs, longtemps
après qu'on parte de l'entraînement.

Depuis le pique-nique dans la prairie, Lotta est plus
douce. Le sexe est moins frénétique. Je reste un peu après, ou
je vais chercher à manger. Ce ne sont pas de longs rencards
intenses, mais on est plus à l'aise ensemble. Il n'y a plus cette
fragilité dans nos interactions.

Quand je suis loin d'elle, je désire encore plus son corps.
Nos conversations. Notre proximité. Je veux consumer Lotta
James tout entière – pas uniquement son corps, mais son
esprit, son âme.

Mais pour ça, il faut de la confiance. Et c'est quelque
chose que je n'ai pas. J'ai dit à Lotta qu'on pouvait recommencer à zéro. Ça signifie que je dois bloquer le passé hors
de mon esprit. Oublier cette blessure profonde qu'elle a
infligée à ma vie.

Et j'ai réfléchi à ce qu'il faudrait pour que j'aie confiance en elle. J'ai repensé à quel point elle était déprimée hier d'avoir visité des galeries sans succès.

Je me suis comporté comme un con avec elle, je le sais. Cependant, j'ai réfléchi au fait que Lotta ne fait pas vraiment confiance à qui que ce soit, et je soupçonne que c'est à cause de la façon dont ses parents l'ont foutue en l'air, elle et son art.

Ils n'auraient jamais dû lui faire choisir entre la meute et sa carrière. Et je ne devrais pas dire *carrière*, parce que l'art, c'est plus que ça pour Lotta. C'est son âme. Son identité.

Et c'est pour ça que je dois intervenir.

— Qu'est-ce qu'il y a ? demande Abe quand on est hors de portée d'oreilles de qui que ce soit.

— Je me demandais si je pourrais parler de quelque chose à ta compagne.

En une fraction de seconde, Abe m'a plaqué contre sa voiture, son loup étincelant dans ses yeux.

Je ris et lève les mains en l'air.

— Détends-toi. C'est à propos de Lotta. Tu pourras être là pour la protéger si tu veux.

Abe cligne des yeux, son loup reculant. Il me lâche, et secoue la tête pour faire craquer son cou.

— Désolé. L'instinct.

— Oui. Pas de soucis. Je comprends.

— Donc… oui. Tu veux qu'on y aille tout de suite ?

J'acquiesce.

— Tu lui as dit pour Lotta et moi ?

Abe fronce les sourcils.

— Non. Tu m'as fait jurer le secret.

— C'est vrai, oui. Enfin, on pourrait lui dire si tu penses qu'elle peut tenir sa langue. Ou je peux ne pas rentrer dans les détails.

— Elle peut garder un secret.

Il a l'air offensé pour elle.

— Son jumeau ne sait même pas qu'elles sont des ours.

— Cool. Je te suis jusque chez elle ?

— Oui. On se retrouve là-bas.

Je monte sur ma moto et suis Abe jusqu'au manoir sur Moongaze Hill, où vivent Lauren et Lincoln Sterling. Les jumeaux ont emménagé au début de l'année scolaire en provenance de Manhattan et leur statut de riches humains leur a attiré la haine immédiate de tout Wolf Ridge. Néanmoins, depuis qu'Abe a marqué Lauren comme sa compagne, ils sont sous sa protection, et les choses ont changé pour eux socialement parlant.

Je suis Abe jusqu'à la porte sculptée à la main. À l'intérieur, un piano s'arrête de jouer, et Lauren vient nous ouvrir. Son doux regard se pose sur Abe avant de passer sur moi, et elle hausse un sourcil perplexe.

— Salut, Lauren. Je, euh, je me demandais si je pouvais te poser deux ou trois questions à propos de New York. Et des trucs d'art.

Ses deux sourcils se relèvent, mais elle ouvre la porte plus grande.

— Bien sûr. Entrez.

— Merci.

J'ignore si c'est une idée insensée ou pas, mais je me dis que ça vaut le coup d'essayer.

Quand on entre dans la maison, le son incroyable d'une guitare électrique résonne dans le couloir. Je pointe mon pouce dans cette direction.

— C'est ton frère qui joue ?

Lauren s'assoit sur le canapé, et Abe s'installe juste à côté d'elle, un bras drapé dans son dos.

— Oui. Il est plutôt doué.

— Et c'est toi qui jouais du piano ?

Je prends place sur le fauteuil en face d'eux.

— Tu es venu flirter avec ma nana ou poser des questions sur l'art ? intervient Abe.

Je souris face à sa possessivité. Je lève mes paumes devant moi.

— Des questions sur l'art. Détends-toi, mec.

Lauren lève les yeux au ciel, mais je vois bien qu'elle adore ça.

— Donc... c'est sans doute un peu tiré par les cheveux, mais tu es sophistiquée et tu viens de New York. Je me demandais si tu connaissais quelque chose sur la scène artistique là-bas ? Du genre, comment fait-on pour être reçu dans une galerie ?

Alors même que je parle, je me rends compte que j'ai l'air ridicule.

— Laisse tomber, c'était une idée stupide.

Je me lève.

— Ce n'est pas stupide.

Je me rassois.

— On connaît quelques artistes connus. Le genre qui vend des tableaux pour cinquante mille dollars.

— Waouh. OK. Alors tu as des conseils à me donner ?

— Je ne sais pas... tu envisages d'aller dans une école d'art ?

Je laisse échapper un rire dur.

— Ce n'est pas pour moi. Elle a déjà été diplômée de l'école d'art la plus prestigieuse du pays.

— Oooh. *Elle*.

Lauren me couve d'un regard spéculatif.

— Mademoiselle James.

Elle jette un coup d'œil à Abe pour obtenir une confirmation.

— Est-ce que ça te dérange si on garde ça entre nous ? demandé-je. Abe est au courant, mais c'est tout.

Les lèvres de Lauren se recourbent.

— C'est scandaleux.

— S'il te plaît, Lauren. Ce n'est pas ma vie qui serait gâchée si cela se savait.

Lauren fait semblant de fermer ses lèvres avec une clé.

— Mes lèvres sont scellées.

Elle balance la clé imaginaire par-dessus son épaule.

— Bon. En effet, il y a des propriétaires de galeries que tu peux contacter. Je peux demander à mon père s'il peut me mettre en contact avec un ami de la famille pour obtenir des numéros si tu veux.

— C'est vrai ?

C'est beaucoup mieux que ce que j'espérais.

— Oui. Je veux dire, oui, s'il te plaît. J'apprécierais vraiment, Lauren.

— Pas de problème. Je parlerai à mon père ce soir au dîner, et je reviendrai vers toi. Tu veux que je t'envoie un texto ?

— Hors de question que tu aies le numéro de ma nana, nous coupe Abe.

Lauren lève les yeux au ciel.

— Une conversation groupée, dans ce cas.

LAUREN

LE LENDEMAIN SOIR, Asher me rejoint à l'école pendant que je suis en train de nettoyer avant de rentrer à la maison.

— Est-ce que je suis encore en retard ? demandé-je, hors d'haleine quand je déverrouille la porte pour lui.

Il me soulève pour que j'enroule mes jambes autour de sa taille, comme la dernière fois.

Je me tortille ;

— Le concierge est encore là, chuchoté-je.

Il me laisse aussitôt retomber avec un sourire malicieux tout en fossettes qui me fait fondre.

— Tu n'es pas en retard, je voulais juste prendre quelques mesures.

Il sort un mètre de couturière de son jean avant de partir à grandes enjambées dans le couloir qui mène à mon studio.

— Des mesures ?

— Oui. Je vais encadrer tes peintures.

J'arrête de marcher.

— Quoi ?

Il se tourne et me sourit.

— Vous m'avez parfaitement entendu, mademoiselle James.

Il incline la tête en direction du studio.

— J'ai regardé une vidéo YouTube pour faire soi-même des cadres et économiser des centaines de dollars.

Je fonds toujours. Venez m'éponger du sol quand je serai devenue une flaque.

Je trottine pour le rattraper tout en gardant l'œil ouvert pour vérifier que le concierge n'est nulle part en vue avant de passer mon bras sous le sien.

— Merci. Ce serait génial. Mes peintures ont besoin de cadres. Je veux dire, je ne pense pas que ça aurait changé quelque chose avec les galeries… pour ça, il aurait fallu qu'on me laisse rentrer, mais…

On se trouve à l'intérieur du studio à présent, et Asher me fait taire d'un baiser.

Je me laisse aller contre lui, mes bras enroulés autour de son cou, mon corps se ramollissant contre le sien.

— C'est très attentionné, Asher. Merci.

Il m'embrasse à nouveau, mais il est clair qu'il a une mission en tête. Il s'approche du tas de peintures et commence à les mesurer et à les inventorier.

— Ils ont des noms, ceux-là ? demande-t-il en arrachant une feuille de mon carnet de croquis avant de me la tendre. Si tu veux bien écrire le nom de chacune et une description, afin que je sache laquelle c'est, et ensuite je noterai les dimensions en dessous.

Ça nous prend une heure, mais Asher n'a pas l'air de s'en plaindre. Quand on a terminé, j'ai une liste de tous les tableaux que j'ai peints ces cinq dernières années. Ceux que j'ai fait expédier jusqu'ici en m'endettant sur ma carte de crédit.

— Waouh. Ça fait un sacré paquet de peintures.

Je contemple la liste avec un sentiment de satisfaction. Ce n'est pas que je suis une artiste du genre à privilégier la quantité sur la qualité, mais c'est agréable de voir tout ce que j'ai de disponible à la vente, si jamais je parviens à entrer dans une galerie.

— Est-ce que tu as pensé à ouvrir une boutique Etsy ? demande Asher.

Je hausse les sourcils. Je remarque la même réticence en moi que quand Olive a suggéré qu'on se rende directement dans les galeries. Est-ce que j'ai peur de m'exposer au monde ? Ou est-ce que c'est mon instinct de loup qui me dit que c'est une mauvaise idée ?

On ne peut pas dire que les visites de galerie se soient bien passées pour moi.

— Euh, non…

Asher hausse les épaules.

— Je me dis juste que ça pourrait être un autre moyen de mettre en avant tes œuvres. Enfin, en plus des galeries et des autres trucs.

— Euh, oui. Bon, je n'ai pas la moindre idée de comment ça se passe, mais je pourrais regarder.

— Ou alors moi je regarde et toi tu continues de peindre.

Asher plie la liste de deux pages et la range dans sa poche arrière.

— J'ai aussi une surprise pour toi.

— Ah bon ?

— Oui. À Sweet Treats.

— Ils ne sont pas fermés ?

— J'ai les clés. Retrouve-moi dans la ruelle de derrière dans quinze minutes.

Asher me fait sortir du studio et me pousse jusque dans le couloir.

— J'arriverai avant toi, le taquiné-je.

— Ça, ça m'étonnerait, mon c… mademoiselle James.

Il me fait un clin d'œil, puis regarde par-dessus son épaule pour voir s'il y a quelqu'un dans les parages.

— À tout de suite, articule-t-il sans bruit avant de partir devant et de sortir par la porte en face de moi.

Je fais comme si je ne le regardais pas démarrer sa moto en rejoignant ma voiture, mais pendant tout ce temps, il y a un bourdonnement joyeux dans ma poitrine.

J'aime ce nouveau niveau de confort avec Asher. On dirait qu'il m'a enfin pardonné pour avoir fait bannir son père. Je ne sais toujours pas comment les choses vont fonctionner pour nous – surtout parce qu'il est mon élève pour le restant de l'année scolaire, et que j'ai envie de quitter l'Arizona ensuite, mais je commence à avoir l'impression que les problèmes insurmontables valent la peine d'être résolus.

Peut-être que je pourrais rester. Je ne sais pas.

Mon téléphone vibre. Je baisse les yeux, pensant que ça pourrait être Asher.

Mais c'est Andy.

ANDY : Je suis à Phoenix. Viens nager à l'hôtel. Ils ont une piscine à courant.

. . .

Mon estomac se tord. Même envoyer un message me donne l'impression de tromper Asher.

Moi : Je ne suis pas intéressée.

Andy : J'ai rendez-vous à la galerie demain soir. Tu peux te joindre à nous.

Je prends une brusque inspiration. Ma louve me dit que c'est une mauvaise idée. L'artiste en moi affirme que je dois faire des sacrifices. Pas avec Andy – jamais de la vie – mais je dois me servir du peu de relations que j'ai. Je n'ai pas peur de dire non à Andy, même s'il semble être bizarrement attaché à moi sans raison. Je suis une métamorphe. Aucun homme humain ne pourra jamais me forcer à faire quoi que ce soit. Asher détesterait que j'aie rendez-vous avec lui, surtout s'il savait jusqu'où on a été intimes avec Andy, mais je vais faire en sorte de faire vite et de rester professionnelle. Fin de l'histoire.

Moi : Envoie-moi le nom et l'adresse.

Andy : Je passe te chercher.

Moi : Ce n'est absolument pas sur le chemin.

Andy : Tu viens avec moi ou tu ne viens pas du tout, bébé.

Argh. Sérieux ? Quel casse-pieds ! Il fait exprès de m'énerver.

. . .

Moi : D'accord. Viens me récupérer au lycée pour que je puisse mettre quelques peintures dans la voiture.

Andy : Envoie l'adresse.

Je lui transmets l'info et démarre ma voiture, en essayant d'ignorer le malaise dans mon ventre. Je devrais le dire à Asher.

Je le ferai. Mais pas avant qu'Andy n'arrive. Je ne veux pas que son loup devienne ultra possessif et qu'il agisse de façon irrationnelle.

Je repousse mes appréhensions en démarrant pour rouler jusqu'à la ruelle derrière Sweet Treats. Une fois que je suis arrivée, j'oublie tout parce qu'Asher est appuyé contre le vieux bâtiment en brique qui était autrefois un moulin. Il appartient à madame Angelson, qui est la propriétaire de la boulangerie, mais je ne pense pas qu'elle l'utilise pour quoi que ce soit.

Je sors de la voiture.

Asher regarde à gauche et à droite puis me fait signe de rejoindre la porte. Il tourne la poignée et me pousse pour entrer.

J'ai déjà regardé par la fenêtre auparavant. Il n'y avait que du vieux matériel et des caisses de stockage. Je prends une inspiration choquée quand j'aperçois ce qu'il y a à l'intérieur aujourd'hui.

L'espace a été entièrement nettoyé. Les caisses de stockage sont empilées dans un coin, mais de l'autre côté, des bâches ont été étalées et un chevalet a été installé devant la fenêtre.

— Je me suis dit que tu pourrais t'en servir comme studio. Tu sais, quand tu n'as pas envie de peindre au lycée, m'explique Asher avec un grand sourire.

Ses fossettes me brisent le cœur. Littéralement, il est

coupé en deux. Je ne suis plus qu'une flaque chaude et luisante et complètement fichue. Asher a eu raison de toute ma résistance.

Comme je ne réponds pas, il ajoute :

— Ou ça ne fait rien si tu préfères travailler là-bas.

— Non, le détrompé-je aussitôt, avant de courir vers lui pour passer mes bras autour de sa taille. J'adore. Merci infiniment. Tu es sûr que ça ne dérange pas ? Madame Angelson est d'accord ?

— Absolument. Elle est ravie que ça serve à quelqu'un.

Ses mains glissent le long de mon dos et se referment sur mes fesses.

— Et cela nous donne un autre endroit sûr pour se retrouver jusqu'à la fin de l'année scolaire.

— Ah oui ? ronronné-je en mettant mes mains sous son tee-shirt pour toucher sa peau nue. Tu comptes mettre un matelas aussi ?

— Je trouverai quelque chose.

Sa voix n'est plus qu'un grondement bas alors qu'il me soulève par la taille et me porte en direction de la pièce de stockage.

— Il faut que je goûte à cette chatte immédiatement.

— Non, non, non, protesté-je. C'est moi qui te goûte en premier ce soir. Repose-moi, monsieur muscle. Je vais te montrer à quel point je suis reconnaissante.

CHAPITRE DIX-NEUF

Asher

Pour la deuxième nuit d'affilée, je dors chez Lotta. Excepté que ce n'était pas un accident, cette fois-ci.

Elle n'a pas fait d'histoires hier, alors j'imagine que c'est autorisé. C'est trop dur de la laisser au lit quand elle est nue et chaude et couverte de ma semence. Je programme une alarme pour me réveiller avant le lever du soleil.

— Asher…

Lotta roule sur elle-même pour me faire face. Je repousse les cheveux noirs de sa peau douce. Elle est tellement belle.

— Qu'est-ce que tu veux faire après le lycée ?

— Ça, réponds-je immédiatement.

Parce que c'est tout ce que je souhaite à présent. Je le sais. Dormir dans le lit de Lotta James ressemble plus à mon avenir que tout ce que j'ai pu imaginer.

Je sens une touche d'inquiétude en elle, alors je me calme. Elle veut quitter cette ville, je le sais.

— Le coach pense que je pourrais obtenir une bourse

pour le football quelque part, déclaré-je en haussant les épaules. Ce n'est pas que l'université soit un rêve pour moi, mais je ne suis pas non plus contre le fait de quitter Wolf Ridge, si c'est ça ta question.

— Tu devrais accepter une bourse si tu en as l'occasion. T'éloigner de cette ville.

— OK.

J'espère surtout qu'elle veut dire avec elle.

Je sors du lit.

— J'ai quelque chose pour toi.

Je ramasse mon sac à dos et en sors la toile dont je me suis servi pour faire mon « autoportrait ». On doit les rendre aujourd'hui, mais je voulais le lui donner personnellement.

Je lui donne la petite toile et elle la prend entre ses doigts tremblants. C'est un collage multimédia. J'ai recouvert la toile avec des images découpées de choses qui me rappellent nous deux. Je scrute son visage pendant qu'elle examine mon travail.

Elle prend une brusque inspiration quand elle voit le pendentif doré de la lune collé au milieu. Ça me frappe comme une claque en pleine figure.

Tout le sang se retire de son visage.

— Co-comment tu as eu ça ?

Sa voix tremble.

— Est-ce que c'est ton père qui te l'a donné ?

Elle halète comme si elle n'arrivait pas à reprendre sa respiration.

— Ou... *ta mère* ?

— De quoi parles-tu ?

Elle a le regard trouble comme si elle fouillait dans ses souvenirs. Puis elle laisse tomber la toile par terre comme si on était sur le point de se battre.

— Est-ce que... est-ce que tu *savais* ?

Quelque chose ne va pas du tout. Lotta est bouleversée, et

mon loup ferait n'importe quoi pour arranger ça. J'écarte les mains devant moi pour montrer à sa louve que je ne suis pas une menace.

— Est-ce que je savais quoi ?

Ses yeux sont fous. Je sens la peur et le traumatisme dans son odeur. *Putain, qu'est-ce qui se passe, là ?*

— Est-ce que tu étais au courant depuis le début ?

Elle me fixe avec un air horrifié.

Je fais un pas vers elle, mais elle recule.

— Lotta, de quoi parles-tu ?

Elle scrute mon visage. Elle cligne des yeux. Puis elle pousse un profond soupir.

— Oh.

Elle secoue la tête, puis baisse les yeux. Elle s'agenouille pour ramasser la toile, mais j'ai le pressentiment que c'est pour me dissimuler son visage. Je sais que j'ai raison quand elle se relève et qu'elle a repris contenance.

— J'étais juste confuse pendant une minute. Est-ce que j'ai… où as-tu, euh, trouvé mon collier ?

Je fixe le bijou en essayant de décoder ce qui vient de se passer. Elle a paniqué quand elle l'a vu.

Elle m'a demandé si mon père me l'avait donné.

Pourquoi mon père m'aurait…

Je lui prends la toile des mots et arrache le pendentif, emportant une grande partie du collage avec. Je le lève devant elle.

— Qu'est-ce qui s'est passé ? *Qu'est-ce qui s'est passé avec mon père ?*

J'essaie de me souvenir de la dernière fois que j'ai vu Lotta avant que mon père ne soit banni. C'était la nuit où je lui ai raconté pour les vols. Elle n'est pas venue l'après-midi suivant pour notre session. Et le soir suivant, il a été banni.

— Rien. Ça m'a juste rappelé quand… quand je te donnais des cours. Avant qu'il parte, c'est tout.

Je la dévisage avant d'étudier le collier étalé sur ma paume. Il y a quelque chose que je ne comprends pas, là.

Les magnifiques yeux bleus de Lotta se remplissent de larmes. C'est quoi cet air sur son visage ? Du regret ? Oui, mais pas que. Quelque chose qui ressemble à de la souffrance. Comme si on lui avait fait du mal.

J'ai brusquement l'impression qu'on vient de me mettre à genoux. Ou alors c'est moi qui suis tombé – je ne suis pas sûr. La pièce tourne autour de moi. J'ai chaud. Mes canines sont sorties.

— Est-ce qu'il…

C'est dur de parler. J'ai l'impression qu'on remonte mon larynx avec une lame rouillée.

— Est-ce qu'il t'a fait du mal ?

J'arrive à peine à sortir les mots.

Elle lève les mains, comme pour repousser ma colère.

— Ta mère l'en a empêché, dit-elle rapidement. Il ne s'est rien passé. Il a essayé, c'est tout.

Essayé.

Ma vision devient rouge. La rage explose tout autour de moi. Mon père a posé les mains sur ma compagne. Il l'a agressée ! Je vais tuer ce connard.

Et j'ai tout compris de travers depuis le début. J'ai cru que c'était elle qui lui avait causé du tort. Oh, bon sang.

Je laisse échapper un hurlement de rage.

Je ne sais pas trop quand je me suis métamorphosé, mais mes quatre pattes glissent sur le carrelage lisse de Lotta. Je rentre dans les murs, je renverse des meubles en essayant de me libérer de ce confinement.

Lotta ouvre la porte et je sprinte dehors.

Je dois traquer mon géniteur et le tuer.

* * *

Lotta

MA VISION SE TROUBLE, et je plaque une main sur ma bouche pour contenir un sanglot. Ma *casita* me donne l'impression d'être un minuscule château de cartes dans le sillon d'Asher. Il y a des marques de griffes sur le mur. Un tabouret de bar cassé gît sur le sol.

Mon compagnon souffre affreusement.

À cet instant, avec le recul, je suis sûre d'avoir fait ce qu'il fallait. Ma louve ou ma muse ou je ne sais quelle partie de moi qui voit dans l'avenir me guidait quand j'ai juré devant le conseil de garder le secret à propos de ce qui s'était passé.

Il y a eu une incompréhension à propos de l'endroit où j'étais censée retrouver Asher ce jour-là. Je lui avais dit que je ne pourrais pas aller à Sweet Treats après les cours, que je viendrais chez lui plus tard, mais il m'attendait à la boulangerie. Son père m'a fait entrer dans leur maison. Il était furieux après moi pour avoir défendu Asher la veille, et il s'est lancé dans une tirade, comme quoi j'étais aussi snob que ma mère, et qu'il ne devrait pas y avoir de famille royale au sein d'une meute.

Puis son agression est devenue physique. Je ne sais pas pourquoi je n'ai pas pu me transformer pour me défendre – il avait sûrement une sorte de commandement alpha qui me maintenait en place. Tout ce que je me rappelle, c'est qu'il m'avait plaquée contre le mur avec mon tee-shirt à moitié déchiré quand la mère d'Asher est entrée et l'a chassé. Ce n'est qu'à ce moment-là que je me suis métamorphosée et que j'ai couru tout droit à la maison.

Je suis rentrée chez moi baignée de l'odeur de la peur et de métamorphe ivre. Impossible de cacher ce qui était arrivé à mes parents, et ma mère n'allait pas permettre à l'homme qui avait posé un doigt sur sa fille de rester dans la meute.

Ça a été une décision vicieuse et horrible.

Je ne voulais pas blesser Asher. Ma mère a dit qu'en faisant ça, je les protégeais lui et sa mère parce que son père était un monstre qui les maltraitait tous les deux. Elle a dit que j'avais l'opportunité de les libérer de lui, et que la meute me remercierait.

Je n'ai mis qu'une seule condition. Avant de parler, j'ai demandé au conseil que les débats se fassent à huis clos. J'étais mineure, alors tout le monde a pensé que c'était pour protéger ma vie privée, mais ce n'était pas ça. C'était pour Asher. Même à l'époque, sans savoir qu'il était mon compagnon, je devinais à quel point apprendre ça pourrait le dévaster.

J'ai raconté mon agression et leur ai dit que le père d'Asher piquait dans la caisse à la brasserie. Comme il fallait donner une raison publique à son bannissement, j'ai demandé à ce que ce soit pour vol. Ma mère avait passé toute la nuit précédant la séance à creuser pour trouver des preuves de ses crimes, pour que tout ne repose pas uniquement sur ma parole.

Quand je suis revenue et que je me suis rendu compte d'à quel point Asher me détestait, j'ai remis en question ma décision. Pas parce que j'avais besoin de sa compréhension –, ça ne me dérangeait pas de passer pour la méchante à ses yeux. C'était parce qu'il semblait avoir terriblement souffert quand même. La meute l'avait traité comme un moins que rien même sans savoir ce qui s'était passé. Mais maintenant que j'ai vu sa fureur en apprenant la vérité, je sais que j'ai fait ce qu'il fallait. Penser que c'était moi qui l'avais trahi lui avait permis d'exprimer une colère et une rébellion qu'il pensait justifiées. Il avait gardé sa dignité. S'il avait dû porter la honte des actions de son père en pleine adolescence, je suis presque sûre qu'il se serait renfermé complètement. Il aurait peut-être même quitté la ville aussi.

Et alors je n'aurais probablement jamais rencontré mon compagnon destiné.

Mon réveil me fait sursauter en se déclenchant. Je referme la porte et regarde autour de moi.

Merde. Qu'est-ce que je dois faire ?

Asher souffre. J'ai envie de l'aider. Je regrette de ne pas m'être transformée tout de suite pour le suivre. À présent, je n'ai plus aucune chance de le rattraper.

Je consulte l'horloge. Bon sang.

Je prends une douche rapide, prends une pomme au passage, afin de manger quelque chose, et roule jusqu'à Sweet Treats. La mère d'Asher doit travailler aujourd'hui.

Elle et moi, on s'évite depuis l'incident. Je ne sais pas trop pourquoi. Je crois que j'avais honte de l'avoir laissée se battre contre son mari ce soir-là. Elle avait probablement honte de ce qui s'est passé. Aucune de nous n'en a reparlé – ce qui, je pense, est vraiment merdique et bizarre.

Je me garde devant et entre dans la boulangerie. Madame Angelson me fait signe depuis la porte de la cuisine.

— Bonjour, Carlotta ! J'ai entendu dire que tu étais revenue en ville !

— Bonjour, madame A !

Je me force à croiser le regard de madame Martin et à m'approcher du comptoir.

— Euh, bonjour, madame Martin. Est-ce que… avez-vous vu Asher ?

Elle n'a pas l'air surprise, mais elle fronce les sourcils.

— Non, répond-elle lentement. Il n'est pas rentré à la maison hier soir.

Elle me dévisage.

— Je me suis dit qu'il devait être avec toi.

— C'est le cas. Mais, euh…

Je déglutis.

— Ce matin, il a appris pour…

Mon cœur cogne contre ma cage thoracique et mes paumes sont moites. Je n'ai pas parlé de l'incident depuis la réunion du conseil.

— C'est sorti ce matin.

J'essaie encore une fois d'avaler ma salive, sans succès.

— … ce qui s'est passé avec son père. Et Asher s'est transformé en loup avant de se sauver.

Mes yeux se remplissent de larmes.

La mère d'Asher pâlit. Elle contourne le comptoir et me choque en m'étreignant de façon maladroite.

— Merci.

Sa voix est crispée.

— Pour… quoi ?

— Pour te soucier de mon fils.

Je combats mes larmes.

— Bien sûr que je me soucie de lui. Je veux dire, je m'en serais soucié quoi qu'il en soit, mais c'est mon compagnon.

Je prononce le dernier mot dans un murmure.

Madame Martin se recule brusquement, et me fixe, abasourdie.

Je hoche la tête. Elle lance à nouveau ses bras autour de moi, cette fois en serrant bien fort.

— Oh, c'est incroyable.

J'entends les larmes de bonheur dans sa voix comme si je venais de lui annoncer que j'étais enceinte ou une chose comme ça. Mais les couples destinés sont suffisamment rares pour que ça mérite des pleurs de joie. La plupart des loups ne trouvent jamais leur compagnon véritable ; ils font juste leur vie avec un métamorphe avec qui ils sont compatibles.

— Quelle bénédiction ! Pour vous deux.

— Oui, mais c'est pour ça que ça l'a rendu fou d'apprendre ce qui s'est passé.

Elle me lâche une nouvelle fois, l'air sombre.

— Oui. Oui, je vois. Eh bien, il fallait bien que ça sorte à un moment ou à un autre. Donne-lui du temps et de l'espace pour se calmer et digérer tout ça. Ça fait beaucoup à encaisser. Va au lycée, et j'appellerai pour signaler son absence. Avec un peu de chance, il va courir jusqu'à ce qu'il ait épuisé toute sa colère et il reviendra avant la nuit.

Avant la nuit.

Cette pensée me fait mal au cœur. Je n'ai pas envie qu'Asher soit dehors tout seul dans cet état. Je ne veux pas qu'il soit dans cet état du tout.

— Allez, insiste madame Martin. Je lui dirai qu'il te contacte quand il rentrera.

— D'accord, merci, dis-je en lui pressant l'épaule.

Elle me serre férocement dans ses bras.

— Je suis tellement contente pour vous deux. Ne te mets pas la rate au court-bouillon pour ça. Le Destin nous envoie des épreuves. Il nous rappelle de rester sur nos gardes.

Son sourire est triste, néanmoins, et me rappelle que le Destin lui a envoyé plus que son comptant d'épreuves.

Je lui dois bien ça, autant à moi qu'à Asher, de m'assurer qu'on règle ça.

Quand je remonte dans ma voiture, un texto fait vibrer mon portable. Mon cœur bondit, espérant contre toute logique que ce soit Asher.

Mais non. C'est Andy.

ANDY : On se voit à 17 h.

NON. Aucune chance. Asher a besoin de moi.

MOI : Désolée. Un imprévu. Mais bonne chance à toi.

CHAPITRE VINGT

Asher

JE SENS l'impact avant d'entendre le hurlement du métal écrasé. Du verre explose tout autour de moi. Mon corps est projeté en l'air et à quinze mètres du bord de l'autoroute, où j'atterris en roulant.

Un crissement de freins me rappelle de me relever et de m'enfuir loin des yeux humains.

Ma fourrure est trempée de sang. Certains de mes os sont brisés, mais j'ignore la douleur.

Merde, où je suis ?

Je suis vaguement conscient du fait que mes pattes sont écorchées et en sang, et je suis vraiment loin du territoire loup. Je suis à mi-chemin du Grand Canyon, loin à l'intérieur des terres des ours. Et jamais je ne remporterai un combat contre un ours si j'en croise un.

Je lève la tête vers le ciel. Vu la position du soleil, il doit être midi passé.

Je cours depuis des heures sans faire attention où je vais. Je ne vois rien, à part ma vengeance.

Sauf que je ne suis pas en mesure d'exécuter cette vengeance. Je ne sais pas où est mon père, ni même où commencer à le chercher.

De toute évidence, mon cerveau s'est fait la malle quand je me suis transformé et que je me suis mis à courir.

Lotta.

Merde. Je me suis sauvé et j'ai laissé ma compagne. J'aurais dû la prendre dans mes bras et la serrer. Tomber à genoux et la supplier de me pardonner pour avoir été un tel connard. Au lieu de ça, j'ai pété un plomb et je suis parti.

On était loin du comportement honorable d'un compagnon.

Je fais volte-face. Il faut que je retourne vers elle. J'ai abandonné ma compagne alors que j'aurais dû être là pour elle. Pour la deuxième fois.

Putain. Il faut que je rentre. Aussi vite que possible.

* * *

IL ME FAUT une éternité pour rentrer à la maison. Mon cerveau a repris du service suffisamment pour ne pas me précipiter au lycée sous ma forme de loup. Surtout dans l'état où je suis, en sang et en train de boitiller. Je m'arrête chez moi pour rincer le sang, la poussière et les ronces dans la douche. J'ai plusieurs côtes et le tibia cassé, et la douleur de la guérison est encore pire que celle de l'impact de la voiture.

Et heureusement qu'elle m'a percuté, parce que ça m'a permis de reprendre mes esprits. Sinon, je serais peut-être dans le Colorado à l'heure qu'il est. Je me dépêche de m'habiller en grimaçant. La journée de cours est déjà terminée, mais Lotta sera encore là-bas.

Je grimpe sur ma moto et prends la direction de l'école.

L'équipe est sur le terrain. Le coach Jamison pose ses mains sur ses hanches quand il me voit. Quand je m'avance à grands pas vers l'école, il lance un coup de sifflet et lève les mains en l'air comme pour dire « Qu'est-ce que tu fous ? ».

Je l'ignore. J'étais déjà désespéré de retrouver Lotta pour m'excuser, mais maintenant quelque chose me hérisse les poils des bras.

Quelque chose cloche. Et je ne parle pas de ce qui s'est passé ce matin.

J'ouvre la porte du hall.

— Asher ! crie le coach. Qu'est-ce que tu fais ?

Je cours dans le couloir jusqu'au studio d'art, les petits cheveux sur ma nuque complètement dressés.

À travers la vitre de la porte, je vois une autre silhouette debout à l'intérieur avec Lotta. Un homme.

Il y a un homme avec ma compagne.

La partie logique de mon cerveau essaie de m'arrêter. C'est sûrement le principal. Ou le concierge. Ou un autre professeur. Ça pourrait être un autre élève. La partie illogique, en revanche, affirme que c'est mon père.

Un brouillard rouge couvre mon champ de vision.

Je sais que ce n'est pas vrai, mais mon loup a besoin de s'en assurer. Je dois éliminer tout ce qui menace ma compagne.

J'agrippe la poignée de la porte assez fort pour exploser la visserie, mais je parviens à me calmer avant de tirer. J'essaie de prendre une inspiration apaisante. Je ne devrais pas ouvrir cette porte. Lotta a besoin que notre relation reste secrète. À quoi ça ressemblerait si je déboulais et qu'elle était avec un collègue à elle ?

Mon loup n'en a rien à foutre. Il est frénétique. Il doit se mettre entre le corps de Carlotta et celui de l'autre homme à tout prix.

Je serre fort les paupières pour contrôler l'intense possessivité que je ressens. Je ne peux pas montrer ça ici. Je ne peux rien montrer du tout. Je ne peux mettre en péril le poste de Lotta.

Je tourne lentement la poignée, en silence. Lotta et son visiteur ne sont plus visibles de là où je me trouve, debout derrière les toiles du studio qu'elle s'est aménagé.

— Non, mais la question est : qu'est-ce que toi, tu vas faire pour moi ?

Il y a un sous-entendu sexuel évident dans la voix de l'homme qui me pousse presque à me transformer. J'ai envie de le mettre en pièces avec mes dents et regarder son sang se déverser sur les carreaux de lino.

Alors que je traverse la salle de classe en trombe, j'entends un bruit de claque.

— Bas les pattes, Andy.

Il n'y a aucune ambiguïté dans son ton.

C'est toute l'autorisation dont j'ai besoin pour tuer ce type. J'ignore comment, mais je parviens à ne pas renverser toutes les toiles qui m'empêchent de les voir. J'arrive au coin en n'ayant percuté qu'un seul chevalet.

Là, je découvre un enfoiré humain qui envahit l'espace personnel de Lotta, ses mains posées sur des hanches qui ne sont pas à lui, son visage souriant à quelques centimètres de la mine renfrognée de ma compagne.

— *Elle t'a dit, bas les pattes.*

Il y a un grognement inhumain dans ma voix.

— *Asher !*

L'expression paniquée sur les traits de Lotta ne s'enregistre pas assez vite dans mon cerveau pour me réfréner. Je ne sais pas ce qu'elle voulait dire, mais c'est trop tard. Plus rien ne peut m'arrêter.

Je soulève l'importun par la gorge, ramène mon bras en arrière, et le balance dans les airs. Mes côtes en train de se ressouder craquent, se brisant à nouveau à cause de l'effort.

J'ai oublié qu'il était humain. J'ai oublié de mesurer ma force.

Il traverse la vitre et son corps continue à voler sur cinq ou six mètres avant d'atterrir et de rouler dans l'herbe.

— Asher, non ! s'écrie Lotta, les yeux écarquillés d'horreur.

Son ton paniqué devrait me ralentir, mais au lieu de ça, mon loup est uniquement concentré sur le fait qu'elle est toujours en danger. Je passe à travers le verre brisé, me débarrasse à coups de pied des morceaux encore rattachés à l'encadrement, pour pouvoir sauter et l'achever.

— Asher !

Lotta saute sur mon dos, son avant-bras contre ma trachée comme si elle pouvait m'étrangler. Je sens à peine son poids. Je ne fais pas attention à ce qu'elle veut que je fasse.

Toute mon attention est focalisée sur l'humain qui se remet debout, apparemment toujours en état de marcher. Pas pour longtemps.

— Asher, non !

Elle me mord l'oreille.

J'écarte brusquement la tête, mais elle enfonce encore plus ses dents, perforant la peau. Le sang coule dans mon cou.

Je me demande vaguement ce qui est en train de se passer, mais je n'arrive pas à me concentrer.

Elle pose ses mains sur mes yeux, pour que je ne puisse plus voir.

Je marque une pause quand je comprends enfin qu'elle essaie de m'arrêter.

— Asher, il faut que tu arrêtes, immédiatement !

La réalité commence à se frayer un chemin au milieu du brouillard de rage. La réalité, et un soupçon d'appréhension.

Oh, putain. *Qu'est-ce que j'ai fait ?*

Ma respiration est haletante. Je recule d'un pas, puis d'un autre.

Lotta retire ses mains de mes paupières, et je me retrouve devant les dégâts que j'ai causés.

— Merde.

— Tout va bien.

Lotta a l'air d'essayer de se convaincre elle-même aussi.

— Il est encore en vie. Il n'a même pas l'air blessé. File. Je m'en occupe.

Je reste figé sur place. L'énormité de ce que j'ai fait me frappe comme une boule de bowling dans le ventre. J'ai attaqué un humain. J'ai brisé une des lois les plus importantes de la meute, qui vient juste après « Ne pas révéler notre existence aux humains ». Bordel, j'ai violé celle-là aussi. Parce que ce type vient d'avoir un aperçu de ma force surhumaine.

— Putain, Lotta. Je suis désolé. Je… je ne voulais pas faire ça.

Je contemple toujours le type qui titube dans l'herbe.

— Enfin, si, mais j'ai perdu le contrôle.

— Je sais. Il était en train de m'agresser. Tu n'as pas pu t'en empêcher. Mais tu ne peux pas leur dire que je suis ta compagne. Laisse-moi gérer ça. S'il te plaît.

Oh.

Oh, merde.

C'est là – le moment que je sentais venir. Je vais être banni comme mon père. Je suis devenu l'homme que je veux tuer.

Si je leur dis que Lotta est ma compagne, je pourrais bien être innocenté. Ils comprendraient qu'il n'y a rien de plus puissant que le besoin d'un loup mâle de protéger sa compagne destinée. Tout le monde le sait, qu'ils aient trouvé leur moitié ou pas.

Mais je ne ferai pas ça à Lotta. Même si ça me tue, elle a

besoin qu'on garde ça secret. Elle a besoin de ce travail, et je dois respecter ses souhaits. Surtout quand elle m'a clairement demandé de ne pas le raconter.

Ce n'est pas grave. Jamais je n'aurais été capable de suivre le droit chemin de toute façon. J'aurais pu essayer pour Lotta, mais c'est trop tard. Après ce que je lui ai fait subir, le mieux que je puisse faire pour elle, c'est de partir.

Elle n'a jamais voulu être coincée avec moi de toute façon. Elle a été claire depuis le début. Elle ne veut pas être un loup et elle ne veut pas d'un compagnon.

Je fais un autre pas en arrière.

Lotta nous dévisage tour à tour, l'homme dans l'herbe et moi.

Du sang coule de mes mains. J'ai dû attraper un bout de verre cassé sur la fenêtre quand j'ai essayé de sortir.

— Asher… *va-t'en*, siffle-t-elle. Pars d'ici. Tu ne feras qu'empirer les choses. Je vais arranger ça.

Je ne vois pas comment elle compte le faire, mais bon. Je suis résigné à ce qui m'attend.

Je n'ai jamais été destiné à avoir une fin heureuse. À avoir une compagne qui voudrait que je la revendique. Ses parents n'auraient jamais accepté notre union. Cette ville ne m'aurait jamais soutenu après ce que mon père a fait, et maintenant, je ne peux pas leur en vouloir.

— OK. Je me casse.

Un poids énorme entrave mes jambes quand je me retourne et que je m'éloigne d'un pas robotique.

CHAPITRE VINGT-ET-UN

Lotta

— OH, mon Dieu ! Mais tu es fait en caoutchouc !

J'essaie de prendre un ton enjoué, comme si je félicitais Andrew de s'être fait défenestrer.

Il n'est pas le couteau le plus affûté du tiroir. Et il n'a même pas l'air blessé. Alors je vais peut-être pouvoir arranger les choses.

Il le faut. Pour Asher.

— C'est quoi ce bordel ?

Andy vacille sur ses pieds.

— Sérieusement, tu as vu ça ?

Je me place devant la fenêtre brisée et fais les gros yeux comme si j'étais estomaquée.

— Tu viens de voler à travers une fenêtre en verre plat, et tu n'as pas une égratignure. C'est incroyable. Si j'avais filmé, on aurait fait le buzz.

Andy secoue la tête pour faire tomber le verre de ses cheveux.

Dans ma vision périphérique, je vois le coach Jamison intercepter Asher et l'escorter vers le parking.

Oh, merde. Il va sûrement le conduire tout droit chez le shérif. Ou chez l'Alpha Green. J'ai envie de lui courir après pour l'arrêter, mais désamorcer la « situation Andy » est plus important. Si je ne peux pas contenir ça, le destin d'Asher sera scellé, et la meute sera en danger.

Mais je peux encore arranger ça. S'il y a bien une chose que j'ai apprise ces quatre dernières années, c'est comment jouer dans le monde des humains. C'est quelque chose que la majorité des gens dans cette ville ne comprend pas.

Andy est pourri gâté. Ses parents sont riches. S'il prend la mouche à cause de ça, les conséquences pourraient être désastreuses. Mais il est aussi un idiot égocentrique. Alors si je peux faire en sorte qu'il se sente spécial au lieu d'offusqué, je pourrais éviter le cauchemar criminel et légal que ça pourrait devenir.

Après on pourrait gérer la punition de la meute.

J'ai bien moins d'influence dans ce domaine.

— Je ne sais pas si je dirais « sans une égratignure ».

Il se tapote un point de sang sur la joue. Il est clairement encore sonné et désorienté.

— Non, je te jure. Tu dois être la personne la plus chanceuse du monde. Un cascadeur n'aurait pas fait mieux. Tu as fait un tour complet en l'air, avant d'atterrir en roulade. Attends, je te rejoins.

Le principal Olsen et trois autres professeurs passent déjà la porte en courant vers lui. Il faut que j'arrive avant. Je récupère un chiffon pour la peinture et l'étends sur les bris de verre encore enchâssés dans la fenêtre, avant de sauter à travers comme si j'étais une doublure aussi.

Ce qui me fait penser qu'un métamorphe pourrait se faire de l'argent en se lançant dans la carrière de cascadeur.

— Waouh, vous avez vu ça ? m'exclamé-je d'un air tout

excité. Mon ami Andy est passé par cette fenêtre sans une égratignure. C'était épique !

Le principal et les professeurs sont tous des métamorphes loups. Ils comprennent la nécessité de conserver des relations pacifiques avec les humains. Ils entrent tout de suite dans mon jeu. Je vois leurs expressions de panique et d'inquiétude disparaître en un clin d'œil. Ils ralentissent le pas.

— Qu'est-ce qui s'est passé ? demande le principal Olsen en fourrant ses mains dans ses poches pour avoir l'air plus décontracté.

J'aide Andy à frotter ses vêtements pour les débarrasser des bouts de verre. Il y en a partout – des tout petits morceaux dans chaque pli du tissu.

— Eh bien, un de mes étudiants est entré et a entendu qu'Andrew ne comprenait pas quand on lui disait « non ». Alors il l'a soulevé et je ne sais pas du tout comment, il a fait passer Andy par la fenêtre. Mais tout va bien. Andy est indemne, merci, Seigneur.

— Merci Seigneur, répète madame Miller, la prof de chimie.

— Vous ne comprenez pas quand on vous dit « non » ? demande le principal en se servant de la sévérité de l'Autorité Alpha dans sa voix.

Même si Andy n'aura pas la même réaction biologique extrême que les métamorphes, il devrait se sentir intimidé.

Le visage de ce dernier, déjà rouge après l'altercation, s'empourpre encore plus. La honte n'existe pas quand on est un artiste plein aux as qui ne s'intéresse qu'à être admiré par les autres.

— Eh bien, je…

— Ça ne fait rien, le coupé-je.

La conversation se passe exactement comme je le souhaitais. C'est moi qui ai le pouvoir d'être magnanime, pas Andy. C'est moi qui ai été offensée, mais j'empêche qu'Andy se mette sur la défensive en caressant son ego dans le sens du poil.

— Je suis juste soulagée que personne ne soit blessé.

Je croise son regard et secoue la tête.

— Sérieusement, tu étais incroyable. Et tellement chanceux. Tu devrais vraiment jouer au loto aujourd'hui.

— Waouh, c'est incroyable, répète madame Miller.

Merci, Mon Dieu, elle a vite pris le train en marche.

— Tellement chanceux. Vous pratiquez des arts martiaux ?

Andy se rengorge un peu.

— Non. J'ai juste un corps naturellement athlétique.

Le principal Olsen se tourne vers moi.

— Vous ne voulez pas porter plainte ?

Andy pivote brusquement la tête.

— Non, pas du tout. Ce n'était pas grand-chose. Il n'y a pas mort d'homme. Pas vrai, Andy ?

Il cligne des yeux vers moi, puis vers le principal Olsen.

Je retiens mon souffle. *Pitié, faites que ça marche.*

Pitié, pitié, pitié.

— Oui. C'est cool. Je suis désolé.

Il secoue son tee-shirt de créateur pour vérifier qu'il n'y a plus de verre dedans.

— Non, moi aussi.

Je pose une main sur son coude et l'escorte vers le parking. Plus vite j'arriverais à lui faire quitter la ville, mieux ce serait.

Andy secoue la tête pendant qu'on parle.

— Comment… comment suis-je passé par la fenêtre ?

— C'était un accident bizarre, c'est tout. Carrément épique. J'aurais aimé que tu puisses te voir.

— Qu'est-ce qui est arrivé à ce gosse ? demande-t-il en regardant autour de lui. Je veux dire, où est l'étudiant qui m'a jeté ?

— Il était tellement embarrassé. Je l'ai envoyé à l'administration.

Je lève les yeux au ciel.

— Ces footballeurs qui n'ont rien dans la tête ne se rendent pas compte de leur force. Il ne voulait pas te faire mal. Moi, je savais que je ne risquais rien avec toi, mais il est entré au mauvais moment. Et ces idiots ont tous le complexe du chevalier blanc qui sauve la damoiselle en détresse.

Je donne une pichenette à un morceau de verre imaginaire sur son épaule.

— Mais tu vas bien, n'est-ce pas ?

Je vois bien que sa fierté est en conflit avec son côté gosse de riche qui a envie de jouer les victimes.

— Oui, répond-il finalement.

Mon pouls bat rapidement à mes poignets.

— Oui, moi aussi.

Je fais toujours semblant d'être la vraie victime. Je cogne mon épaule contre la sienne pendant qu'on marche.

— En revanche, ce n'est pas cool de demander des faveurs sexuelles en échange de me laisser venir à la galerie.

Je garde une voix légère, comme si on était les meilleurs amis qui avaient eu un petit désaccord, et qu'on pouvait en rire maintenant que c'était passé.

— Tu as du bol que ce ne soit pas moi qui t'aie jeté par la fenêtre.

Il ne prend pas très bien la remontrance. Je suis allée un peu trop loin.

— Non, mais je n'étais pas… balbutie-t-il.

— Je plaisante.

Je percute doucement son épaule à nouveau.

— Tout va bien. Je sais que tu n'étais pas sérieux.

On arrive à côté de sa Mustang noire et rutilante, celle que j'imagine être une voiture de location.

— Mais qu'est-ce qui se passe avec la galerie, du coup ?

Il secoue la tête.

— Je ne pense pas que ce soit un établissement qui te convienne.

Enfoiré. Je ne suis pas surprise. Je ne devrais pas être déçue. Je savais qu'il réagirait ainsi étant donné ce qui vient de se passer, et malgré tout, j'ai l'impression de me prendre une flèche en plein cœur. Comme un affront envers mon art. Je redresse les épaules.

— D'accord. Eh bien, j'espère que cela fonctionnera pour toi.

Il balaie lentement le parking du regard, comme s'il venait de reprendre ses esprits et qu'il se demandait ce qu'il faisait là. Sa lèvre se retrousse dans une grimace familière.

— Oui. J'espère que ce truc d'enseignant va marcher pour toi.

Il parvient à infuser une quantité affolante de pitié et de désapprobation dans une seule phrase.

Il y a quelques semaines, cette pitié et cette désapprobation m'auraient blessée parce que c'était ce que j'éprouvais pour moi-même.

Mais maintenant, je n'en ai vraiment rien à carrer. J'ai été trop centrée sur moi et sur ma carrière pour voir ce qui est important. C'est l'amour, le plus important.

Et j'aime Asher.

Je ferai n'importe quoi pour qu'il ne soit pas expulsé de l'école ni banni de la meute.

* * *

ASHER

— MONTE.

Le coach Jamison m'attrape et me soulève pour me mettre dans son pick-up.

— Coach…

— *Monte, Asher.*

Sa voix est dure. Furieuse. Mais son odeur contient aussi une trace de stress. Il a peur pour moi.

Je monte dans la cabine du pick-up et me passe une main sur le visage.

— C'est mort pour moi, hein ?

— Je ne sais pas.

Il enclenche la marche arrière et sort de son emplacement. Tous les joueurs – l'équipe fanion et les jeunes – sont à la grille et nous regardent partir. Une fois sorti du parking, il accélère.

— Je te fais sortir de l'enceinte du lycée avant que quelqu'un ne prenne cette décision. Je veux que tu bénéficies d'un procès juste avec le conseil avant que quoi que ce soit ne soit décidé.

Mon estomac est rempli de pierres.

— Merci, coach, marmonné-je. Mais ça ne fait rien. Je n'aurais jamais réussi à rien ici de toute façon.

— Bon sang, Asher. J'aimerais vraiment que tu te sortes la tête du cul deux minutes et que tu arrêtes de te battre contre cette meute.

Je me prends la tête entre les mains. J'ai l'impression de tomber d'une falaise en chute libre. Évidemment, le coach a raison. Pendant tout ce temps, j'ai joué le rôle du rebelle, en ayant l'impression que Lotta et la meute avaient sali mon père. Ça a défini toute ma personnalité.

Ou alors, ça l'a solidifiée. En fait, c'est mon père qui a fait de moi un rebelle. Je me suis rebellé contre sa tyrannie comme je pouvais en grandissant. Mais quand il est parti, j'ai réussi à faire de lui quelqu'un de bien meilleur qu'il ne l'était en réalité. Il m'a manqué une figure paternelle dans cette période cruciale que sont la puberté et la première métamorphose, alors je l'ai glorifié, et diabolisé la meute.

À présent, je sais qu'il était un raté qui a mérité tout ce qui lui est arrivé. Tout à coup, je me rappelle quel enfoiré il était. Qu'il nous cognait, ma mère et moi. Nous humiliait. Nous harcelait.

— Est-ce que tu t'es déjà dit que les membres de la meute te traitaient comme un voyou parce que tu agis comme tel ? Tout ce que tu as à faire, c'est te proposer pour être un leader. Au lieu de te battre contre, tu pourrais te battre *pour* quelque chose. Pour toi-même.

Les mots du coach sont trop profonds pour que j'arrive à les encaisser, mais je ferme les yeux et je les laisse me pénétrer. Je sais qu'il tient à moi, et ça signifie davantage pour moi que je me suis autorisé à le ressentir auparavant.

En fait, brusquement, je *ressens tout*.

Beaucoup trop.

De la honte pour mon comportement. Pour avoir abandonné Lotta ce matin. D'avoir été un véritable connard avec elle alors que c'était elle qui me protégeait. Du regret pour ne pas avoir remarqué que j'ai eu une incroyable figure paternelle ces quatre dernières années – un coach qui prend soin de moi comme si j'étais son propre fils. De l'amertume envers mon père pour avoir attaqué ma compagne et avoir été un père et un mari merdique.

On gravit la colline à toute vitesse, en direction du centre-ville.

— Tu veux m'expliquer ce qui s'est passé ? demande le coach.

C'est vrai.

Le dernier incident en date. L'humain que je viens de balancer à travers une vitre en verre plat.

— Il était…

Je prends une profonde inspiration en essayant de me

souvenir. Tout était plongé dans un brouillard rouge à ce moment-là.

— Il la touchait. Elle lui a dit d'arrêter. Je…

Je suis obligé de m'arrêter et d'inspirer par le nez pour calmer la brume écarlate devant mes yeux.

— Tu l'as aidé à arrêter, termine le coach.

Je hoche légèrement la tête. Je suis concentré sur la route devant moi, mais je ne vois rien du tout.

— D'accord. Appelle ta mère. Explique-lui ce qui s'est passé, pour qu'elle ne soit pas surprise de l'entendre de quelqu'un d'autre.

— Oui, monsieur.

Mes mains bougent de façon mécanique alors que je sors mon portable et que je compose le numéro de maman.

Quand je lui raconte ce qui s'est passé, sa peur me parvient depuis l'autre bout du fil comme un cocon glacial.

— Non, Asher, chuchote-t-elle.

— Ça va aller, maman. Je vais m'en sortir quoiqu'il arrive.

— Non… je sais que non. Tu…

— Ne pleure pas, maman. Tout ira bien, je t'aime.

J'ai la gorge nouée, mais seulement parce que j'ai déçu ma mère. Elle ne mérite pas la honte que je vais attirer sur elle avec tout ça. Une répétition de celle que mon père a jetée sur notre famille. Je mets fin à l'appel avant qu'elle ne puisse répondre, parce qu'il n'y a rien d'autre à dire.

Le coach Jamison s'arrête devant sa maison et éteint son moteur.

— Viens. Entrons.

Je saute du pick-up.

— Est-ce que je me cache ?

Il pousse un soupir exagéré en marchant jusqu'à la porte.

— Pas exactement. Tu es sous ma garde. Je préfère être celui qui conserve un œil sur toi, plutôt que le shérif te mette la main dessus. Ou l'Alpha Green.

L'Alpha Green.

Je ne m'attends pas à ce qu'il ait pitié de moi. Il a banni son propre fils pour avoir vendu de la marijuana quand il avait mon âge. Et ce n'est pas comme si je n'avais pas été prévenu.

Le coach ouvre la porte et me fait entrer. Même si mes amis et moi sommes proches de lui, il ne nous a jamais invités chez lui. Il tient à cette frontière de respect et d'autorité. J'examine la petite maison propre.

Elle est meublée simplement avec des lignes claires et des pièces de mobilier moderne. Il y a un grand écran de télévision sur un mur. Un tapis vert pomme devant un canapé en cuir gris.

— Va te nettoyer.

Le coach désigne le couloir.

— Oui, monsieur.

Je fais ce qu'il m'a dit, rinçant le sang sur mes mains et mon oreille. Je me secoue pour faire tomber des morceaux de verre de mes cheveux et de mes vêtements sur le carrelage blanc du coach.

Quand je sors, je le trouve debout dans la cuisine, en train de terminer un appel téléphonique.

— Alors ? demandé-je.

— Conseil métamorphe. Ce soir.

— Est-ce que toute la meute peut venir ?

Je connais déjà la réponse, mais je pense à ma mère. Elle voudra être là.

— Non.

Ça signifie que le coach ne sera pas là non plus. Je n'aurai personne dans mon camp quand je me lèverai pour parler en mon nom. Et parler avec des figures d'autorité n'a jamais été un de mes talents. Je suis complètement foutu.

C'est définitivement la fin de l'histoire à Wolf Ridge pour moi.

* * *

Lotta

— Je suis désolé, Carlotta, mais ce n'est plus de mon ressort. L'Alpha Green a convoqué une réunion du conseil.

Je fixe le principal Olsen, mon cœur cognant contre mes côtes comme un oiseau en cage.

Je viens de passer deux heures à expliquer au principal et au shérif ce qui s'est exactement passé. J'ai travaillé avec Zory, le concierge, pour couvrir ma fenêtre avec du contre-plaqué. Le principal Olsen a pris la décision de ne pas appeler le conseil scolaire, il essaie de s'organiser pour que certains membres de la meute réparent la majorité des dégâts.

Ce qui n'aide pas le cas d'Asher le moins du monde.

Une réunion du conseil, c'est du sérieux.

— Je ne vois pas en quoi c'est nécessaire. C'était un incident à l'école, et on a géré la situation.

Je me frotte le nez pour qu'il cesse de me brûler.

— Je sais que vous compatissez avec Asher, mais il a un passé d'instabilité non maîtrisée. Même si ses intentions étaient honorables, il a fait preuve d'une grossière erreur de jugement aujourd'hui. Je déteste avoir à dire ça, mais il représente un handicap pour la meute. C'est pour cette raison que j'ai informé l'Alpha Green quand il a cassé le poignet d'Eric Dalmonella, et que je l'ai appelé aujourd'hui. Vous savez aussi bien que moi à quel point les choses auraient pu mal tourner cet après-midi. Sans votre manipulation de l'humain, on aurait risqué une plainte pour violences ou un procès.

— Je sais. Mais ça n'est pas arrivé.

— Où est Asher à présent ?

J'ai besoin de voir mon compagnon. J'en ai besoin avec un

désespoir qui me rend fiévreuse. Et pas pour le sexe, cette fois. J'ai besoin de savoir qu'il va bien.

— Le coach Jamison l'isole jusqu'à la réunion.

Il consulte sa montre.

— Mais ça commence dans dix minutes, alors il doit être en chemin pour la grande salle de la meute.

Non. Je ne laisserai pas Asher endosser la responsabilité pour tout ça.

Surtout quand, tout ce qu'il a à faire, c'est avouer qu'il est mon compagnon, et que je lui ai demandé de se taire à ce sujet.

Je ne pense pas qu'il ira contre mes souhaits. Il est trop protecteur avec moi.

Eh bien, merde, je suis protectrice aussi.

Je vais m'incruster à cette réunion.

— Est-ce que vous et le coach Jamison assisterez à la réunion ?

— Non. Le conseil seulement.

Merde.

— Principal Olsen ?

— Oui ?

— Puis-je voir le dossier disciplinaire d'Asher ?

Mon employeur plisse les yeux en m'examinant. Je suis un professeur de ce lycée, et Asher est mon élève. Je crois avoir le droit de demander le dossier, mais je n'en suis pas sûre.

Il hausse les épaules, et ouvre un tiroir dans le placard derrière lui. Il me tend un dossier. Il est épais, avec des notes à la main et à l'ordinateur à propos du comportement d'Asher, remontant jusqu'à la maternelle.

— Faites-vous plaisir. Même si je ne vois pas quel bien ça peut faire.

— Merci, monsieur.

Je prends le dossier et cours à ma voiture, parcourant les

pages en chemin. J'ai une idée. Elle n'est pas encore complètement formée, mais j'espère que ça m'aidera.

* * *

ASHER

LE HAUT CONSEIL de Wolf Ridge est composé de l'alpha et de douze membres –, six femmes, six hommes. Tous, y compris la mère de Lotta, font partie de la royauté de la meute – les familles avec les meilleures lignées.

Le coach s'assoit avec moi devant la grande salle pour attendre.

La porte s'ouvre, et un des anciens de la meute hoche la tête pour me faire signe d'entrer. Il n'y a aucune trace de compassion sur son visage.

La grande salle de la meute est conçue comme une salle de tribunal avec une estrade surélevée construite en demi-cercle à l'avant de la pièce. L'Alpha Green est trône au milieu, flanqué par ses membres du conseil, sans ordre particulier. La décoration n'est pas opulente. Les métamorphes ne sont pas riches, d'une manière générale. On y trouve plus une ambiance style Far West. Comme si je risquais d'être attaché et pendu à l'aube, si c'est leur choix.

Mais le bannissement est la pire punition pour un métamorphe. Nous sommes des animaux de meute par nature. On s'appuie sur notre communauté. Une fois que vous êtes banni d'une meute, aucune autre ne vous accueillera. Même si ce n'est pas entièrement vrai, vu que Garrett Green, le fils banni de l'Alpha Green, a formé sa propre meute rebelle à Tucson, et qu'il est connu pour accueillir d'autres solitaires.

Je garde les yeux baissés en entrant et je prends la chaise esseulée placée devant la plateforme du conseil.

Le silence s'éternise, sans nul doute pour me pousser à me tortiller de malaise.

Mais je ne le fais pas.

Je suis résigné à mon destin.

— Asher, tu sais pourquoi tu es là.

La voix de l'Alpha Green est lourde de désapprobation.

— Qu'est-ce que tu as à dire pour ta défense ?

Je secoue la tête.

— Rien, Alpha.

— Excuse-moi.

Je n'aurais pas dû dire ça. Je voulais dire par là que je n'avais aucune excuse, mais vu les treize mines renfrognées devant moi, ils ont trouvé ma réponse irrespectueuse.

— Ce que je voulais dire, c'est que je l'ai fait. Je mérite la punition que vous jugerez appropriée.

Vu les murmures de désapprobation, ce n'était toujours pas la bonne réponse. J'imagine qu'ils voulaient que je rampe à leurs pieds ou quelque chose comme ça. Je ne sais pas. La diplomatie est un art que je n'ai jamais maîtrisé.

— Dans ce cas, tu peux y aller et attendre dans le couloir pendant qu'on discute de ta sanction, dit l'Alpha Green.

Je me lève au moment où la porte s'ouvre à la volée.

— Ce sont des débats à huis clos, proteste l'Alpha Green d'un ton sec.

L'odeur du jasmin et du miel me pousse à me retourner pour voir Lotta traverser la pièce à grands pas avec un dossier épais à la main. Ses yeux brillent de détermination.

Je dois prendre sur moi pour ne pas courir vers elle. J'ai besoin de la prendre dans mes bras. De tout étaler sur la table. Mes excuses. Mon cœur. Ce qu'elle signifie pour moi. Ce que je ferais pour elle.

Tuer.

Mourir.

Même partir, si c'est ce qu'elle veut.

— Je sais. C'est pour ça que je suis là. J'ai quelque chose à dire en rapport avec cette affaire.

— Débats à huis clos implique que tu n'as pas ton mot à dire, s'écrie sa mère, de toute évidence abasourdie par le comportement de sa fille.

— Si, vous allez m'écouter.

Je n'ai jamais entendu une telle force venant d'elle. Son loup est petit. Elle est discrète par nature. Elle ne projette habituellement pas autant de pouvoir.

— *Carlotta Ann.* Sors d'ici immédiatement.

— Qu'est-ce que c'est ? demande l'Alpha Green en faisant fi des protestations de sa mère.

Lotta lève le dossier dans sa main d'un air triomphant, comme si elle venait de déchiffrer les codes nazis.

— J'ai le dossier d'Asher. Une liste de toutes les mesures disciplinaires dont il a écopé.

Eh merde. La honte brûle en moi. Toutes les bagarres. Les exclusions. Les avertissements. Je n'ai jamais été un élève modèle.

Qu'est-ce qu'elle fait ?

Lotta fait claquer le dossier sur la table à côté de moi en me jetant un bref coup d'œil de conspiratrice qui me fait oublier la haine que je ressens pour moi-même alors que mon cœur prend feu.

Elle ouvre le dossier et prend une note sur le dessus.

— Ceci date du CE2.

Elle agite le morceau de papier avant de le lire.

— « Asher a suspendu John Blackmore par les chevilles et l'a secoué ».

Mon cœur sombre quand je me souviens de l'incident.

Lotta observe le conseil comme si elle venait d'annoncer une bonne nouvelle.

— Vous voulez savoir pourquoi ?

Quand personne ne répond, elle continue.

— Je vais vous dire pourquoi ! Il est écrit : « Quand on lui demande pourquoi, Asher explique qu'il essayait de faire tomber le crayon que John avait pris à son ami Sebastian ».

De toute évidence, toutes les personnes de la pièce, y compris moi, se dit *Et alors ?*

Elle sort un autre papier.

— En CM2, Asher a mis un coup de poing à Nolan Sykes. La raison ? Nolan a soulevé la jupe d'une camarade en classe. Cinquième : il s'est battu quand quelqu'un a embêté un humain. Quatrième…

— Je vais vous arrêter là, l'interrompt l'Alpha Green. Où voulez-vous en venir ?

Lotta n'est pas perturbé le moins du monde par la désapprobation du conseil.

— Là où je veux en venir…

Elle appuie un doigt sur le dossier.

— C'est que j'ai lu ce dossier cet après-midi. Il y a presque trente incidents de violence de la part d'Asher, et chaque fois, c'était pour défendre un camarade plus faible.

Elle pointe le dossier à nouveau.

— Chaque fois.

— Ce n'est pas une excuse… commence sa mère, mais Lotta ne l'écoute pas.

— C'est le comportement d'un *loup alpha*. C'est ce que fait un alpha. Et cet instinct chez Asher aurait dû être cultivé. Il aurait dû être encouragé et façonné en leadership par cette meute. Par *vous*.

Elle désigne l'Alpha Green à présent, et je crains qu'il nous bannisse tous les deux.

Mais il garde le silence. Comme s'il réfléchissait à ses paroles.

Elle fait les cent pas devant eux, comme un avocat dans une salle de tribunal.

— Asher a été élevé dans un foyer violent. Tout le monde

le sait ici. Il n'était pas en sécurité quand il était enfant. C'est la seule raison pour laquelle je suis venue vous trouver pour vous raconter ce que son père m'avait fait.

— Lotta, m'étranglé-je.

Elle croise mon regard, et je vois une tempête d'inquiétude et de regret dans ces magnifiques yeux bleus.

— Et j'ai demandé à ce que cette information soit tenue secrète parce que je voulais qu'il ait une chance de devenir quelque chose de différent, sans avoir ce poids au-dessus de sa tête.

J'ai un mouvement de recul.

Putain. Elle m'a protégé. Ma compagne forte, sublime et tellement courageuse. Je me hais de l'avoir détestée.

J'ai envie de me coller mon propre poing dans ma figure.

— Mais est-ce que quelqu'un est intervenu pour lui donner des conseils ou l'aider ?

Elle scrute la pièce avec un air accusateur.

Je suis estomaqué. Est-ce qu'ils sont vraiment en train de réfléchir à son plaidoyer ?

— Non. Vous lui avez juste collé une étiquette de voyou et avez supposé qu'il allait devenir comme son père.

Un moment de silence suit sa réprimande, puis Lotta agite la main vers le dossier une nouvelle fois.

— Vous avez ignoré le fait que ses instincts puisaient leur source dans la gentillesse et la compassion. Un entêtement à protéger les membres les plus faibles de sa meute. Des personnes dont il se soucie.

Je m'enfonce dans mon siège, pas sûr que mes jambes vont me soutenir.

Lotta – ma douce compagne – est en train de me défendre comme personne ne l'a jamais fait dans ma vie.

Elle recadre ma réalité, tout comme le coach l'a fait, et que je sois damné si je ne veux pas embrasser le potentiel qu'ils voient tous les deux en moi.

Elle hoche la tête.

— Asher Martin est protecteur avec moi. Je fais partie de sa meute. Il m'a défendue il y a quelques semaines quand un élève m'a manqué de respect, et il m'a défendue cet après-midi quand je me suis fait agresser. Il ignorait jusqu'à aujourd'hui ce que son père a essayé de me faire, mais je sais qu'il aurait essayé de me protéger à l'époque aussi.

Mon nez et mes yeux me piquent et je cligne fort des paupières, la tête baissée.

— Asher n'est pas un problème. C'est un héros. Et si ce conseil voulait bien reconnaître et mettre en valeur le potentiel des jeunes de la meute, au lieu de les blâmer, de les cataloguer et de les menacer de les exclure, alors ils seraient plus nombreux à avoir envie de rester.

Elle contracte les mâchoires et soutient le regard de sa mère. J'ai envie de taper dans mes mains et de l'acclamer.

Mais il n'y a pas d'applaudissements. Alpha Green reprend sa réunion en main.

— Merci. On en a assez entendu, dit-il à Lotta. Attendez dehors.

Il se tourne vers moi.

— Oui, Alpha.

Je me lève.

— Je sais que vous ferez ce qui est juste, lance Lotta à haute voix en marchant devant moi.

Dès que je referme la porte derrière nous, j'attire Lotta dans mes bras dans une étreinte silencieuse. Mon nez brûle et ma gorge est serrée.

— Lotta, murmuré-je d'une voix étranglée contre ses cheveux.

— Je t'aime, Asher, chuchote-t-elle en retour.

Je me recule juste assez pour prendre son visage entre mes mains, traçant la courbe de ses joues avec mes pouces.

— Je t'aime tellement. Je t'ai toujours aimée.

Ses yeux se remplissent de larmes.

— Tu sais quoi ?

Sa voix est étranglée par les sanglots.

— Et puis merde. Je vais leur expliquer clairement.

Elle pousse la porte du conseil et prend ma main pour me traîner derrière elle.

— J'ai dit d'attendre dehors ! Tonne l'alpha.

Lotta ne se laisse pas démonter.

— Une dernière chose. Asher est mon compagnon.

Elle lève nos mains jointes.

— Donc s'il part, je pars aussi. Je voulais juste que ce soit clair.

** * **

Lotta

J'appuie mon dos contre la porte, hilare. Asher me prend dans ses bras et m'embrasse partout sur le visage. Il pose les mains sur mes fesses et me soulève pour que j'enroule les jambes autour de sa taille pendant qu'il approfondit le baiser. On est en train de se peloter devant la porte de la réunion du conseil qui est en train de décider de notre avenir.

À tous les deux.

Parce qu'ils sont inextricablement liés pour toujours.

— Je veux que tu me marques, haleté-je en me frottant contre la bosse dans son jean.

— Oh, mais j'en ai bien l'intention, mon cœur.

Sa langue plonge dans ma bouche. Il passe sa bouche ouverte contre ma mâchoire.

— Je vais te marquer comme un dingue.

J'éclate de rire.

— Je vais te marquer avec mes dents…

Il me mord le cou.

— … et mon odeur…

Il glisse une main sous mon tee-shirt pour empoigner un de mes seins.

— … et ma semence.

Son sexe dur se presse entre mes jambes.

— Je vais te marquer avec mes doigts.

Qui passent sur ma culotte jusqu'à la raie de mes fesses.

— Lotta.

Il ralentit ses mouvements et soutient mon regard.

— Bébé, je suis vraiment désolé pour ce matin. J'ai honte de m'être transformé et d'être parti comme ça.

Je prends son visage entre mes mains.

— Non. Je comprends tout à fait. Tu étais choqué et bouleversé.

— Bébé, non.

Il pose son front contre le mien. On est liés à tellement d'endroits différents –, les hanches, la tête, mes mains, mais plus important encore… le cœur.

— C'est toi qui as une bonne raison et le droit d'être éner-vée. J'aurais dû être là pour toi. J'aurais dû… te tenir dans mes bras.

Il déglutit. Je sens la tension dans son corps.

— J'aurais dû m'excuser.

J'ai la sensation que les excuses, ce n'est pas quelque chose de facile pour Asher.

— Je sais déjà que tu es désolée, lui dis-je. Je ressens ta souffrance. Comme si elle était à moi.

Je glisse mes doigts dans ses boucles dorées. C'est une sensation incroyable d'être sur la même longueur d'onde qu'Asher après tous nos précédents actes manqués. On avait besoin de cette crise pour se trouver. Pour qu'on se rende compte de ce qui est important et de ce qui ne l'est pas.

— Pendant tout ce temps, je pensais que mon dilemme

était entre mon côté loup et mon côté artiste. Je croyais que je devais rester à l'écart de Wolf Ridge, ou que ça mettrait un frein à ma carrière. Aujourd'hui, tout ça me semble hors de propos. Ma louve voulait que je revienne ici pour toi. Mon côté artiste aussi. Tu es ma destinée. Asher. Mon futur. Mon éternité.

— Tu es mon tout.

Il m'embrasse, ses lèvres plaquées sur les miennes, sa langue se faufilant dans ma bouche.

Quelqu'un se racle la gorge de l'autre côté de la porte, et on se sépare, tous les deux hors d'haleine.

Je laisse échapper un rire étouffé tandis qu'Asher m'écarte de la porte et me pose par terre.

Quand il ouvre la porte, on découvre ma mère derrière.

— Revenez. Tous les deux.

Ses joues sont écarlates, mais je ne parviens pas à déchiffrer son agitation.

Asher me serre la main quand on pénètre dans la salle du conseil.

L'Alpha Green nous fait signe de nous avancer.

— Nous sommes parvenus à une décision.

Il laisse le silence s'installer avant de délivrer sa sentence.

— Carlotta, j'ai trouvé votre défense d'Asher inspirante, et je prends votre critique sur ma façon de gérer la meute à cœur. J'ai commis des erreurs en tant qu'alpha. Et vous avez raison, peut-être que si j'avais effectué les choses différemment, la population ne déclinerait pas autant à Wolf Ridge.

Je le soupçonne de faire référence au bannissement de son propre fils, alors qu'il n'avait que dix-huit ans.

— Asher, tu sembles avoir de bons instincts, comme l'a souligné Carlotta. Mais tu dois apprendre à te retenir. Tu mets en danger la meute chaque fois que tu agis de manière impulsive.

— Oui, Alpha.

Asher encaisse la réprimande comme un homme.

— Nous croyons que ta compagne destinée t'aidera à te tempérer. Même si nous comprenons que cette relation soit inappropriée étant donné que Carlotta est professeure au lycée de High Ridge ce semestre, nous t'ordonnons de la revendiquer sur-le-champ. C'est trop risqué quand un alpha se retient de marquer sa compagne.

Asher me jette un regard inquiet.

Je lui serre la main. Si je perds ce travail, tant pis. Mon avenir est avec Asher.

— Vous devrez tous les deux garder cette relation secrète devant les humains jusqu'à ce qu'Asher ait obtenu son diplôme.

— Donc… je peux garder le poste de professeur d'art ?

— Oui. Le lycée de Wolf Ridge a besoin de votre talent, déclare l'Alpha Green.

Si c'était ma mère qui avait dit ça, je ne l'aurais pas crue. Je serais partie du principe qu'elle disait juste ça pour que je reste ici. Mais vu que je venais de les accuser de ne pas reconnaître nos talents, je prends ces paroles comme un compliment. Ou une tentative de compliment, du moins.

— C'est tout. Vous pouvez partir tous les deux.

Je lève la tête vers Asher pour découvrir qu'il me regarde en souriant, ses fossettes bien en vue, l'air transfiguré. J'éclate de rire quand il me soulève dans ses bras et me porte en faisant des pas exagérés. Quand on sort du bâtiment, il me fait tournoyer, et me fait monter et descendre comme si j'étais sur un manège de fête foraine. Je pousse des cris de joie, mes bras serrés autour de son cou, le bonheur explosant dans ma poitrine.

— Allons-y, mon cœur. Tu as entendu l'alpha. Il me donne l'ordre de te revendiquer. Et ça va être exquis.

CHAPITRE VINGT-DEUX

Asher

Carlotta a de nouveau allumé les bougies. Je suis allé chercher de la nourriture chez le traiteur pour plus tard. Pour l'instant, je prends mon temps avec elle. Je l'ai attachée sur le lit, les bras et les jambes écartés, et j'embrasse chaque centimètre de sa peau pâle.

Elle tremble sous moi, en tirant sur les liens, frissonnant en réponse.

— Tu veux ma langue ici ?

Je mordille l'intérieur de sa cuisse, tout près de son sexe.

— Oui.

Elle se tend, pointant ses tétons dressés vers le plafond. J'en prends un dans ma main, passant le bout de mon pouce dessus tout en donnant un coup de langue à l'endroit où elle en a besoin.

— S'il te plaît, balbutie-t-elle.

— Tu prendras ton pied quand je l'aurai décidé, mon cœur.

Je lui rappelle qui a le pouvoir. Pas parce que j'en ai encore besoin, mais parce qu'elle mérite de lâcher prise. De ne pas s'inquiéter de quoi que ce soit. De se détendre et de recevoir.

Je n'oublierai jamais ce qu'elle a fait pour moi ce soir. Personne n'a jamais pris mon parti de cette façon, que je sois damné si je ne veux pas être le mâle qu'elle pense que je suis. Un leader. Son protecteur. L'alpha d'une meute.

— Ce petit corps m'appartient, maintenant.

J'effleure du pouce le contour de son intimité avec légèreté.

Elle remonte le bassin pour en avoir plus.

— C'est moi qui ai le droit de te donner du plaisir. Personne d'autre.

Je me rappelle soudain les événements de l'après-midi. J'ai l'impression que c'était il y a une éternité.

— Qui était ce connard de tout à l'heure, d'ailleurs ?

Je ne peux retenir le grondement de jalousie dans ma voix.

— Un de mes colocataires lorsque j'habitais à Chicago. Je m'en servais pour le sexe parfois, parce que j'en avais besoin, et que c'était pratique, mais on n'a jamais été amis. C'est un connard.

— Il est venu ici pour le sexe ?

J'essaie de contenir un rugissement de colère.

— Tu m'as protégée, m'apaise Lotta.

Ça fonctionne. Mon loup se calme, et la logique revient dans mon cerveau.

— Tu aurais pu te protéger toute seule, évidemment. Je suis désolé d'avoir perdu le contrôle comme ça.

— Non, ce n'était pas ta faute. L'alpha a raison. C'était parce que tu ne m'as pas marquée. Et à cause de ce que tu as appris ce matin.

Ah, oui. Ça.

— Je ne veux pas que ça interfère avec notre nuit. Mais demain, tu vas me raconter ce qui s'est passé. Tout ce qui s'est passé.

— Bien sûr, oui.

Je lève la tête pour croiser son regard.

— Tu es vraiment à moi ? Tu veux que je te marque ?

— Oui, Asher. Quand j'ai cru que tu allais être banni, je me suis rendu compte que je ne le supporterais pas. Je ne peux pas être séparée de toi. Tu es tout ce qui compte.

Je secoue la tête.

— Faux. Tes espoirs et tes rêves comptent aussi. Ton art. Tu voulais partir de Wolf Ridge. On peut le faire. J'irai avec toi. Où que tu ailles.

Elle écarte les lèvres, mais aucun mot n'en sort.

— La coach a dit que j'avais peut-être une chance d'être admis à l'université de Los Angeles. Est-ce que la scène artistique serait plus développée là-bas ?

Ses yeux brillent.

— Oui. Oui, ce serait incroyable.

— Alors on va faire en sorte que ça se produise.

Je faufile mes mains sous ses fesses et la soulève pour plaquer ma bouche contre son entrejambe. Je la lèche, écartant sa chair douce, traçant l'intérieur de ses lèvres. Je me concentre alors sur son petit bourgeon et l'aspire.

Elle jouit aussitôt, tirant sur les cordes dont je me suis servi pour l'attacher.

— À l'intérieur. S'il te plaît. J'ai besoin de te sentir en moi.

Je fais claquer ma langue.

— Je n'ai pas dit que tu pouvais prendre ton pied, ma belle. Je crois qu'une petite punition s'impose.

— Oh, bon sang, gémit-elle. S'il te plaît, Asher. J'ai tellement envie de toi.

Je glousse, ses mots faisant pulser tout mon être de chaleur et de plaisir.

— Pas encore, ma beauté. Tu vas prendre ma queue dans ton cul magnifique, mes doigts dans ta chatte toute douce, et mes dents dans cette épaule délectable.

Elle donne encore plus de coups de reins, pendant qu'un autre petit orgasme la traverse.

— Ce corps a été conçu exprès pour moi, pas vrai ?

Je m'occupe de détacher ses poignets.

— Hmm ?

— Tu es à moi aussi, Asher, murmure Lotta.

Ses traits affichent une sorte d'émerveillement, comme si elle venait seulement de le comprendre.

— Oui, c'est vrai, acquiescé-je en libérant ses chevilles. Je suis ton guerrier. Je partirais à la guerre en ton nom. J'anéantirais tous ceux qui se mettent en travers de ton chemin.

Lotta s'esclaffe.

— Je n'ai aucun doute là-dessus. Même quand tu me détestais, je savais que tu ferais n'importe quoi pour moi.

Mon sourire disparaît quand je me souviens de toute la haine que j'ai dirigée contre elle. Je me force à déglutir.

— Je suis désolé pour ça.

— Non, non. J'ai compris ce matin que nous avions besoin que les choses se passent comme elles se sont passées. Tu avais besoin de croire que je t'avais causé du tort parce que ça t'a rendu fort et dur. Ça a fait de toi le guerrier que tu es. Et j'avais besoin de fuir la personne que j'étais et de confiner ma louve pour qu'elle sorte à travers ma peinture et qu'elle me montre mon avenir. Avec toi.

Comme ses mains sont libres, Lotta les tend vers mon visage pour le prendre en coupe.

— Tu es mon avenir, Asher. Tu ne le vois pas ? Il n'y a eu aucune erreur. Tout nous a menés à ce moment. À ce moment précis. À ceux que nous sommes devenus, séparés et ensemble. On devait tous les deux en passer par ces épreuves pour en arriver là.

J'écrase ma bouche contre la sienne dans un baiser brutal et passionné. Au diable le sexe lent que j'avais concocté pour nous.

Le besoin de la revendiquer, de nous consumer et ce moment, tout ça est trop puissant.

Avant que je ne comprenne ce que je suis en train de faire, je l'ai repoussée sur le dos, ma main derrière sa tête, ma langue explorant sa bouche.

J'écarte ses genoux et la pénètre d'un seul coup de reins brutal.

— Oh, Seigneur, oui.

Elle renverse sa tête en arrière et bascule son bassin vers l'avant pour me prendre plus profondément.

Je ne mets pas un terme au baiser. C'est comme si j'essayais d'exprimer la profondeur de ma passion pour elle avec chaque mouvement de mes lèvres. Chaque coup de langue. Je la veux plus que je n'ai jamais rien voulu d'autre dans ma vie. J'ai besoin de la consumer. De l'épouser. De la marquer et de m'accoupler avec elle.

Le lit cogne dans le mur avec la force de mes poussées. Le matelas s'enfonce et rebondit.

J'agrippe la tête de lit d'une main et la pilonne comme si nos vies en dépendaient.

— Oui, oui ! crie Lotta.

— Oui.

Je ne reconnais pas ma propre voix tellement elle est grave et gutturale.

Il y a un moment où on est transcendés. Je jurerais qu'on plonge dans un espace sans lieu ni temps, où tout est permanent et infini, et où on revit chaque fragment de toutes les vies et toutes les dimensions dans lesquelles on a été compagnons.

Un bourdonnement emplit mes oreilles. Comme le rugissement de l'eau ou du vent. Je crie, mais n'entends pas ma voix à cause du bruit.

Tout ce que je sais, c'est que je vais jouir.

Lotta a déjà commencé.

Le moment s'étire et enfle. Il se cristallise.

Le sérum recouvre mes dents avant qu'elles ne s'enfoncent dans son épaule, y infusant à tout jamais mon odeur.

On jouit tous les deux à nouveau. Quand je finis par relâcher son épaule et commence à lécher les entailles pour qu'elles se referment, je murmure :

— Je t'aime, Lotta James.

— Je t'aime, Asher Martin. Pour toujours et à jamais.

* * *

Lotta

— Qu'est-ce qui s'est passé, là ? demandé-je dans la douche le lendemain matin, mes doigts retraçant les marques boursouflées d'une blessure récente.

Je me suis à nouveau réveillée dans les bras d'Asher – un véritable paradis, si les métamorphes croyaient au paradis. On a fait l'amour dans les draps chauds et je lui ai raconté ce qui s'était passé avec son père. Ça l'a tué, mais il est resté présent. Il m'a serrée dans ses bras. M'a écoutée. A pleuré.

Je lui ai promis que je n'étais pas traumatisée. Que mon seul traumatisme avait été de lui avoir fait du mal.

Puis il m'a portée jusqu'ici, dans la douche, où on a refait l'amour. Si ma vie allait être ainsi à partir de maintenant, j'adore.

— Quoi ?

Asher baisse la tête vers son torse et se passe une main sur les blessures en train de guérir.

Comment se fait-il que je ne les aie pas remarquées cette nuit ? J'étais trop subjuguée pour me rendre compte que mon compagnon était blessé.

— Oh. J'ai été renversé par une voiture hier.

— Asher !

— Non, c'était une bonne chose. J'avais complètement pété les plombs, et je courais comme un dératé au beau milieu du territoire ours. Quand je me suis fait percuter sur l'autoroute, ça m'a remis les idées en place. C'est là que je me suis rendu compte que j'avais merdé en t'abandonnant.

La partie de moi qui pensait que je devais me battre pour avancer dans la vie et tout faire tout seul se détend un peu plus. Je suis encore en train de m'habituer à l'idée que je ne serai plus jamais seul. Que quelqu'un sera toujours là pour couvrir mes arrières.

— Je t'aime.

Je ne le répéterai jamais assez. Dès que les mots sortent de ma bouche ou qu'ils se déversent dans mes oreilles, une nouvelle mèche s'allume en moi. Les flammes se renforcent. Elles brillent plus fort.

Asher m'offre son sourire tout en fossettes qui me fait trembler les genoux alors qu'il passe un bras dans mon dos pour soulever contre lui.

— Dis-le encore.

— Je t'aime.

— Encore.

— Je t'aime.

Son baiser est doux et généreux.

— Je veux retourner le monde entier pour toi.

Les ailes autour de mon cœur battent plus fort.

Il éteint l'eau et ouvre le rideau de douche.

— Et ça commence par t'emmener au boulot à l'heure.

Il prend une serviette sur le portant et m'enroule dedans.

— Et même si je vais détester faire semblant en cours, j'ai hâte que tous les métamorphes de Wolf Ridge sachent que tu es à moi.

J'éclate de rire.

— Tu es fou.

— Oui. Fou de toi.

* * *

ASHER

IL Y A PAQUET de murmures à mon propos quand j'arrive au lycée. C'est logique, parce que je suis sûr que toute la ville a appris que j'ai balancé un type par la fenêtre du studio d'art.

J'ai dû me faufiler encore hors de chez Carlotta aux petites heures du jour et venir à l'école de mon côté à moto, ce que j'ai détesté, mais ça ne diminue en rien ma fierté. J'ai marqué ma compagne. Lotta m'appartient aux yeux de la meute. Tous les métamorphes vont savoir qu'elle a été revendiquée.

Bien sûr, personne ne sentira dans mon odeur que quelque chose a changé.

Peut-être qu'ils s'en rendront compte grâce à ma démarche assurée. À mon sourire. Au soulèvement de mon sternum et à la dilatation de ma poitrine.

Ma meute à moi – Abe, JJ, Markley et Seb – m'entoure de tous les côtés, me coinçant devant mon casier.

— C'est quoi ce bordel, mec ?

Abe me donne une bourrade amicale.

— J'ai carrément fait exploser ton portable hier soir. Tu ne pouvais pas m'envoyer un message pour me faire savoir que tu faisais toujours partie de cette putain de meute ?

— Oui, frérot, renchérit Seb. Trou du cul. On est même allés voir ta mère hier soir, et elle ne savait rien du tout.

C'est vrai. Ma pauvre maman. Je l'ai appelée après la réunion du conseil pour lui apprendre la nouvelle, alors elle n'a pas souffert toute la nuit comme mes amis.

— Tu ne te pointes ni en cours ni à l'entraînement et après ça tu arrives et tu balances un type par la fenêtre hier. Qu'est-ce qui se passe avec toi ? demande JJ.

Je souris.

— Oui, désolé, j'étais un peu, euh, occupé.

— Occupé à faire quoi ? s'enquiert Abe.

— À marquer ma compagne.

Un lent sourire s'étire sur le visage d'Abe.

— Sans déconner.

— *Quelle compagne ?* s'agace JJ.

De toute évidence, Abe a gardé mon secret, même après ce qui s'est passé hier.

— Carlotta James.

Abe ne peut plus se retenir. Il me tend même le poing pour que je le cogne avec le mien.

— Lotta la Bomba, dit Markley.

— Appelle-la comme ça encore une fois et je t'arrache la langue.

Mais je suis trop heureux pour donner l'impression que je suis sérieux.

La jalousie et la possessivité maladives ont été apaisées par l'assurance qu'elle est à moi à présent.

— Quoi, c'est vrai. Tu as de la chance, mec. Trop de chance. Tu as trouvé ta compagne destinée. Vous l'avez trouvée tous les deux. Alors qu'on est encore au lycée. Quelle était la probabilité que ça se produise ?

— Une chance sur un million.

Abe repère sa sublime compagne qui marche dans le

couloir, et son sourire devient aussi arrogant que le mien. Il frappe mon poing avec le sien encore une fois.

— Je dois y aller. Félicitations.

— Donc tu n'es ni banni ni suspendu ? demande JJ quand Abe est parti.

— Non. On m'a juste ordonné de la marquer et de le cacher aux humains.

— T'as trop de bol.

— Mais carrément. Une chance de bâtard.

Markley a l'air jaloux. On nous apprend très tôt que trouver sa compagne destinée ne nous arrivera pas. Mais peut-être que ce n'est que de la propagande de meute pour rester à Wolf Ridge, et ne pas aller la chercher ailleurs.

Eric Damonella passe devant nous, toujours affublé du plâtre qui ne lui sert à rien, à cause de moi. Il me jette un bref regard nerveux.

— Salut, mec, lancé-je.

Je ne vois plus d'inconvénient à me montrer bienveillant depuis que Lotta est à moi.

Il s'arrête, le soulagement visible dans la ligne de ses épaules.

— Salut.

— Je ne vais pas m'excuser parce que je ne suis pas désolé, mais on est cool. Tant que tu ne regardes plus ma compagne et que tu ne lui parles plus jamais.

Ses yeux manquent de sortir de leurs orbites.

— Ta compagne ?

Je hoche la tête, un sentiment de satisfaction faisant des ricochets dans ma poitrine.

— Tu as bien entendu. Assure-toi que tout le monde le sache. Le premier qui lui manque de respect, il meurt.

Il recule d'un pas.

— T'inquiète, Asher. Pas de problème.

Je prends mes affaires pour le cours de première heure,

puis le monde ralentit autour de moi. Une musique sensuelle démarre dans ma tête, et je me fige pour contempler ma compagne sublime qui traverse le couloir en rejetant ses cheveux d'un noir de jais sur son épaule, avant de m'adresser un regard secret.

Pu-tain.

Ma vie ne pourrait pas être plus belle.

CHAPITRE VINGT-TROIS

Lotta

ASHER ME LANCE un sourire en coin depuis sa place habituelle au fond de la classe.

Mon cœur cogne d'excitation chaque fois qu'il entre. Je peux sentir la décharge d'amour qu'il m'envoie. Son attention reste rivée sur mon visage, ou sur mon corps pendant tout le cours, même quand il est censé travailler. À présent, il écoute quand j'explique la leçon –, il boit chacune de mes paroles. Il ne laisse personne parler en même temps que moi ou mal me répondre.

Je lui ai fait recoller le pendentif sur son autoportrait, et je l'ai installé contre la fenêtre à côté de mon bureau, pour pouvoir le regarder toute la journée.

On s'amuse à se retrouver discrètement dans le lycée. Asher m'a prise à quatre pattes sur ce bureau. Il m'a revendiquée dans le placard à fournitures. On est retournés dans les toilettes du personnel plusieurs fois. Là, il m'offre un petit sourire, qui sous-entend toutes les choses cochonnes qu'il va me faire plus tard.

Ce soir, je vais lui montrer tout ce qu'il signifie, pas juste pour moi, mais pour tous les membres de cette meute.

Je termine mon cours et leur donne leurs devoirs pour le prochain projet.

— Des questions ? Non ? Très bien. Passez un bon week-end. On se voit lundi.

La cloche sonne et les étudiants commencent à sortir. Asher s'attarde.

— Tu avais une question à me poser, Asher ? demandé-je avec ma voix de prof sévère.

Je sais que ça le rend dur. Il ajuste son pantalon en se levant et en approchant de moi.

— J'ai quelque chose à vous montrer, mademoiselle James.

Il sort une enveloppe de son livre et la laisse tomber sur mon bureau. Elle est à mon nom, mais c'est son adresse sur l'enveloppe.

L'expéditeur est le Swan Hotel Corporation.

— Qu'est-ce que c'est ?

Je l'ouvre et en sors une lettre.

Chère madame James,

Félicitations ! Vous avez été choisie pour remporter le prestigieux Swan Art Award, et la place d'artiste résident. Comme vous le savez, pendant cette période de six mois, les dix œuvres que vous nous avez soumises seront exposées dans le hall de notre siège social à Los Angeles. En échange, vous recevrez un traitement de vingt-cinq mille dollars, un appartement entièrement meublé, et un studio pour continuer à créer.

Les détails se trouvent ci-joints. Pour accepter le prix, merci de remplir le formulaire et de nous le retourner le quinze novembre au plus tard.

Nous avons hâte de prendre les dispositions pour vous installer, vous et votre art, à l'automne prochain.

Bien cordialement,

Bea Daily

Directrice du programme Swan Art Award

MA MAIN TREMBLE.

— Qu'est-ce que c'est ? répété-je, abasourdie.

— J'ai inscrit tes œuvres à des concours. Lauren Sterling m'a mis en relation avec une propriétaire de galerie qui m'a indiqué que le meilleur moyen de te faire connaître, c'était de t'inscrire à ce genre de choses. Elle m'a donné une liste et j'ai envoyé des photos et des descriptions de ton travail un peu partout.

Les yeux se remplissent de larmes.

— Quoi ? Depuis quand ?

— Depuis la prairie. Quand on a compris que ton art était prophétique. Je savais que c'était important d'essayer de te soutenir là-dessus, d'autant plus que ta famille ne l'a jamais fait.

— Asher.

Je jette mes bras autour de lui et le serre fort.

— C'est incroyable. Je n'arrive pas à y croire.

Il sourit.

— Tu es heureuse.

— Tu avais des doutes ?

— J'ai appelé le coach de l'université de Los Angeles et je lui ai dit qu'ils faisaient partie de mes premiers choix. Je me suis dit que ça ne ferait pas de mal de leur faire savoir que j'étais intéressé. Certains joueurs font les difficiles pour qu'ils leur proposent plus. Je veux juste une place.

Il hausse les épaules.

— Je suis presque sûr qu'ils me trouveront de l'argent et une place.

— Incroyable !

— Oui. Notre futur loin d'ici est à portée de mains.

Je secoue la tête.

— Je me fiche de partir ou pas. Mais oui. Et Wolf Ridge sera toujours là si jamais on veut revenir.

— Oui. Bien. Ma mère va vouloir gâter nos louveteaux.

J'éclate de rire. Je remarque que mon instinct me dicte de protester à propos des louveteaux, vu que c'est ce que j'ai toujours fait avec ma mère, mais ensuite, ça se transforme en autre chose.

Oh.

J'ai vraiment envie d'avoir des petits. Je veux voir Asher devenir papa. Je veux créer une famille avec lui. Et oui, je pourrais avoir envie de revenir ici. Mais une fois qu'on aura conquis le monde.

Ensemble.

Toujours ensemble.

Avec Asher à mes côtés, je sais qu'on peut faire tout ce qu'on a décidé.

ÉPILOGUE

Asher

Je baisse la poignée de la tireuse et nous sers deux bières, à Lotta et moi. Il y a une fête sur la mesa, pour célébrer notre départ. Notre différence d'âge fait qu'il y a un mélange intéressant de convives. Ce sont surtout mes amis – les autres diplômés – mais aussi des copines de Lotta, comme Olive et Brianna.

Lotta et moi partons demain pour Los Angeles, pour sa résidence d'artiste.

Et le week-end dernier, c'était la remise des diplômes.

Je ne suis pas le genre de gars à s'être imaginé avec la toge et le chapeau et tous ces trucs.

Ce n'était pas un but pour moi. Sûrement parce que je n'étais pas concentré sur ce qui se passerait dans l'avenir.

Dorénavant, j'en ai un –, un avenir radieux – avec Lotta, ça me semble important.

Lotta était sur la scène aujourd'hui quand j'ai reçu mon diplôme et serré la main du principal Olsen et du coach

Jamison. Ma mère et madame Angelson étaient dans les gradins, en larmes.

Les parents de Lotta étaient présents aussi.

Il a fallu un peu de temps, mais ils se sont peu à peu habitués à moi. Et maintenant, ils sont à fond. Ma mère et moi on est invités à dîner un week-end sur deux. Je crois que la mère de Lotta espérait nous persuader de rester à Wolf Ridge. Elle veut des petits-enfants loups.

On lui a dit ses quatre vérités il y a deux semaines, parce qu'elle n'arrêtait pas de critiquer la résidence de Lotta. Je lui ai dit que son manque de soutien pour la carrière artistique de sa fille me décevait beaucoup et que j'espérais qu'elle ferait mieux pour ses petits-enfants quand ils viendraient.

Elle a compris. Elle a fondu en larmes et s'est excusée auprès de ma compagne. C'était assez émouvant, à vrai dire.

Je taille le bout de gras avec Seb au-dessus de la tireuse quand j'entends des exclamations s'élever de partout.

— Coach ! Coach !

Je me retourne, surpris.

Le coach ne fait jamais la fête avec nous. Il est très doué pour séparer les choses. Il n'est ni notre ami ni notre pote. C'est un ancien qui mérite un respect sans borne. Alors le fait de la voir ici est un véritable choc.

Évidemment, la première chose qui me passe par la tête, c'est que je dois avoir des ennuis.

Les habitudes ont la vie dure, j'imagine.

— Coach.

Je le rejoins et lui serre la main avant de lui proposer une bière.

Je suis encore plus choqué quand il accepte.

— Sans vouloir vous manquer de respect, coach, qu'est-ce que vous faites là ?

Il incline la tête en direction de Lotta.

— Ta compagne m'a demandé de passer et de dire quelques mots.

Je fixe Lotta, sans comprendre.

— Ah bon ?

Lotta vient se glisser près de moi et passe ses bras minces autour de ma taille.

— Viens là, beauté.

Je l'installe à côté de moi pour pouvoir la prendre par l'épaule.

— Qu'est-ce qui se passe ?

— J'ai demandé au coach Jamison de venir ce soir parce que je sais à quel point il a compté pour toi en tant que mentor. Et on va faire quelque chose.

— Faire quelque chose ? répété-je d'un air stupide.

— Ouaip.

Je distingue un secret joyeux dans l'expression de Lotta et j'ai l'impression d'être soulevé par un million de ballons d'hélium, me sentant de plus en plus léger, à tel point que je suis étonné de toucher encore le sol.

C'est tellement bon de la voir aussi détendue. Heureuse. Ce regard d'artiste torturée a été remplacé par une liberté d'esprit.

— Coach Jamison, vous pouvez attirer l'attention de tout le monde ?

Le coach met son pouce et son index dans sa bouche et siffle assez fort pour que tout le monde arrête de parler.

Lotta agite une main en l'air.

— Hé, tout le monde ! lance-t-elle.

Je la soulève par la taille et la porte jusqu'à un rocher pour lui donner la hauteur qui lui manque.

— Merci à tous d'être venus pour nous dire au revoir ce soir. Je voulais dire quelques mots avant qu'on parte.

Nos amis sourient et lèvent leurs gobelets.

— Quitter Wolf Ridge peut être difficile. Nous sommes

des animaux de meute. Notre survie est basée sur la communauté. Vous savez probablement que moins de vingt pour cent des diplômés partent, et qu'environ la moitié sont des humains. Quitter ma meute et mon espèce a été difficile pour moi. Ils ont essayé de m'en empêcher en retirant leur soutien financier alors quand je suis partie, ça ressemblait plus à une évasion de prison qu'à un départ à la fac.

Nos amis éclatent de rire.

— Je ne voulais pas que cela se passe ainsi pour Asher. Mais je ne m'attends pas à ce que ce soit le cas. D'une certaine façon, il est habitué à ne pas avoir de meute, ou à être du mauvais côté, depuis le bannissement de son père.

Je grimace en l'entendant évoquer ce sujet à haute voix, devant autant de monde. Mais il y a quelque chose de libérateur aussi. La honte que j'ai portée pendant toutes ces années s'envole sous les pins. Mes proches amis –, Abe, Markley, JJ, Seb – seront toujours mes amis. Ils l'ont toujours été. Et je me fiche des autres.

— C'est pour ça que je vous ai tous invités pour sa fête d'au revoir. Pour qu'il parte avec la bénédiction de la meute et pas sous le couvert de la nuit, comme je l'ai fait.

Je regarde autour de moi, parce que je ne comprends toujours pas. Mais c'est à ce moment-là que je vois JJ avancer avec une boîte à chaussures, et la tendre à tout le monde pour qu'ils mettent des enveloppes dedans.

— Oh, non, dis-je en craignant que ce soit une sorte de levée de fonds.

Ma fierté est piquée au vif.

— C'est quoi ça ?

— Des lettres.

Le coach sort une pile de lettres de sa poche arrière et commence à les examiner une par une.

— J'en ai une de l'alpha, une de ta mère, du facteur, de ta voisine d'à côté, et de certains de tes professeurs.

— Des lettres.

— Il y en a une de ma part aussi. Tu peux la garder pour plus tard, quand tu auras besoin d'un discours d'encouragement ou d'un coup de pied dans le cul de ton ancien coach.

JJ passe devant le coach qui dépose son tas dans la boîte.

Mes yeux commencent à me piquer. Je fais redescendre Lotta de son perchoir parce que j'ai besoin de la tenir dans mes bras pour ne pas craquer. Elle resserre ses jambes autour de ma taille et ses bras autour de mon cou.

— Ta compagne s'assure juste que tu saches à quel point tu es important ici. Tu comptes. La meute aurait dû mieux se comporter avec toi et Lotta lui donne une chance de rectifier la situation. Tu as une boîte remplie de lettres de gens qui tiennent à toi. Jeunes et vieux.

— Putain, marmonné-je en titubant en arrière.

— En effet, dit le coach sans me réprimander pour mon langage, cette fois.

Il prend la boîte des mains de JJ et me la tend avant de me donner une claque dans le dos.

— La prochaine fois que tu auras l'impression que le monde entier est contre toi, prends une lettre et lis-la. Cette meute t'appartient, et tu en fais partie. Même quand tu seras parti.

Lotta me serre fort, et je me rends compte qu'elle pleure.

Je la repose à terre et prends son magnifique visage dans mes mains.

— Tu vas bien ?

— Oui.

Elle laisse échapper un petit rire tremblant.

— C'est juste que ça me touche. Parce que c'est ce que je ne savais pas quand je suis partie la première fois. Je n'avais pas compris que j'avais toujours ma place quelque part, et que j'avais toujours du soutien, même si ça ne venait pas de mes parents, qui avaient la tête coincée dans le cul.

Je cligne des yeux rapidement pour sécher les larmes qui commencent à s'accumuler.

— Oui, je vois ça.

J'essuie ses larmes avec mon pouce, puis plaque mes lèvres contre les siennes pour l'embrasser doucement.

— Merci, mon ange. Ce que tu as fait est incroyable. Un cadeau que j'aurai avec moi pour le restant de mes jours.

— Je t'en prie.

— Mais le plus beau cadeau de tous, ce sera toujours toi.

Lotta cligne des yeux pour ravaler ses propres larmes.

— Non, toi, réplique-t-elle d'un air malicieux.

— Toi.

Elle se tortille pour m'échapper et part en courant.

— Toi ! crie-t-elle par-dessus son épaule.

Tous les membres de la meute savent parfaitement ce qu'elle veut déclencher. Les vêtements volent dans toutes les directions. Il y a des éclairs de fourrures – noires, marron, blanches, grises et tous les mélanges de couleurs possibles alors qu'on se métamorphose tous en loups et que les garçons pourchassent les filles. Et vice versa.

La pleine lune nous revendique tous dans un baptême de lumière argentée.

Je reste sur les talons de Lotta, la suivant, mais sans la dominer. Pas encore.

Pas avant d'avoir trouvé l'endroit parfait pour la jeter par terre et la prendre brutalement.

Et ensuite pour la serrer contre moi et la garder.

Mienne pour toujours.

LES LOUPS-GAROUS DE WALL STREET

GRAND MÉCHANT PATRON

Minuit
de Renee Rose et Lee Savino

Bienvenue à Wall Street, où les loups-garous vous dévoreront toute crue.

CHAPITRE Un

Madi

Harvard me court après. Yale m'a acceptée. Même ma fac d'origine, Princeton, dit qu'elle est prête à m'accueillir pour un Master. Mais poursuivre mes études supérieures alors que mon frère envisage d'abandonner les siennes serait déraisonnable, surtout quand les relations que je me suis faites à Princeton me permettent de trouver un boulot avec un salaire à six chiffres à Wall Street et de financer les études de mon frère.

La salle d'attente du bâtiment des ressources humaines de

MoonCo est pleine à craquer de jeunes professionnels à l'air compétent qui semblent prêts à me poignarder.

J'ai déjà passé une batterie de tests à l'écrit, y compris les mots croisés du *New York Times* d'aujourd'hui, que j'ai mis moins d'une minute à terminer, vu que je les avais déjà résolus dans le métro qui m'a conduite à Manhattan.

Je porte la tenue idéale pour le poste. J'ai sorti ma robe bleue préférée du fond de mon placard, et je l'ai rendue encore plus chic en l'associant à un blazer, choisi quand j'ai reçu cette proposition d'entretien douze heures après la lettre refusant une bourse d'études à mon frère.

Lorsque mon nom est appelé, je lisse ma veste et me tiens bien droite, prête à assurer. Les escarpins que je porte me font un mal de chien, même si aux yeux des autres prétendants au poste, je suis aussi à l'aise que sur un podium. Une assistante, sans doute éduquée à Harvard, me guide jusqu'à la salle d'entretien de MoonCo.

— Madison Evans, c'est ça ? Je suis Geneviève Small, vice-présidente des ressources humaines.

— Enchantée de vous rencontrer, Mme Small, dis-je en pénétrant dans la salle de réunion.

Je lui donne une poignée de main ni trop ferme, ni trop molle, et je m'assois. Bosser à Wall Street n'a jamais été mon rêve. Plutôt un anti-rêve. Alors je parviens à traverser la pièce avec assurance et professionnalisme, et sans une once du trac que les autres candidats tentent de dissimuler.

— Vous venez d'obtenir un diplôme à Princeton avec les honneurs, dit Geneviève en consultant le dossier que lui a donné son assistante.

— Oui.

Je n'en dis pas plus. Ça fait partie de mon jeu de pouvoir. Je répondrai aux questions, mais je ne chercherai pas à me vendre à tout prix.

— Vous avez fréquenté Landhower.

Elle fait référence à mon lycée privé pour gosses de riches. Celui que j'ai seulement pu me permettre grâce à un *donateur anonyme* - sans doute mon père anonyme.

— Moi aussi, je suis passée par ce lycée.

Je le savais déjà, car j'ai bien fait mes devoirs, mais cela m'aidera sûrement à décrocher le poste. C'est comme ça que les riches fonctionnent. Elle me prend pour l'une des leurs : la fine fleur de Manhattan. Elle ne sait pas que tous les gamins et presque tous les professeurs de Landhower me snobaient parce qu'ils savaient que je n'y étais pas à ma place. J'ai beau avoir l'intelligence qu'il faut, je n'ai jamais eu le bon pedigree. Ou en tout cas, pas un pedigree officiel, grâce à mon bon à rien de père.

Peu importe.

— Allez les Requins ! dis-je, scandant la devise de notre école avec un demi-sourire pour masquer mon ton ironique.

Elle n'est pas stupide. Elle plisse légèrement les yeux en me dévisageant, comme si elle tentait de déterminer si je me foutais d'elle. Je prends une expression un peu plus aimable.

J'ai réellement besoin de ce boulot.

Je suis sûre que cette femme est comme les snobinardes coincées de ma classe, au lycée. Celles qui sortaient avec les joueurs de crosse et qui conduisaient des voitures décapotables rouges offertes par leurs parents. Celles qui après un regard sur mon sac à dos élimé et mes Converses, me faisaient comprendre qu'elles savaient bien que la seule raison de ma présence parmi elles, c'était le job de ma mère dans l'établissement.

— Vous postulez à une place d'assistante pour un membre de la direction. Ce travail est intense et requiert de se forger une cuirasse, d'être vif d'esprit et méticuleux. Chaque instruction ne vous sera donnée qu'une fois ; pour le reste, vous devrez prendre des initiatives.

— D'accord, dis-je d'un air faussement nonchalant.

— Il y aura peut-être des heures supplémentaires et des déplacements à prévoir. En gros, vous devrez être sur le qui-vive en permanence. Ce n'est pas un poste compatible avec des obligations familiales ou une vie sociale très riche. Vous n'aurez pas beaucoup de temps libre.

— Ce n'est pas un problème.

— Dites-moi ce que vous avez fait pour préparer cet entretien.

Je la regarde droit dans les yeux.

— J'ai fait des recherches sur chaque membre de l'équipe de direction, à commencer par le PDG, Brick Blackthroat, et en finissant par vous. J'ai cherché tout ce qui pouvait me renseigner sur l'environnement professionnel auquel je pouvais m'attendre, ainsi que nos points communs éventuels, comme notre ancien lycée.

Elle plisse de nouveau les yeux, comme si elle doutait soudain que je sois passée par Landhower.

— Qui était votre professeur préféré, à Landhower ?

— Le Dr Anderson, le prof d'anglais et de débats, réponds-je sans hésitation. Il m'a appris à réfléchir par moi-même et à défendre mes idées, même lorsque personne ne les partage.

— Et à Princeton ?

— Le Dr Brown, sociologie. Elle m'a appris à aborder un problème sous tous ses angles.

— Ah, oui. J'ai reçu un message vocal du Dr Brown, qui vous recommandait pour ce poste.

Je lui ai demandé de me rendre ce service hier soir. Juste après avoir promis à ma mère de trouver un moyen pour payer les études de Brayden.

Geneviève Small jette un regard à son dossier.

— Votre CV mentionne que vous avez été acceptée par Harvard et Yale pour continuer vos études, mais que vous avez décidé de ne pas donner suite. Pourquoi cela ?

— Honnêtement ? Mon petit frère n'a pas obtenu la bourse d'études que nous espérions, et il faut que je l'aide. En plus, les salles de classe m'ennuyaient. Je suis prête pour quelque chose de plus palpitant et exigeant, comme Wall Street.

Elle hausse un sourcil et me jette un regard scrutateur, comme si elle cherchait à déterminer si je disais la vérité.

La première partie est vraie. La deuxième, seulement ce que j'espère qu'elle veut entendre.

— Comment gérez-vous les personnalités tyranniques, au travail ?

— Je pose des limites claires, et je ne me fâche jamais. Je ne crois pas qu'il faille répliquer, je préfère esquiver, réponds-je avec un sourire mutin.

Elle ne laisse rien transparaître.

— Quel est le résultat de 3 puissance 12 ?

Je fais un rapide calcul de tête.

— Bon, 3 puissance 12 pourrait être réduit à 3 puissance 4 puissance 3. 3 puissance 4 nous donne 81. 81 au carré fait, euh... 80 au carré plus 80, plus 80 plus 1, égalent... 6561. Et ensuite, il faudrait que je multiplie ce nombre par 81. Argh. Vous voulez un nombre exact, ou une estimation ?

— Poursuivez.

— Très bien... Je le découperais en 6560 plus 1 fois 80 plus 1, ce qui donnerait 6560 fois 80 plus 6560 plus 80 plus 1. Donc, 656 fois 8 égal, euh... 5248. On ajoute deux zéros, plus 6560, plus 80, plus 1. Ça fait, euh, 531 441.

Je souffle.

— Mais en temps normal, je me servirais sans doute d'une calculatrice, ajouté-je.

Je serre les genoux, prête à ce qu'elle me demande de compter le nombre de fenêtres de New York ou un autre problème insensé, mais elle semble satisfaite.

— Si vous décrochez ce poste, vous réalisez que vous devrez commencer dès demain matin, n'est-ce pas ?

Je hoche la tête.

— Oui. On me l'a dit lorsqu'on m'a rappelée pour l'entretien. Commencer demain n'est pas un problème.

— Bien.

Elle se lève, marquant la fin de l'entrevue.

— Quand aurai-je la réponse ?

Elle jette un coup d'œil à son téléphone.

— Avant minuit.

— Minuit. D'accord. Disponibilité permanente. Je vois.

— Je vais être honnête avec vous, la description de poste a beau sembler en dessous de vos compétences, c'est la fonction que j'ai le plus de mal à pourvoir de façon durable.

— Le patron est exigeant ? demandé-je calmement.

— Très.

Je vois une lueur d'humanité en elle, comme si nous forgions déjà des liens à cause de son connard de chef. Je me demande s'il s'agit du beau, mais notoirement cruel Brick Blackthroat, le PDG.

Eh bien, j'ai connu un paquet de connards. Pour Brayden, je suis prête à tout subir. Il mérite d'avoir accès à la meilleure des éducations, comme moi.

— Aucun assistant n'a encore tenu plus de trois mois, me confie Geneviève Small.

— Je suis prête à relever le défi, affirmé-je.

Elle se lève et me serre froidement la main.

— Croyez-moi, vous n'êtes pas prête du tout.

CHAPITRE DEUX

Brick

La vue depuis le bureau directorial chez MoonCo donnerait le tournis à un homme moins aguerri, à un humain. Le gratte-ciel est tellement haut qu'il se balance avec le vent. Mais c'est le prix à payer, quand on veut se retrouver au-dessus de tout et avoir Manhattan à ses pieds.

Là-haut, il est aisé d'oublier que l'on est mortel. Il est facile de se prendre pour un dieu.

Une ombre apparaît sur la vitre lorsque Billy, mon bras droit, se place à mes côtés.

— On y est presque, me dit-il à voix basse.

Je sais qu'il fait référence au serment que nous nous sommes fait il y a des années, dans notre dortoir à la fac, le pire jour de ma vie. Le jour où mon père a été assassiné et où nos ennemis ont détruit tout ce qu'il avait construit.

— Presque, grondé-je.

Nous fixons tous les deux du regard l'immeuble en face de nous. L'immeuble que nos ennemis ont bâti pour nous narguer.

— On touche au but, insiste-t-il en me donnant une tape sur l'épaule. Les Aduwulf ne vont rien voir venir.

Je pivote et prends place en tête de table. Billy va ouvrir la porte pour annoncer le début de la réunion. Les autres membres de l'équipe de direction commencent à entrer.

C'est là que je la remarque. Une douce odeur, fraîche et citronnée, mais aussi complexe que la noix de muscade. À s'en lécher les babines.

J'ai bien envie d'exploser. Le parfum et l'eau de Cologne sont interdits sur notre lieu de travail. C'est stipulé noir sur blanc sur le manuel de bienvenue, pratiquement dès la première page. Billy prend un malin plaisir à renvoyer les nouveaux venus qui l'oublient.

Mais il ne s'agit pas de parfum. C'est l'odeur naturelle de quelqu'un. Mais qui ?

Là, près de l'ascenseur.

La Nouvelle.

J'ai renvoyé ma secrétaire vendredi, ce qui signifie que son assistante, Indira, a grimpé un échelon, et qu'une jeune diplômée avec des étoiles plein les yeux vient de remplacer cette dernière.

Une jeune femme observe froidement la pièce. Elle ressemble à n'importe quelle assistante. Jeune, professionnelle. Elle a un carré court et brun ainsi que des lèvres rouge vif.

Mais son odeur... je la hume et savoure ses notes olfactives.

Noix de muscade et agrumes. Une pointe de quelque chose d'exotique, peut-être, comme de l'encens.

— Qui c'est ? demande Billy.

Il se laisse tomber dans sa chaise et se penche en arrière pour la faire tenir en équilibre sur deux pieds, un exploit dont aucun humain ne serait capable. Face à mon regard meurtrier, il laisse retomber sa chaise dans un bruit sourd.

— La nouvelle secrétaire de ta secrétaire ?

Il était là quand j'ai viré l'ancienne. J'enchaîne les assistantes comme Billy enchaîne les plans cul.

— Sans doute, réponds-je.

— Tu veux que je la fasse venir ? me demande-t-il.

— Oui.

En temps normal, je dirais non. En temps normal, je ne lui adresserais pas la parole avant d'avoir besoin de quelque chose. Mais je veux étudier cette odeur de plus près.

Billy jette un regard à Indira et montre La Nouvelle du doigt. Il agite l'index, comme s'il était agacé qu'Indira ne soit pas déjà venue la présenter. Il est presque aussi doué que moi pour faire trembler les employés.

La Nouvelle ne semble pas effrayée, cependant. Je la regarde suivre Indira à travers la pièce. Dès que son odeur me frappe de plein fouet, j'ai envie de la lécher de la tête au clitoris.

Drôle de réaction, face à une humaine.

Elle n'est même pas agréable à regarder. Enfin, elle est jolie, mais elle n'a aucune douceur ou souplesse. Quelque chose dans son port de tête, dans son menton haut, dans son assurance quand je lui jette un retard noir, me donne l'impression qu'elle en veut au monde entier. Dans dix ans, elle ressemblera à l'une de ces femmes d'affaires implacables. Un bourreau de travail capable de régner sur n'importe quel bureau. J'emploie plusieurs femmes comme elle. Il faut être forte, pour réussir dans ce milieu.

Elle me dévisage en retour, tout en parvenant à sembler respectueuse et attentive, mais dénuée de peur, bien qu'il s'agisse de son premier jour.

Une part de moi a envie de lui passer un savon immédiatement. Surtout que je l'ai entendue murmurer à Indira « Alors c'est lui le Grand Méchant Patron ? » avant d'entrer.

Bien sûr, elle ne pouvait pas deviner qu'aucune conversation tenue à cet étage n'échappe à mon ouïe.

Plus elle approche, plus son odeur m'enivre. Elle est trop agréable pour que j'aie envie d'attaquer. Par le Destin, pourquoi est-ce que j'ai une érection ?

Je me lève.

— Vous êtes ?

— M. Blackthroat, je vous présente... commence Indira.

— Madison Evans, complète La Nouvelle.

Elle me tend la main et affronte mon regard sans broncher. Je n'y lis pas de lueur de défi, seulement de l'attention. Elle me décrypte. J'aimerais avoir quelque chose à critiquer, mais je ne trouve rien. La Nouvelle est un parfait mélange d'assurance et d'humilité. Ni effrontée, ni intimidée. C'est agaçant, mais son attitude a quelque chose de terriblement séduisant.

Je la déteste déjà. J'accepte sa poignée de main. Elle a la peau douce. Sans savoir pourquoi, je me mets à penser que désormais, j'aurai son odeur sur ma paume. Non que je compte la renifler plus tard.

— Les gens m'appellent Madi, ajoute-t-elle.

— Je vous appellerai Madison, *si* je me souviens de votre nom. Je m'attends à ce que vous répondiez à Assistante, Secrétaire, La Nouvelle ou n'importe quelle épithète qui me viendra sur le moment.

Je lui lâche la main. Loin d'être choquée, je vois une note d'amusement dans son expression.

— Je répondrai à tous ces noms, m'assure-t-elle en inclinant la tête.

— Bien. Maintenant, prenez nos commandes de café.

Je hausse un sourcil, comme si je lui reprochais de ne pas avoir anticipé ma demande, bien qu'il s'agisse de son premier jour. Je me tourne vers Indira et demande :

— Où sont les rapports financiers ?

***

Je hais mon patron.

Le magnat de Wall Street est un con. Un véritable alpha-bruti.

Beau à se damner, mais bourré de défauts.

Le genre d'homme jamais content, aimable comme une porte de prison et riche comme Crésus.

J'en ai connu, des brutes dans son genre, à la fac, alors il ne me fait pas peur.

Ce qui m'inquiète, c'est mon attirance pour lui. Le fait que j'aime argumenter avec lui.

Nos luttes verbales. Son expression insondable ensuite.

Cet homme est le danger incarné, sous une grosse dose de pouvoir,

et j'ai de plus en plus de mal à lui résister.

Je hais ma nouvelle assistante.

Je les déteste toujours, mais avec elle, ma haine est différente. Tortueuse.

Elle est brillante, ultra-compétente et insolente.

Et cette petite humaine a l'odeur de la tentation. La pire qui soit.

Elle a un style redoutable, et je risque d'être sa première victime.

Un de ces jours, elle me poussera à bout.

Et elle ne réalise pas ce qui arrive

quand on jette un loup alpha sur sa proie.

Minuit est le premier tome de la trilogie *Grand Méchant Patron*. Ce roman met en vedette un loup-garou milliardaire et hargneux et son assistante incroyablement intelligente.

. . .

Lisez maintenant!

LIVRE GRATUIT DE RENEE ROSE

OUVRAGES DE RENEE ROSE
PARUS EN FRANÇAIS

www.reneeroseromance.com/francaise/

Maîtres Zandiens
Son Esclave Humaine
Sa Prisonnière Humaine
Le Dressage de Son Humaine
Sa Rebelle Humaine
Sa Vassale Humaine
Son Compagnon et Maître
Animal de Compagnie Zandien
Sa Possession Humaine

Les Épouses Zandiennes
La Nuit des Zandiens
Achetée par les Zandiens
Dominée par les Zandiens
Les Lumières de Zandia
Détenue par le Zandian
Revendiquée par le Zandian
Enlevée par le Zandian

Sauvée par le Zandian

Alpha Bad Boys
La Tentation de l'Alpha
Le Danger de l'Alpha
Le Trophée de l'Alpha
Le Défi de l'Alpha
L'Obsession de l'Alpha
L'Amour dans l'ascenseur (Histoire bonus de La Tentation de l'Alpha)
Le Désir de l'Alpha
La Guerre de l'Alpha
La Mission de l'Alpha
Le Fleau de l'Alpha
Le Secret de l'Alpha
La Proie de l'Alpha
Le Sang de l'Alpha
Le Soleil de l'Alpha
La Lune de l'Alpha
La Serment de l'Alpha
La Vengeance de l'Alpha
Le Feu de l'Alpha
Le Secours de l'Alpha

Les Loups-Garous de Wall Street
Grand Méchant Patron: Minuit
Grand Méchant Patron: Folie Lunaire
Grand Méchant Patron: Marquée
Grand Méchant Patron : Accouplés

Lycée Wolf Ridge
Brute Alpha
Chevalier Alpha
Alpha par Alliance

Le Roi Alpha
L'Alpha interdit

Le Ranch des Loups
Brut
Fauve
Féral
Sauvage
Féroce
Impitoyable

Deux Marques
Indomptée (libre)
Temptée
Désirée
Séduite

Les Nuits de Vegas
Roi de carreau
Atout cœur
Valet de pique
As de cœur
Joker Mortel
Dame de trèfle
Cartes sur Table
Bonne Pioche

La Bratva de Chicago
Prélude
Le Directeur
Le Stratège
Possédée
L'Homme de Main
Le Hacker

Le Bookmaker
Le Nettoyeur
Le Coureur
Le Gardien

Série Made Men
Ne m'Aguiche Pas
Ne me Tente Pas
Ne m'Oblige Pas

Dompte-Moi
Son Maître Royal
Oui, Docteur
Son Maître Russe
Son Maître Marine
Soumise à leur Punition
Son Maître Pompier
Son Maître Cuistot

Alpha des montagnes
Le héros
Rebel
Le Guerrier

Série Chicago Sin
Nid de Péché
Ancré dans le Péché

À PROPOS DE RENEE ROSE

RENEE ROSE, AUTEURE DE BEST-SELLERS D'APRÈS USA TODAY, adore les héros alpha dominants qui ne mâchent pas leurs mots ! Elle a vendu plus d'un million d'exemplaires de romans d'amour torrides, plus ou moins coquins (surtout plus). Ses livres ont figuré dans les catégories « Happily Ever After » et « Popsugar » de USA Today. Nommée *Meilleur nouvel auteur érotique* par Eroticon USA en 2013, elle a aussi remporté le prix d'*Auteur favori de science-fiction et d'anthologie* de Spunky and Sassy, et celui de *Meilleur roman historique* de The Romance Reviews. Elle a fait partie de la liste des meilleures ventes de USA Today sept fois avec plusieurs anthologies.

Abonnez-vous à la newsletter de Renee pour recevoir des scènes bonus gratuites et pour être averti·e de ses nouvelles parutions!
https://www.subscribepage.com/reneerosefr